小学館文庫

上流階級
富久丸百貨店外商部Ⅳ

高殿 円

小学館

CONTENTS

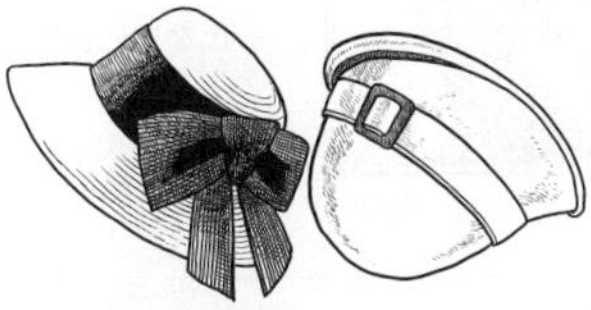

CHARACTER

［富久丸百貨店］

桝《ます》家《や》修《しゅう》平《へい》［32］

外商部期待の星。静緒とは不思議な関係の同居人でゲイ。京都資産家のボン。外食上等からお家ライフ堪能派へ。「仕事は好きでも命を削らない程度にやるのがいい」が信条。

鮫《さめ》島《じま》静《しず》緒《お》［40］

富久丸百貨店、契約社員からの敏腕外商員。バツイチ独身。子なし彼氏なし。合併に伴う社内政治に巻き込まれてしまう。桝家との同居が癒やしになってきた!?

倉《くら》地《ち》凜《りん》

靴売場担当の契約社員、二十六歳。他フロアにも客を買い物に導くのがうまい。神ハブ女子と呼ばれる。

時任《ときとう》真由美《まゆみ》

宝飾部の敏腕パートにして、陰の主。静緒に情報をくれる。

紅蔵《べにくら》忠士《ただし》

静緒をヘッドハンティングした人物。現在はホールディングスの専務取締役。

堂上《どうじょう》満嘉寿《みつかず》

桝家の元彼氏。合併前に富久丸百貨店を退職している。

邑智《おおち》

静緒の元上司。菊池屋の名古屋支店に栄転。

葉鳥《はとり》士朗《しろう》

静緒の元上司。伝説の外商と呼ばれている。弥栄子さんを見送ったあと外商を引退。ミラノ在住。

氷見塚《ひみづか》零《れい》

五十歳代半ばのキャリア女性。静緒の新しい上司。合併とともに日本橋菊池屋からきて統括マネージャー兼進戦略企画室長に。合併の仲人役か刺客か？　Kの美魔女と呼ばれる。

香野《こうの》万江《まえ》

静緒の部下。入社五年目。一橋大学出身。海外バイヤーとして輝かしい戦績をあげ外商部へきた若手出世頭。

大泉《おおいずみ》未玖《みく》

静緒の部下。入社三年目、この春から外商部へ。実家は大阪の食品メーカー創業一族。控えめで勤勉。

桜目《さくらめ》かなみ

静緒の友人で良き相談相手。富久丸百貨店正社員。出産後上級職で返り咲く。

[静緒の顧客たちなど]

NIMA

世界中にファンを持つ人気イラストレーター。著作権を侵害され裁判を起こした。芦屋浜の会員制ラグジュアリーホテルに住んでいる。

鞘師《さやし》

お嬢様にして投資の才能が開花し投資家に。自分の家を購入し両親から逃げ出すことに成功。

百合子《ゆりこ》・L・マークウェバー

同じマンションに住む実業家で、キャリア同士の婚活サービスを営む。

清家弥栄子《せいけやえこ》

故人。葉鳥の大事な元顧客で静緒が引き継いだ。葉鳥と静緒がお別れのエステートセールを仕切った。

佐村博子《さむらひろこ》

専業主婦で元キャビンアテンダント。長男、慶太《けいた》のお受験を静緒がケアし合格させた。

八太諒多《はったりょうた》

NFT投資家。三十七歳にして資産は数十億円のニューリッチ。資産家の娘との婚約を機に、静緒の顧客となる。クィアやドラァグクイーンの友達多数。

瑛子《えいこ》

外務官僚の娘。パーティで八太を婚約者に選ぶ。

一樂有之《いちらくありゆき》

葉鳥の元顧客。和服の似合う老紳士で京都の不動産持ち。時計に詳しい趣味人。月居のお嬢さんを応援。

月居史乃《つきおりふみの》

京都の老舗、銘月リゾート創業一族のお嬢様。家族と大げんかして家を出、裸一貫で『すぅぷ庵』を起業するが金策に苦戦。静緒に相談している。

鶴顕子《つるあきこ》

デンタルクリニックチェーンを経営する歯科医院長の気難しい夫人。孫の勇菜《ゆうな》はフランスに留学中。洋食器に造詣が深いコレクター。

[製菓専門学校時代など]

井崎耀二《いざきようじ》

有名パティシエ。静緒は高校卒業後、井崎の製菓専門学校へ通う。

金宮寺良悟《きんぐうじりょうご》

静緒の製菓専門学校の同期。不動産業を営む。

雨傘君斗《あまがさきみと》

「ローベルジュ」のオーナー。静緒の幼馴染で六歳年上。静緒の協力で、実家のパン屋ローベルジュを洋菓子店としても成功させる。

上流階級　富久丸百貨店外商部Ⅳ

第一章　外商員、部下を持つ

「おめでとう、ついに年商三億行きましたね」
帰宅したら、ナパバレーと顔のいい年下の恋人ではない男がソファに寝っ転がって
鮫島静緒《さめじましずお》を待っていた。
「なにしてんの？」
「なにって、お祝いですよ。今日は代休だし水曜だし、百貨店の人間は朝から店じま
いがすり込まれてるんです。働いてるのはあなたくらい」
「……今時は水曜だって店開いてるけどなあ」
静緒は玄関先のコートかけにたっぷりした袖のスプリングコートを掛けて、さっと
手で皺《しわ》をとった。一階は桝家《ますや》修平《しゅうへい》、二階は静緒ときっちり生活エリアの分けられた
同居暮らしではあるが、先年の冬くらいから、外から病気を持ち込まないようにアウ

ターはなるべく玄関に置きっぱなしにすることになった。彼が二階にあがってくることはほとんどないけれど、静緒が呼ばれてリビングでワインなどを飲むことはよくある。職場の同僚、この部屋の持ち主で元上司の葉鳥《はとり》をはさんだライバル（?）、なりゆきによる同居を経ていまでは友人というよりは親密で、家族というには法的根拠のない不思議な関係を築きつつある。

「オーパス・ワンといきたかったんですが、あなたが気にすると思って」

と、彼が取り出してきたのはナパバレーのワインの中でも比較的手頃な値段で楽しめると評判のナパ・ハイランズ。バカラのワイングラスとテーブルの上に並べられたしっとりとした赤身肉のローストビーフとおろしたてのわさび、そしてワインボトルのラベルを見て思わず微笑《ほほえ》みそうになる。

年代も育ちも性別も好みも、そして働き方や人生の意義すら違う桝家との唯一の共通の趣味がこのワイン好きという点だ。ワイン好きというか、酒好きというか、食へのこだわりというか。勤務する富久丸百貨店のお給料で暮らす静緒にとっては、五千円はするナパ・ハイランズですら大事にちみちみと飲む酒だが、たっぷりとした財形信託資産に守られた京都育ちのボンの彼にとっては水のようなもの。いつだったか、南極からとりよせた氷より安いですよと言ってのけたほどである。

「ちょっと待ってね、顔だけ洗うから」

すでに宴会の準備が整っているとあっては優雅にシャワーを浴びている場合ではない。ばばっと仕事用の服を脱ぎ捨て洗濯機につっこんで、愛用のジャージに着替えて一気に階段を駆け下りた。

「ま、オーパス・ワンを開けてもよかったんですよ？」

「五万以上するワインをなりゆきで飲めるか」

「だって三億ですよ。これで全国の外商のトップ10に入ったじゃないですか！」

外商員の売り上げ状況は、最近ではすべて共有化されていて、会社から支給されたiPadからは、もちろん全国の外商員の売り上げが把握できる。これが昨日だれがいくら売ったのか日々更新されるなかなかの地獄のシステムだ。今までふんわりとしか聞いていなかった東京や神奈川埼玉エリアの外商員たちの手堅く大きな商売ぶりが、このノートより小さい電子機器を通じて静緒たちにはっぱをかける。

外商員になって四年目。洋菓子のフロアに立っていた頃を含めれば百貨店勤務は二十年を超えた。富久丸に入社してからはバイヤーや新規部門でそれなりの結果を出し、外商として葉鳥の顧客を引き継ぎつつ、新規顧客を開拓してきた。最近では売り上げの半分以上を自分がご縁をもったお客さんが占めている。新規獲得数、月間売り上げと半期ごとに二度表彰されそれなりに上からも注目されていることは感じていたが、締め日を経て今年度の売り上げが出そろい、その中でも十位に食い込んだのは誇らしい。

「東京店の馬渕さんが定年になったからだよ」

と定番の謙遜を口にしながらも、売り上げトップ10のエクセルデータは思わず記念にスクショしてしまった。

「まあ、トップ10ていってても一瞬だけ。本物のトップ10は毎年不動だから」

「とはいえトップ10だって最初からトップ10だったわけじゃない。会社はあなたがそうなってくれるよう期待してますよ」

オーナーのロスチャイルドに「一杯のグラスワインはメロディ」だと思わせたカリフォルニアワインの王様オーパス・ワンのお隣の畑でとれた親戚のようなワインがナパ・ハイランズだ。ボヘミアンガラスのシャンデリアの光をはじいてきらめくバカラのワイングラス、その中身は美しくとろっとした味わいが口内にここちよくて、あっという間に飲み干してしまった。

「トップ10はずーっとトップ10だからね。平均十億、上は三十億だし」

「どうやったら三十億も毎年使わせられるんでしょうね。車買って時計買ってもまだ余る。東京の菱屋の客なら付き合いの買い物も伝統のうちかもしれないですけど」

ゆっくりと、山のわき水が見たこともない遠い海を目指すように話の流れが変化する。ワインと肉でいい気分になっていた静緒も、桝家がなにを話したくてこの席を用意したのかわかっている。

長い付き合いだ。同居をはじめてもう四年になろうとしている。その間にこんなたあいもないことでお祝いする夜は幾度もあった。

「それで」

「はい」

「合併の話ね」

ふふ、と桝家が笑う。なにか悪巧みをしているときの顔は黒々とした大きな目が輝くので、彼は詐欺師にはまったく向いていない。

「なにか聞いてませんか、上から」

チョコレートボンボンを入れるアンティーク容器の蓋をあけると、中に成城石井で買ったのだろう見覚えのあるカッティングチーズが姿を現した。

「合併、合併なあああ」

自分の身よりも大切なワイングラスをそっとテーブルに置き、勢いよくソファに仰《あお》向《む》けに倒れた。

静緒と桝家の勤務する富久丸百貨店が、近江菊池屋と合併するのではないか、という話はもう五年以上前から出ていた。富久丸だけの話ではなく、この十年だけで各地の百貨店の合併、再編が次々に行われている。銀座の一甲が電鉄系の南鉄百貨店と合併をすると大々的に報じられ、すったもんだのあげく婚約しては破棄、婚約しては破棄を数度繰り返したのち、もともとの親会社である東洋宝飾ホールディングスの融資を受けて、完全に合併の話を白紙にもどしたことがあってからは、特に珍しい話ではなくなった。

「だいたい裕福な電鉄系と、商売に行き詰まってる元呉服屋系が政略結婚をするみたいなもんじゃないですか。菱屋さんとことか百紋さんとことかもみんな私鉄と結婚したし、うちもそうなるんじゃないかと予測してましたよ。まさか相手がほんとに菊池屋とは思わなかったですけど」

業界の隠語で、特に電鉄系の百貨店の人が自分たちをへりくだって『野武士』と表現することがある。それと比べて歴史と格式のある呉服屋系は『貴族』で『公家《くげ》』というわけだ。お金のあるところが、お金を出して格式を買う、文字通り政略結婚というわけで、菊池屋との合併話が持ち上がった後も、内部では同じような呉服屋系同士の結婚になんの意味があるのか、どうせ流れるだろうと思われていた。

それが、この年明けのバレンタインセール真っ最中の社内に、急転直下の正式合併決定の内部砲が響き渡ったのだ。

「……まあでもさ、二年くらいまえから菊池屋さんとこの幹部がウチにきたりとかしてたじゃない？　ちいさい会社ちょこちょこいっしょに作ったりとか、ナントカ戦略ってていのいい名前つけて人やりとりしたりとか」

「堂上満嘉寿《どうじょうみつかず》がいたとこのボス、そういえばあの人菊池屋のマネージャーだったか」

さらっと元彼の名前を出すところをみると、今はもうわだかまりもないのか、それとも逆に親しくなったのか。

（わからん、特に人の交友関係に関する心の機微はようわからん……）

静緒や桝家の所属する外商、組織改編後は新営業十一課は個人外商専門の部署で、ここと法人外商の部署をとりまとめる統括部長の直属にいくつかの戦略企画室がくっついている。物を売るにはものを仕入れなければならないが、なにを仕入れるかはバイヤーの腕次第。バイヤーのセンスとルートが店の売り上げに直結しているとあって、ここには各フロア、部署の腕に覚えのある猛者たちが配属されるときく。

「そもそも、ウチと菊池屋でうまくやっていけるんですかね？」

「……おんなじことを菊池屋さんのほうも思ってるんじゃない？」

菱屋や百紋の合併がうまくいっている（ように見える、あくまで外部から見たらだが）のは、相手が電鉄系だからだ。電鉄の商売は呉服系とはまったく違う。あくまで土地の上に電車を走らせ、街を作ってそこに人を集め、集まった人に買ってもらう商売である。だから電鉄系の百貨店は外商客を増やすことはあまりしない。ほうっておいても巨大な自社ホールディングスの社員が出世して役員になり高給取りになり、いわゆる『貴族』の仲間入りをするからである。だから、出世した自社の社員がすべて百貨店の外商になればいいわけで、長年富久丸の課題でもある客の新陳代謝も、電鉄系ならなんなくどんどん進む。

反対に呉服系の百貨店は電車という最強の武器を持たないため、あくまで小売りが基本になる。贈り物の包装紙が発する「ウチは商いでここまでやってきた店です」圧がすべてであり、店が本丸だ。

だからこそ、電鉄と店の結婚はうまくいってきた。合併してもやり方があまりにも違うので、「それぞれでやりましょう」と棲《す》み分《わ》けがすんなりいったのである。

しかし、富久丸と菊池屋ではそうはいかない。

「菊池屋さんは近江商人で、もともと船場の商社から分裂したから、そっちの商社の方とまたいっしょになるんだとみんな思ってたんだよね」

「ウチとは先々代が堂島のころのご縁でってことになったらしいねえ」

富久丸百貨店の一号店は元町だが、街の賑《にぎ》わいが神戸港のもたらす富から電力消費のできる大阪に移ってからは、本店は堂島ということになっている。

「格式でいうと、菊池屋さんのが上……？」

「いや、そういうわけでもない、かも。でも上かな。あっちは東京の日本橋にも店があるし」

　つまりこの合併には、東京にすんなり進出したかった富久丸と、本家の商社と電鉄系を天秤《てんびん》にかけ続けて縁をのがした旧家のお嬢様の菊池屋が、やや旬をのがした結婚にようやくこぎつけた感がある。

「お互いに残り物ってことですかね」

「なにいってんの。福があるってことでしょ」

「まあ、むこうは滋賀・名古屋・関東がメインだし、こっちは地方と近畿圏ってことで、合併したってそんなに交わらないんじゃないですか」

　このような見方はなにも桝家だけのものではなく、富久丸百貨店に勤める社員は同様の感触を持っていた。まあ言っても出発点が同じ呉服屋系列とはいえ、いまでも京都や名古屋にがっつり呉服商売をしている菊池屋と、開業が船場・神戸でも舶来品をメインに販路を拡大してきた富久丸では店が大事にしている客筋やポリシーも違う。そもそも富久丸という名前は、創業者が行き交う船を見て、商売は航海と同じ、店員はその役職に関わらず同じ船に乗っているも同じなのだから助け合わなければならないと、船の名前をつけたのだという。その伝統なのか、いまでも会議や大きな方針が決まる前には、必ずといっていいほど「同じ船に乗っている」ことが強調される。

「今の時代にそれもどうかと思うけど」

と、その夜は京都のぼんぼんパワーに甘えてワインを二本空け、さすがに休日前でもないのに飲み過ぎたと反省半分、開き直り半分で出社した。

今朝も景気のいいことに、静緒の社用スマホにはお客様たちからバンバン注文が入っている。売れっ子イラストレーターのＮＩＭＡさんからは、鞘師《さやし》さんの家探しを手伝ったことがばれて、自分にも家を探してほしいと言われている。しかし、ＮＩＭＡさんは世界中が知っているレベルの有名キャラクターの著作権者で、現在のお住まいは芦屋浜《あしやはま》に開業したばかりの会員制ラグジュアリーホテルだ。これ以上の物件を近場で探してほしいと言われても、静緒でもギリギリ手が出るマンションを買った鞘師さんとは話が違う。

（とはいえ、鞘師さんはキャッシュで五千万ぽんと出せる投資家なんだけど）

親が用意していた嫁入り資金を原資にしてひと資産を稼いだ鞘師さんは、二年で種にしたお金を親に返し、それ以降は自己資金を投資してきたらしい。それでももともとは親のお金だからと、親の意向に逆らったり実家を飛び出すことには罪悪感を覚えていたそうだ。それがついに年末、強行家出を実行した。

静緒が悩みに悩んだ末に購入希望を出したマンションを、そうとは知らない鞘師さんに目の前でかっさらわれたことはまあいい。鞘師さんは新居のインテリアコーディネートのために一千万も使ってくれたのでは恨みも悔いもない。問題は、今でも親が四十にもなった娘の家出先を必死に捜していることで、「そろそろ探偵に捜し当てられそう」と鞘師さんから相談のメールが来ていることだった。親がストーカーの客というのも新しい話だ。

（ＮＩＭＡさんからも、また話を聞いて欲しいとワインと牛肉のオーダーが入っているし、さて、いつ時間を作ろう）

最近、桝家が言うように静緒の成績が絶好調な理由がある。外商部に転属になって四年、こつこつと築き上げてきた信頼と、口コミによるお客さんの紹介が後を絶たないのだ。まず大きな転機になったのが、洋食器コレクターの鶴《つる》さんの紹介である。気むずかし屋でつねに物事を斜めに見ているようなお客さんではあるが、ああいうタイプの人は一度懐に入ると家族同然に接してくれるものだ。鶴さんにとって心配の種だった登校拒否気味の孫の勇菜《ゆうな》ちゃんが、無事進学を終え、人生の目標を見つけてそれに向かって邁進《まいしん》していることがうれしくてたまらないらしい。

鶴さん自身、中学二年生の秋からフランスへ留学している勇菜ちゃんを訪ねて頻繁に海外に出かけている。ボケるひまもないわ、と常に上機嫌だ。

鶴さんのような人は強力な口コミ力と独自のサロンをもっているもので、鶴さん経由で増えたお客さんは実に二十人はくだらない。どの方も鶴さんと同じく、古い時代の結婚観のもとにお見合い結婚をして婿をとり、あるいはそこそこの家同士でくっついて家庭を形成されてきたので、みなさま絵に描いたような何不自由のない老後をお暮らしである。高価なものはある程度見慣れてきたはずの静緒でも、自分の年収を秒で使い果たす人々の買い物には、何度立ち会ってもドキドキしてしまうものだ。

そんな鶴さんから、また新たなお客さんを紹介したいというメールが入っていた。

雑草のようにしぶとく、学歴もないのにキャリアだけでのし上がった伝説に尾ひれはひれがついて、最近は「静緒に会ってみたい」というお客さんが後を絶たないのだ。自分の評判がいいことはありがたいが、当たりくじというかお守りというか、過大評価されている感は否めない。

自分に出来ることは、お客さんに寄り添うことだけだ。そのために店で買い物をしてお金を使ってくれるお客さんもいる。外商部に来たころにはどうにも慣れなかったが、最近はお金を使う方法にもいろいろあるのだと実感するようになった。たとえばバーやカフェは飲食を目的とする場所貸しではあるが、実際は店員とのおしゃべりを楽しみに通う客も多い。お金を使う目的はお客さん次第であり、それは払ってもらう立場がどうこう言うことでもない。お互いに気持ちよくやりとりが成立するのであれば。

芦屋川の急な坂をハイカットのスニーカーで降りる。昔なら、お客さんに見られているかもしれないのにスニーカーなんてと咎《とが》められただろうが、最近はそういうこともない。店に出ているときはパンプスでも、通勤時間はあくまでプライベートだ。当たり前のようだった休日出勤やサービス残業も少なくなってきた。

時代だな、と思う。そういえば自分と同じく駅に向かう通勤仲間にも、ラフな格好の人々が増えている。桝家なんかはその典型で、ゼニアのスーツにルブタンのスニーカーで訪問してもそれが仕事になる男だ（実際、ゼニアのスーツもルブタンのスニーカーも複数売った）。

仕事のかたちはゆっくりと変わっていく。自分が成長するよりも速く。それが近頃は少し焦る。焦ったところでどうしようもないのに、である。

菊池屋との合併は、プレスで発表されてから二年かけてゆっくりと進んでいた。上の方のエライさんが何をしているのかは末端の兵隊にはあずかり知らぬこととはいえ、それなりに影響もある。長年静緒の上役だった邑智《おおち》が菊池屋の名古屋支店に栄転になり、代わりに菊池屋の営業部長が本丸の統括マネージャーとしてやってきて、大号令をかけたのが先年の秋。シーズンごとにちょこちょこと人を入れ替え、そのための新しい部署が出来、統廃合されてゆく。静緒のいる外商部も営業七課になったり十一課になったり数字だけが変わり、その都度古い名刺はゴミ箱行きになった。とはいえ、静緒はただの一兵卒であるから、そんな彼女が芦屋川店の統括を兼任し直属の上司になったのはこの春だ。

「悪いわね、忙しいのに時間をとってもらって」

「いえ」

氷見塚零《ひみづかれい》は五十代半ばの、いわゆるキャリア女子が理想通りに上に上がったモデルケースのような外見をした、日本橋菊池屋からはるばる関西にやってきた新しい統括マネージャーである。彼女は進戦略企画室（新ではなく進であることに意味があるらしいが、だれも社長が正月に話したことなど覚えていない）の長もかねていて、いうならば両社の合併に関して齟齬《そご》無く無理なく円満に進めるための仲人役として派遣されてきた手練《てだ》れであった。

「氷見塚にはうしろめたいことでもなんでも今のうちに話しとけ」というのが、静緒を富久丸にひっぱった本店の実質トップである専務取締役、紅蔵忠士《べにくらただし》のありがたい忠告であった。これだけ大きな店の合併は双方の歴史にもない大事であり、多くの社員の人生を書き換えることになる。実際、合併を機に退職するものも増えた。

「え、森永さんおやめになるんですか」

「そうなの。だからね、ウチの古野が鮫島さんにまかせたいって」

自分のようなものが菊池屋の古野取締役と面識があったとは思えず、怪訝《けげん》そうにしていると、

「二十年位前に、ローベルジュさんにいたころのあなたを催事営業として担当したことがあるそうよ。あのときにもっとひいきにしておけば良かったたって言っていました」

「ああ、催事の……。そういえば、菊池屋さんには名古屋や浜松ではお世話になりました」

百貨店に常設店舗を持てない規模の店にとっては、催事は新規のお客さんにアピールし、店の価値を上げるチャンスである。もちろん呼ばれても断る人も多いが、小売りにとって食品、雑貨、服飾等にかかわらず百貨店の催事に呼ばれることがひとつのステータスであるともいえる。

「その、進戦略企画室のチーフ兼営業三課チーム長というのは、具体的にはどれくらいのリソースをチーフ業に割かねばならない業務でしょうか」

成り行きで係長試験だけは受けてはいたが、バンバン上を目指しているプロパーの友人たちとは違い、静緒は契約社員あがりの外様《とざま》である。当然のことながら出世のルートも速度も違うことは百も承知だ。

急にチーフだ、チーム長だといわれても、今まで意識して仕事を見ていなかったたぶんピンとこない。

「進戦略企画室は、私が統括だけれど、ようは企画をどんどん出してほしいってこと。

御縁の会みたいな将来性のある企画がもっとほしいの。堂上くんから、夏前にやった高級ランジェリーのトランクショーはもともとあなたの企画だったと聞いたわ。あれは特に北海道と北陸でウケたのよ。今までだったら北海道みたいな寒い場所でレースの下着なんて売れるはずがないって思うところだけど、日本てあったかくなっちゃったのね」

もともと札幌《さっぽろ》店の店長経験のある氷見塚は、十年前はモンクレールのダウンコートばっかり売れたのに、と零《こぼ》した。

「私たちみたいなフツーの人間は、家にこもってる期間の長い北国で高級下着なんていつ着るの、って思うじゃない。でも発想が逆なのよね。ユニクロ着てても中はオーバドゥがいいらしいの」

「さすが堂上さんですね」

「富久丸のかにクリームコロッケ王子は、ずっと北海道に縁があるみたい」

自分がローベルジュのことを一生言われるように、堂上氏もかにクリームコロッケを北海道物産展でブームにした男として、つねに名刺代わりに呼ばれていたのだろう。彼堂上満嘉寿は先年の十月で富久丸百貨店を退職していったが、その理由の一端がわかるような気がした。

自分がローベルジュをオーナーと立ち上げ大きくしたのはもう二十年も前の話なの

だ。それをいまだに言われる。それは、この二十年でそれ以上の結果を出せなかったということでもある。自分でもよくわかってはいるが、他人から二つ名がわりに呼ばれるたびに指摘されているように感じる。なかなかのいたたまれなさだ。

それを思えば、きっちり退職前に高級ランジェリーの個別即売会を立ち上げ、成功させて出て行った堂上の立つ鳥跡を濁さず感は拍手ものである。

「とにかく、チーフといっても月一の企画会議に出てもらうこと以外は営業に専念してもらえればいいから。どっちかというと、メンターのほうが忙しいかも」

「部下がつくんですか？」

「チーム長だからね。あなたが葉鳥さんにしてもらったように、そろそろ下を育てなきゃ」

タブレットを見るように言われた。起動したとたんにデータが飛んでくる。紙資料を渡されなくなったのも最近の変化だ。昔はあれだけ数が必要だったクリアファイルがたくさん家で余っている。

「とりあえず二人。一人は堂島のバイヤー五年目、もう一人は食品催事三年目、この春からあなたの下につく。それからもう一人女性の外商営業《そとまわり》を増やしたいから、歳《とし》キャリアプロパーバイト関係なくだれかいい人いたら教えて」

教えて、というのは、探せということである。つまり大昔に静緒が引っ張り上げられたように、店舗などで店に勤務している外部の販売員で成績のいい子を引き抜きたいからよく見ておけ、ということなのだろう。

（やることが増えた……）

これでどれくらい点数があがって、給料に反映されるのかはふたを開けてみないとわからない。これが会社員の悲しいところだ。

仕事なんて生きるための方便なんですから、いくら好きでも命を削らない程度にやるといいんですよ、という桝家の口癖が聞こえた気がした。

成人式、卒業式、入学式と晴れ着関連の慌ただしい春を迎え、その背中を見送るころになるとどのフロアにも研修を終えた新人が続々と配属されてくる。店の顔が半分ほど新しくなったり、大学生のバイトがおっかなびっくり指先でレジを打つ春の風物詩が見られるフロアがあれば、宝飾やブランドフロアのように顔ぶれがほとんど変わらない場所もある。

「最近は高級品バブルで、パテックフィリップもほとんど入ってこなくなっちゃった。入ってきてもすぐ出ちゃうし、需要に供給がまったく追いついてないんだよね」

宝飾フロアのパート販売員にして実は影の主こと時任《ときとう》さんが、お客さんの注文を伝えに八階に立ち寄った静緒に、肩を落として言った。

「こういうモノだから、バンバン売れて欲しいかっていったら実はそうでもないんだけど、最近はちょっと売れ方が異常に感じることもあるよ。ロレックスの前は毎日長蛇の列だし」

本当に好きで大事にしてくれる人のもとへ行ってくれたらいいんだけど、と零す。

「まあね、こっちも商売だから、売れてくれればなんでもいいんだけど、でもさ毎日ガラスケース磨いて商品チェックしてたら情も移るじゃない？　何ヶ月も見向きもされなかったものを、あるお客さんがぱっと見つけて気に入ってお買い上げされたときのなんともいえない感動ってあるじゃない」

「ありますね」

売るほうも人の子だから、売る相手をよく見ている。本当に好きなのか、資産価値があるから好きなのか、見せびらかしたいのか武装したいのか、用途は客次第だが、モノに情が移るとついつい売る相手を選んでしまう。

「そういえば最近、同じような話をしたところです」

「ああ、さめちゃん出世したもんね」

「出世、っていうのかなあ、これは」

この四月から静緒には二人、直属の部下がついた。肩書きは七人の営業チームの長だが、そのうちの二人のメンターも兼ねる。さらに企画室のチーフ仕事まで上乗せされてしまった。おかげで月に三日は本部と本店での会議でつぶれるし、それ以外にも営業チームの会議を設け上に報告しなければならない。いままで一匹狼《いつぴきおおかみ》として好き勝手動いていた日々から、急にスケジュール管理しなければ首がまわらないようになってしまった。

「プロパーじゃないし、一生一兵卒だと思ってたんだけどなあ」

「いろんな意図があってのことだけど、結果だしてる人を会社が切るわけないいんだから。コーヒーチケットいつもありがとうね」

地下の銀コーヒーのチケットを配り歩くついでに情報を仕入れるいつもの朝のコースも、心なしか早回しになる。

「これが出世なんだろうか？」

息苦しくなっただけのように感じるのは適性不適性だけの問題なのだろうか。

（たったこの程度のポジションアップでバタバタしてるようじゃ、転職してECベンチャーの準備室なんてまかされてたら過労でどうにかなってたかも）

パティシエ界のカリスマである恩師の井崎耀二《いざきようじ》と、幼なじみで元雇い主であるローベルジュのオーナー雨傘君斗《あまがさきみと》が組んでコラボブランドを作り、本格的に海外展開に乗り出すプロジェクトは、結局静緒以外のスタッフを迎えて順調に進んでいるという。あの彼らからは、ゆっくりでいいからいずれ合流して欲しいと再三オファーがある。あのときは、静緒としては、富久丸の大事な顧客である清家弥栄子《せいけやえこ》さんを無事お見送りできるまで、担当外商を降りられないと考えていたから、すぐに動くことはできなかった。

あれから、無事四十九日を終え、葉鳥さんはスーツを脱いでラフなポロシャツ姿でミラノへ帰国した。ああもう彼は外商としてお客さんの前に出る必要はないのだな、と思うとどこか寂しく、ついで長年にわたる重責を務め終えた姿にほっとしたような気分になった。月日が経《た》つのは本当に速い。あの人から外商のノウハウのすべてを教えられ、そしていまもう下に教える立場にいる。

「おはようございます、おそくなってごめん」

名刺の肩書きがたった一行増えただけなのに、デスクのあるいつもの営業部のフロアで社員たちが自分を見る目が少し違う気がした。

「おはようございます」

三年目の外商部新人、大泉未玖《おおいずみみく》が慌ててデスクから立ち上がり挨拶をした。もう一人がいない。十一時に営業部でと伝えておいたはずだが、連絡ミスか、それとも遅刻か。初日からこれだとしたらなかなかの大物だ。

「あの、香野《こうの》さんはいまお客さんとご一緒だそうです」

「そうなの？」

「昨日の真夜中に、急にお客さんが日本に来られたそうで、朝イチで買い物がいくつもあって、いま一階でお会計通してます」

「なるほど」

海外バイヤーで経験を積んで輝かしい戦績とともに外商部に配属された香野万江《まえ》は、自他共に認める若手の出世頭だ。今年のはじめに「おまえみたいなやつをよこすから、うまく育ててくれ」と紅蔵に言われてから、リサーチもしそれなりに心構えはしていたつもりだが、思っていたより香野は雰囲気も性格もいい。なにより成績がいい。

（配属されて一ヶ月で一千万売り上げるのはなかなか）

社員の売り上げは都度更新されるので、社用タブレットで彼女の動きを確認してみた。たしかに五分前に紳士服売り場で百万弱の売り上げがついている。名前から推測するに客は中国人だ。

一橋大学出身、もっと大手の商社に内定も出ていたのに、直接モノを売る現場を勉強したいと毎年二十人もとらない富久丸百貨店の最終面接で一番の高得点をたたき出し文句なしの採用になった逸材だ。バイヤー一年目から中国の富裕層相手に日本酒を売りまくり、撤退寸前だった上海《シャンハイ》の支店の建て直しに大きく貢献したことで社長賞を獲《と》った。中国語は方言も含めて堪能で三カ国語はビジネスレベルで問題ない程度に話せるし、出身が長崎という地の利を生かして、地方特有のコネクションも太い。なにより最終面接で、富久丸百貨店が九州地方で弱い点を細かく分析し、地元の老舗M&A案から、上海長崎間のフェリー内出張店舗設営プロジェクトまで、今すぐにでも使えそうな企画をいくつも提案してみせたのは語り草となっていた。

「申し訳ありません、遅れました！」

若い子にしてははっきりとした滑舌、しかも大きな声で挨拶をしながら香野が戻ってきた。手にいくつものブランドバッグをぶら下げている。

「終わりました。お待たせしてすみません」

思いつきで日本に来る富裕層が一番欲しいのは、入国後のケアだ。彼らは手ぶらで来ることが多いので、身の回りのモノをすぐにそろえたがる。もちろん彼らの秘書がフライト前に百貨店やホテルのスタッフに連絡をいれ、現地の我々担当員がすぐに動く。中国から日本に着くまでの数時間でひととおりのものをそろえてホテルスタッフに引き取ってもらい、到着時にはすべて部屋にそろっていることがスタンダードだ。

「それは送らなくていいの？」

「えっと、こっちはディオールのソープです。DOWの秘書さんから我々に」

DOWは上海に本社を置く通信業の大手で、会長は二酸化炭素排出に反対している企業方針によりプライベートジェットを持たない主義で知られる。よって日本に来るときも定期運航便を使う。

「わ、ありがとうございます」

大泉がほんとうにうれしげに紙袋を受け取った。彼女の親は表には出してはいないが、大阪のある食品メーカーの創業者一族である。餅は餅屋とよく言うが、富豪の欲しいものは富豪出身の子女がいちばんよく知っているというわけで、昔から菱屋や大甲などの老舗呉服店系では、いわゆるいいとこのボンばかりが雇われ、外商部専属となった歴史がある。最近ではそういうあからさまな慣習もなくなってきてはいるが、超一流企業が富裕層出身の子弟を積極的に採用することはいまもあたりまえのように続いている。一種の保険だからだ。

会社が大泉に期待しているのは、もちろん親や一族を中心とした実家のコネクションであり、幼い頃からそれに囲まれて生きてきた彼女の見る目だ。野心一つを手に奨学金で上京した香野とはなにもかも正反対だが、ふしぎなことに二人ともそろって朗らかでよく気がつき、人当たりもよかった。紅蔵がアタリを送ってくれたことに感謝しかない。

もっとも、急に即戦力を見いだせ、下を育てろと上が追い立てるには理由がある。菊池屋との合併を前に、退職していった者が会社の見通し以上に多かったためだ。

（まさか板垣さんが辞めちゃうとはなあ。次の部長候補って言われていたのに）

外商部は大店《おおだな》ともなると百人体制で、数だけは立派だが実際売り上げを上げているのは上の二割ほど、ほかの八割はなんとなく勤務年数を重ねて、特に手柄も結果も出さずに外回りだけをしている働き蟻《はたらあり》である。会社としてはできるだけそのようなスタッフをどこぞに追いやって、現場で実績を上げている若者を外商部に配属したいのだが、そこは会社という組織のルールと日本の法律の壁があって、なかなか切った張ったというわけにはいかない。

特に外商は、担当あってのお付き合いの面が大きいため、今回の菊池屋との合併にいい顔をしないお客さんから、けしからんことだとお叱りをうけることも少なくなかった。

「そういうときは、どんなふうに対処すればよいですか」

生真面目な大泉は疑問に思ったことはすぐに助言を求める。トラブルの種を察知する能力が高いため、あらゆる状況を想定して対処を決めておくタイプだ。対して香野は黙ってじっと聞いている。自分のやり方ではないな、と思ったことは無難に相づちをうってやりすごすが、良いと思ったことはスマホのボイスメモに録音する。手帳をもたなくなったのもこの世代の特徴だ。

「いろいろおっしゃるお客様も多いけど、口を出すってことは、うちの店に愛着があるってことだからありがたいことだと受け止めて」

「はい」

「お客さんのほうだって、菊池屋といっしょになったからって本気で取引を切りたいとは思ってない。まあ、法人でお中元お歳暮関連で数をとっている会社さんの中には最後までごねて大事になる人もいるけれど」

「そういうときはどうするんですか」

「まあ……、相手にもよるけど、店長と部長が頭を下げに行って」

「そこまでするんですか!?」

「でも、するとしてもそこまでだね。去るものは特に追わない。なぜって、どの店から買うかなんてお客さんの自由だからね」

もちろん、合併は富久丸と菊池屋だけの話ではないので、過去に他社の合併話を嫌ってこちらに切り替えたお客さんも大勢いる。しかしそういう話は狭い業界の中ではすぐに広まるし、情報は共有されていくから、結局はうちの外商をやめたからといって、他社の外商口座がすぐに開けるかといえばそうでもない。まずは〝通って〟いただきましょうかということになるだろう。

「結局はどこかで手打ちして、新しい体制でもどうぞよろしくおねがいしますで収まることが多いよ」

（お客さんだけじゃなく、外商員の転職先だってそうそうある話じゃない。たいていは辞めた後、プライベートバンクかコンサルタント、顧客のプライベートスタッフに

なることが多い。うちをやめて、菱屋に採用されるなんてことはほぼない)
香野が横を向いてぼそぼそとボイスメモに記録をはじめた。
静緒の年頃までは、とにかくアナログなものが商売道具とされていて、タブレットもノートも使うけれども、結局手帳がしっくりくる。しかし今のZ世代は生まれたときからスマホがあるのだから、デジタルメモでも特に違和感はないのだろう。データが飛んだらどうするんだろう、とは思うが余計なことは言わない。彼らはそのトラブルに小さい頃から慣れてきたのだ。人生に突然スマホが現れた四十代とは違うのである。

その日は、新人二人を引き連れて何人かのお客様の引き継ぎにあけくれた。静緒が葉鳥さんから引き継いだ中でも、穏やかで趣味の合う客を静緒が選んだ。小篠さんは須磨の名士で、三十歳になる娘さんが寝たきりなので、いつも季節ごとに必要なものをお届けしている。大泉の性格からしてぴったりなのではないかと思った。

芦屋の六麓荘にお住まいのエリカさんは、中国の不動産会社の社長の後妻さんで、とにかく派手なパーティが多いので、これはまさに香野にハマるのではないかと考え、二人で十分引き継ぎの打ち合わせをしてから臨んだ。

「エリカさんがネットのリアリティーショー番組にハマったらしくて、同じようにボトックスを打ち放題のパーティとかを日本でやりたいっていわれてます」

「アメリカの番組はいろいろ振り切ってるね……、とりあえず、医師の手配は個人でしてもらってください」

二人が配属になって一ヶ月も経つと、上に報告書を上げなければならない。人を評価することにあまり慣れていない静緒にとっては、これが思った以上にストレスになっていた。

堂上が去ったお得意様営業推進部改め進戦略企画室の氷見塚とは、こんなに面談する必要があるのか、と思うほどしょっちゅう顔を合わせる機会がある。彼女のほうからランチでもどう、と誘われれば、なかなか断るのは難しい。なにしろ先方にもチームにも静緒のスケジュールは筒抜けであり、その場限りのでまかせで乗り切ろうにもバリエーションがないので、三度に一度はランチやお茶にいくことになる。

（これも仕事。それに、ランチミーティングは情報交換に最適）

ただ、静緒はそのへんにふらっと入ってぼーっと食べる一人飯が好きなだけで、普段から外商員たるものだれかと話し、お茶をしながら重要な情報を手に入れるものなのだ。そうでもしなければ、上顧客さんたちが欲しがるレアな商品は手に入らない。例えばあるハイブランドの限定品は世界で二十個ほどの生産で、そのうちまずはＮＹに（パリは当然）、東京を含むアジア圏には二個ほど割り当てられている。日本よりも富裕層が多いといわれる中国からわざわざ買い物客がやってくるのは、円安だということもあるが、そもそも東京に割り当てられるレアな限定品目当てという目的もあるのだ。

「珍しいバーキンならいくらでも出すっていっているお客さんはたくさんいるんですよ」

中国に多くの顧客を持つ香野がストローでアイスカフェラテの氷をつつきながら言った。

「だけどなかなか手に入れられなくて。今まで何度も通ってそれなりに買い物もしたんですよ」

香野が言うには、いつ店に上顧客を連れていっても、なかなかいいものを出してくれない。それでも顧客側も三顧の礼が必要だということをわかっているので、言われるまま進められるままにそれなりにするバッグをいくつも注文して帰った。かれこれ一年はそんな調子で足繁く通っているのに、これはという限定品を薦めてもらえることはなかったという。

「鮫島さんはどうやって入手したんですか」

「うーん、それはもう地道な努力しかないかも」

「努力って、具体的には？」

「H社の店員や店長に直接働きかけても難しいなら、周囲から攻めるしかない。結局は信用の問題だから」

外商員には、ハイブランドの限定品を回してもらえるようになったら一人前、という不文律がある。だれもが知る超一流ブランドの限定品、しかもアジアで二個しかないとなればブランド側の大事な切り札だし、店のほうもだれに売るかは戦略だ。そうそう新米の外商員の顧客にまわってくるものではない。

（えらそうに構えてるけど、私だって最初は葉鳥さんに泣きついたんだったな……）

信用を得るためには愚直に年月を積み重ねていくしかないが、それでものっぴきならない事情で急に必要になるときがある。婚約指輪や不幸が迫っているときなどの特殊事情をのぞけば、それらは大抵プレスが入るパーティやショーのレセプションなど、人と知り合うために出かけるときだ。相手の素性がわからない初対面の場では、会話のきっかけはたいてい相手のセンスを褒めるところから始める。決して人の容姿には触れず、選んだ意図を褒めることによって会話を始めるためだが、相手が格上で、こちらが新参者の場合は相手の気をひくなにかが必要になる。会話をしたいと思わせるだけの珍しい時計やバッグ、靴、装飾品などは武器になるのだ。そしてそれが手に入れることが難しいと周知されていればいるほど、それを手に入れる手段を持っている相手だという情報を暗黙のうちに伝えることが可能になる。

ITや仮想通貨などの新興マーケットで富を築いたニューリッチがさらにビジネスを拡大するためには、既存の老舗や信用を得ているビッグメーカーとのつきあいが必要になる。

「大げさに言うと、イーロン・マスクの名刺をもってるだけでお金を貸してくれる銀行がいっぱいあるってことですよ」

自身も大手消費財メーカーの御曹司である枡家にとって、そのような付き合いは特にめずらしくもなんともないようで、

「女性のニューリッチが上とつなぎをつけるためになにを使ってるのかは詳しくないですが、男の場合はとにかく時計ですね。ロレックスもいいけど、やっぱりパテックフィリップ、ヴァシュロン・コンスタンタン、普段使いならオメガ、……うーん、あとはオーデマピゲあたりかな」

そういう本人は一九五〇年製の手巻きのカラトラバを愛用している。理由はこれが似合うように歳をとるのが理想だからだそうで、若いのになかなかいぶし銀の趣味である。新しい客と会うときにつけている幻のグランドセイコーと呼ばれる44GSモデル（これも手巻き）は、わかる人にはわかるいい時計で話のネタになるのだそうだ。

「初恋の人が六九年生まれだったからどうしても六九年製のセイコーが欲しくて。初デートも和光だったんですよね」

「なるほど？？？」

ちなみに44GSは当時大卒の初任給ほどした高級腕時計で44シリーズと呼ばれ、新卒の頃この時計を目標にしていた、なんていう社長さんが大勢いるそうだ。今年グランドセイコーとして復刻されたお値段は約百十万円也《なり》。桝家はこのグランドセイコーを絶対売りまくろうと、復刻版が出る前から顧客たちに自分のアンティークを見せて44シリーズの話を念入りにふっておいたそうだ。

「だって、全世界で五百五十本しか販売されないんですよ。日本のメーカーだから百本は国内に撒《ま》いてくれますけど、それでも百本ですよ!!」

彼が思った以上に、若かりし時代を思い出してなつかしんでくれた顧客が多く、日本中に電話をしまくって苦労してかき集めていた。

「オーバーホールなんて言葉、外商に来て初めて聞いたよ」

「静緒さんは時計、しないですからね。手首が重いんでしたっけ」

「製造業やってると手袋だからね。なんとなく時計の良さがわからないまま大人になっちゃったね」

iPhoneの時刻のフォントを見るのがいちばんしっくりくる静緒である。

新しい部下たちとランチをして、ひととおり悩みの相談にのったあとは、自分の顧客との会食が待っている。外商員側よりお客さんのほうが詳しいことはめずらしくなく、静緒の腕時計の知識をマイナスから、それなりの基本を押さえるレベルまでたたきあげてくれたのは葉鳥から引き継いだ上顧客だった。

一樂有之《いちらくありゆき》さんは七十過ぎの和服の似合う老紳士で、実家は京都の清水寺近く、ボートが好きだからと芦屋浜のマリーナ近くにセカンドハウス（本当の意味ではセカンドではないだろうが）をお持ちの資産家である。

「僕の家はね。もともと上賀茂神社の上のほうでずーっと田んぼをやってたらしいのよね。昔はあのあたりはぜーんぶ田んぼでね。正確には京都じゃないんだよね」

京都には洛中《らくちゅう》と洛外《らくがい》という目には見えない国境線があり、京都の人の言う京都とは洛中のことを指すのだ、とはなんとなく伝え聞いていた。京都生まれの京都育ち、生粋のボンである桝家に言わせると「ああたしかに一樂さんのところは京都じゃない」らしい。よくわからない。

「明治とか大正とかのあたりなんか田んぼどころかがれきの山だったりしたのよ。それがあれよあれよという間に都会になっちゃって、うちも先代のころから田んぼつぶしてビル建てたりしてね。僕のおじいちゃんのころまではたしかに米作ってたんだけどね」

そんなボン中のボンである一樂さんは、次男ということもあってかふわっと同志社大学に入り、そのままふわっと東京に出て完全なる縁故で銀行に就職した。しかし元から労働に向いていない性格で、本人がおっしゃるには、会社を辞めたり旅に出たり絵を描いたり踊ったりしながらふわふわ生きているうちに七十年が経過していたそうだ。

「時計もね、はじめから詳しかったわけではないの。ただお友達がみんな、一樂くん時計ぐらいしなさいよ、なんておっしゃるからね。葉鳥さんに頼んで、まあ恥をかかない程度のなにか用意していただけますかってね。そしたら、ほら、葉鳥さんもまだそのころはうんとお若くて、真面目で思い込んだら一直線みたいなところがあってね。たまたま僕が、三井倶楽部で時計をしていないことをからかわれた、なんてふわっと話しちゃったもんだから、彼が血相を変えてあらゆるところから時計をかき集めてきたわけ」

当時は高度経済成長期で日本がいけいけどんどんだったころ、豊かなエンを求めて日本には世界中から良いものもそうでないものも集まっていた。大事なお客様のためにと葉鳥氏が集めてきたものはどれもすばらしく思えたが、なにせそこまで時計に執着もなかった一樂さんは、説明を聞いた後値段も聞かずに全部買い上げた。そして葉鳥氏の説明通りに、お茶席にはこの時計、クラブや同窓会など学校関連にはこの時計、ビジネスの相手との会食にはこれ、目上の人のお祝いの席にはこれとマニュアル通りに使い分けていた。ところが一樂さんは、もともと趣味人で小さい頃から当たり前の

ように お茶やお花、踊りを習い、実家の資産を管理するために親に言われて古美術の資格ももっていたから、いわゆる「お呼ばれの席に合わせる」文化が自然と身になじんでいた。

「お茶席なんかでは、その日のお客さんにあわせてテーマが決まっているから、訪問着から場所、掛け軸、お道具なんかも亭主がひとひねりもふたひねりも仕込んでいてね。なぜこのようなセットになったのか謎解きをするのが楽しみの一つでもあるわけ。だから、なるほど外国の人はスーツや時計やカフスで自己表現をしたり、ホストへの敬愛を示したりするんだなあと思って、そこから興味をもったんだよ」

そうして、自前の資金力を生かしてスイスへ留学、あっという間にその世界では名の通った趣味人、日本の〝ミスタースイス〟として知られるようになった。

「ふと気づいたら、『いい時計ですね』なんて言われることが多くてね。時計からすごく話がはずむんだ。ヨットクラブなんて名前で買っただけなのに、いまじゃ手に入らないから欲しい人が多いらしい。たいして高くもなかったんだよ。でもそうなると手放せないね」

IWC社のヨットクラブは知る人ぞ知るというヨット愛好家のためのモデルなので、この時計をしているだけでさぞかしヨット好きの間で話に花が咲いただろうと思われる。静緒もIWCのパイロットウォッチが好きだ。そう言うと、じゃあ買おう、とビッグ・パイロット・ウォッチ・トップガン〝モハーヴェ・デザート〟を注文してお帰りになった。

お客様というものは不思議と連鎖するもので、その日呉宝美のフロアで一樂さんをお見送りしたあと、時任さんに声をかけられた。

「さめちゃん、いまいい？」

彼女の切羽詰まったような顔は珍しいので、次の予定を確認したあと、少しならと念押しして彼女の持ち場へ立ち寄った。

「あそこにいらっしゃる若い男性、外商に入りたいんやって」

「お客様ですか？」

「うん、さっきオーデマ ピゲのロイヤル オークご購入。クロノグラフね」

オーデマ ピゲは三大高級時計メーカーのひとつで、クロノグラフとなると約八百万だ。時任さんの仕事は今日はもう終わりである。

「それにした決め手は？」

「うーん、最初は上品で年上の人たちに受けるものがいいって悩んでたけど、最後は自分の好みにするって」

なんとなく外商を必要とする理由に察しがついたので、静緒はうなずいた。時任さんと連れだってくだんの男性に声をかけにいく。

「えーっと、あなたが外商の方ですか？」

まだ三十代半ばほどに見えるラフなカーゴパンツにTシャツ姿の男性だった。オフィスワーカーの男性に好まれるアウトドア系の高級ブランドで、靴だけがジョンロブのレザースニーカー。キャップ帽はバレンシアガ。平日の昼間にふらっと高級時計を買いにくるあたり勤め人とは思えない。

（これはNIMAさんのような、強い時計を探しに来た感じではないな）

「よろしければ、こちらでお話を承ります」

呉宝美フロア専用の別室に案内する。ガス入りの炭酸水が出されるとそれに口をつけた。ゆっくり話をしたいという客側の姿勢がよくわかる。

「お恥ずかしいことなんですけど、僕は、いままで百貨店でろくに買い物をしたことがなくて」

男性は八太《はった》諒多《りようた》と名乗り、自身が投資家であることを手短に話した。服や身の回りのものを路面店で買うことはあっても、外商というシステムがあることすら最近まで知らなかったそうだ。

「こちらへは、どなたかのご紹介ですか？」

「いえ、ぶっちゃけた話ネットで調べて、高額な買い物をすれば百貨店から声がかかると聞いたので、今日一日買い物しまくっていました」

思わず時任さんと顔を見合わせた。八太さんは手ぶらだったが、すでにスーツ二着と靴、香水、バカラのワイングラスをお買い上げ済みだった。

「今日は昼から一杯やろうと思っていたので、車はもう代行に戻してもらいました。だから荷物も送りました」

「お任せいただければ、こちらで責任をもってお送りいたしますので」

「ああ、そうなんですね。そんなことまでしてくださるんですねえ。すごいなあ、外商」

正確にはこれから外商口座を開けるかどうか、つまりお得意様カードを発行できるかどうかの審査があるのだが、八太さんはさも当然というふうにうなずき、

「うちは家族もごくふつうの一般人なんですけど、僕は運良く収入だけはあるので、どうかな。とにかく外商に入りたいです」

熱のこもった視線でじいっと見られた。並々ならぬ意志を感じる。

「というか、外商に入らないといけないんです。その、僕には結婚を前提にお付き合いしている女性がいるのですが、その方が資産家の娘さんで、どこで結婚式をするのか聞かれるだろうから、ご両親に挨拶をする前に百貨店の外商に入ってくれと頼まれまして」

「なるほど」

だいたい話が読めた。横で黙って聞いていた時任さんもうなずいた。彼女にしてみれば、ここでうまく顧客になってもらえれば婚約指輪も結婚指輪も、その先にもしかしたらプッシュプレゼントも彼女の仕事になる。時任さんの目が、突然LEDに変えた家の照明のように輝きはじめた。

カードの申込書を書いてもらい、連絡先を交換してエスカレーターまで見送った。

「最近多いから、てっきりプッシュプレゼントのお客さんかと思ったら」

「日本でも増えてきたんですね、プッシュプレゼント」

リッチなセレブ夫が、出産を終えた妻やパートナーに送るお疲れ様ギフト、それがプッシュプレゼントだ。欧米ではジュエリーか車が定番で、お迎え用のレンジローバーなどが人気らしい。

「そのうちライスシャワーもイースターもするようになるよ」

「百貨店的にはイベントはあったほうがいいですしね」

「北海道物産展より安定した集客が見込めるイベントになれば、役員も夢じゃないよ、さめちゃん」

「私が？　まさか」

ようやくお昼休みだという時任さんに、お礼もかねてランチをおごることにした。思ったより早く接客が済んだので三十分くらいならなんとかなりそうだ。

「ねえ、菊池屋との合併で、すぐ上がごそっと菊池屋になったってほんとうなの？」

芦屋川沿いにいくつも軒を連ねるおしゃれなカフェのテラス席があいていたので、外の空気を吸いながら一息つくことができた。

「いやいや、そんなことないでしょう。しょせんうちらは田舎の一兵卒。本部の中がどうだかは知らないです」

「でも、さめちゃんはさ、紅蔵さんの派閥じゃない」

「向こうは専務取締役ですよ？」

「オエライサンに直接連絡が取れる一兵卒なんていないよぉ」

たしかに普通の会社ならそういうこともあるかもしれない。静緒の場合、紅蔵がたまたま部長だったころにスカウトしてもらったという縁があるだけなのだったが。

「菊池屋から来た上司とはうまくいってるの？」

「氷見塚さん？　いいひとそうです。いかにも出来るバリキャリって感じ」

「ウチ（富久丸）の上を押しのけて役員になりそう？」

「うーん、そうだね、それは……なりそう」

規模的にいうと富久丸と菊池屋は対等合併のはずなのだが、氷見塚のように本部のポジションもちの地方司令官の中で、同じだけの戦闘力を持ち合わせた富久丸サイドの部長級がいるかというと、

「いなそう……」

「ね。ウチは課長クラスがどうにも頼りないんだわ」

富久丸百貨店はあくまで支店のひとつであり、本体のホールディングス直属の本部社員になることこそ出世といえる。若い頃に店長を経験し、本部に戻り部長になり役員になるのが理想のコースで、外商から役員が出ることはあまりない、といわれている。所詮静緒のような外国人部隊出身の外様にはもともと縁の無い話だ。

「百貨店もさ、いろいろ変わってかなきゃ厳しいと思うんだよね」

気持ちのいいくらいにクラブサンドイッチをぺろりと平らげた時任さんが言った。

「そろそろここの建物も古くなってきたじゃない？　堂島の大阪本店も建て替えて上はオフィスに賃貸するし、ここもそうなるんだろうなあ」

全国的に百貨店が老朽化による改築工事を機に、タワー型に建て替えて上を賃貸オフィスにする事業があいついでいる。もともと一等地に敷地を持っているのだから、せっかくの土地を最大限に生かして利益を得たいのはホールディングスとして当然だし、オフィスではなく高級レジデンスとして貸し出してほしいという顧客からの要望は根強くある。とくに年配の百貨店利用層にとって、住居からエレベーターで降りただけで百貨店で買い物ができるのは魅力的だろう。百貨店としても百戸も入れば毎日定期的にやってくる顧客が確保できて言うことはない。それでも元町本店だけはまだそういう噂《うわさ》がないのは、本丸だけは形を変えたくないという小売りの矜持《きょうじ》がそうさせているのだと思われた。

「とはいえ、高砂屋さんも上本町の店舗をオフィスタワーにしちゃったし、うちもいつまでもつかわからないよね」

「芦屋市は規制があって五階以上の建物を建てられないので、いいところ五階までたてて三階より上のフロアを貸し出すとかでしょうか」

「でも、いまどき感じのいい大手書店が一フロア借りてくれるようなこともなくなってるって話じゃない？」

「そもそも賃料が高すぎて、有名ファストファッションでも入ってくれないですよね」

「WからもZからも断られてるって話だよね」

最近流行《はや》っているアウトドア系の低価格で丈夫なブランドが、女性をターゲットにした新ラインを展開するにあたって、フロアに入ってほしいとラブコールをしていたが、けんもほろろに断られた、というのが内部の噂である。もっともこれは我が社だけの話ではなく、どの百貨店も同じなのだとか。

「EC、郊外型の店舗が主流になってきているよね」

この流れへの危機感は、都市部大型店舗を中心に展開する百貨店はつねに抱いていた。いまでもECつまりネット通販にはできない、我々の強みを生かした企画をあげろという檄《げき》は毎月のように飛ぶし、会議もしょっちゅう開かれている。しかしながら時任さんの言うとおり、二十年、北海道物産展以上のイベントを発明できていないのが現状なのだった。

小売りでの赤を補塡するために、不動産業がメインになっていくのもまた時代の流れなのかもしれない。カメラのフィルムを作っていた会社は化粧品を、たばこの会社は飲料を、そして酒造メーカーはサプリメントを。どの会社ものれんを守っていくのに必死だ。

「堂島がオフィスビルになっても、元町本店だけはいやだ!!」

という思いは、富久丸で働く社員だれもが抱いている共通の想《おも》いでもある。この気持ちはいったいなんなのだろうと静緒は奇妙にも思う。むりやり言語化すると、「店《みせ》」は本丸ということだろうか。

「ゲーム会社が、会長の個人的な運用や、スポーツクラブ業のほうが本業になっていくんだもん。もう、なに屋でもいいから店さえやればいいんじゃないか、と私なんかは思うけどね。時代は変わるし人も変わる。採用だってずいぶん変わったよ」

話題は、菊池屋から来た静緒の上だけではなく、下に部下がついたことに及んだ。

「私が若いころはさ、外商員はもう最初から外商員として入社してきたわけよ。いいとこのボンばっかり。さめちゃんとこの桝家くんみたいな」

「桝家はうちのでもなんでもないですが……」

「まあとにかくボンボンを雇ってたらまちがいないって感じよ。そりゃそうよ。入社前にばっちり身辺調査まであったんだから。そのほうが効率がいいっていうか、適材適所なのはわかるよ。親も外商使ってて、親のそのまた親の身代までわかってる相手を雇うほうがそりゃあいいもの。いまさめちゃんの下についてる大泉さんなんてまさにそうじゃない」

「まあ、そうですね」

「ぶち込んだキャベツを回すだけでみじん切りにするカッターみたいな新人女子なんていなかったわけよ」

そっちは香野のことを言ってるんだとわかって思わずレモネードを吹きそうになった。

「香野がなにか失礼でもしましたか？」

「私にはなんにもないけど、B社の限定バッグがどうやっても手に入らないってバックヤードで愚痴ってた。日本限定商品を買いに来たシンガポールのお客さんに申し訳ないって」

ああ、うん、とうなずくしかなかった。そればかりは外商員のコネクションがものをいう。ハイブランドに顔の利く先輩外商員と仲良くなり、融通してもらうしか方法がない。何十年も変わっていないツール。あまりにもアナログな手段なので、彼女たちZ世代にとっては理解しにくいのだろうか。

（若者を育てるのは難しいな）

しかしZ世代が顧客になるのもすぐのこと。世代が違うから理解できないで終わらせていては仕事にならない。

時任さんと別れ、バックヤードへ向かおうとしてふとフロアを見てみたい気持ちになった。外商員は百貨店の社員としても外をメインにする部隊だから、こうして気をくばっておかないと店の中の変化を見落としがちである。

百貨店の最前線といえば化粧品フロア。ディオールのシンプルだが力強いロゴとみずみずしいカラーリングのメイクアップ商品が、つやめいた黒のケースには収まりきらない魅力を放っている。そして、動線の先には女王シャネル、CとDと言われる両雄ブランドを通り過ぎるとすぐに目に入るのが、外国からの観光客の大本命資生堂だ。トム・フォードなどのメイクアップが主力のエリアから、スキンケアの覇者たちが顔をそろえるエリアに自然に足が進む。最近では、カリスマスタイリストやアーティストをプロデューサーに迎え、大手化粧品会社が開発した新規ブランドが注目を集めている。百貨店コスメながらお手頃価格で幅広い客層に支持を受けるMACやオーガニックを掲げ成功しつつあるブランド、長年のリピーターに買い支えられ揺るがない外資系ライン、どのメーカーにも特色があるからこそ、この百貨店の一階、化粧品フロアに出店できている。

そして、化粧品フロアの対面に広がるのが靴、靴、靴。百貨店の顔ともいえる婦人雑貨である。静緒のような食品あがりの元契約社員ではなく、新卒として採用された若手が最初に配属になることが多く、この場所で鍛えられて成長し、おのおのが望む部署へ出世していく。

（あれ、あの子、さっき八階で見たな）

婦人雑貨の胸バッジをつけたまだ若い女性販売員が、なぜか地下の食料品売り場にいた。手には四つの手提げ紙袋を持ち、お客様と会話を続けている。おそらく靴を購入し荷物が多くなったお客様のヘルプでここまでついてきたのだろう。

婦人雑貨の人間が、売り場を離れてお客さんにつくのは珍しい。気になって観察していると、客は牛肉店で買い物をしたあと、人気ベーカリーでパンを大量購入。パンはとにかくかさばるので、販売員の運んでいる荷物と合わせるととても一人で持てる量ではなくなった。さてどうするのだろうと思っていたら、販売員はお客様を一階へご案内。婦人雑貨のレジまで荷物を運び、お客様はというと靴ためしばき用の椅子で一息。その間に、レジ奥から宅配便の伝票をもってきた。なるほど、送れる荷物は自宅へ送ってしまうように勧めたようだ。

靴を三足分と、おそらく八階で購入したと思われる造花の壁掛け、それに高級ルームフレグランスと有名メーカーの枕を奥に運び入れ、代わりに店の紙袋に手持ちで持って帰る生鮮食品をまとめる。一足分だけ靴を手元に残してあるので、なぜ送らないのだろうと思っていると、なんとその場で履いた。早く革が伸びるように、購入した靴を履いて帰りたいというお客さんは少なくない。客が履いてきた靴を箱にしまい、メジャーを伸ばして段ボール箱の大きさを説明している。すると、新しい靴を履いて気分がよくなったのか、客はおもむろに化粧品フロアに向かった。どうやらまだ買い物を続けるようだ。

結局そのお客さんは、資生堂カウンターで基礎化粧品をいくつも購入したあと、購入したものをすべて女性販売員に預けていっしょに地下二階へ向かった。

いったいなにをするつもりなのか興味をそそられふらりとあとをつけてみる。なんと、履いてきた靴を修理専門店に預け、伝票をもらって荷物をひとつ減らすことに成功した。

（なるほどなあ！）

静緒は感心してしまった。客に負担がかからないように別フロアまで荷物を運ぶ手伝いをする。地下の食料品売り場はたいてい最後に客が立ち寄る場所だから、あのお客さんはもうすぐにも帰宅するつもりだったのだろう。しかし、思いのほか地下での買い物がかさんだせいでとても一人で持てる量ではなくなってしまった。そこへすかさず、配送サービスを勧める。客はおそらく電車利用者だろう。これをぜんぶ手持ちで帰るよりかはと提案を受け入れ一階へ戻った。そこで、販売員のほうから、靴を修理に出せば荷物をひとつ減らせると提案する。新しい靴を買いにきた客は、たいてい古い靴にトラブルを抱えているものだし、接客をする際に靴のことは聞いていたのだろう。客は靴を修理に出すことにする。すると予定をしていた段ボールの大きさに余裕が出る。同じ送料がかかるのならば、ついでの買い物はございませんかとさりげなく聞く。たとえば重たい水物がかさばりがちな化粧水などの基礎化粧品。そういえばいつも使っているものも同じだしと資生堂のカウンターへ行く。そしてまとめ買いをして荷物を販売員に預け、最後に靴も修理に出す。客は生鮮食品だけを手に店をあとにする。その足取りは気のせいか、軽やかで表情も明るく見えた。

靴だけでも四足買ったということは、よほど彼女の接客が上手だったのだろう。そして、生鮮食品フロアまで足を運んだということは、この後の流れが彼女の中で予測できていたということ。重いワインやチーズを買うようなお客様ならばきっとこうなるという、彼女独自の接客プランとデータがあるに違いない。

（靴四足を売り上げ、お客さんは八階でも高級雑貨と寝具を購入している。地下では牛肉とパン。修理に出していた靴は神戸の老舗ブランド。クレ・ド・ポーでさほどお試しをせず定番の基礎化粧品を購入。あれだけの試供品をもらっているのなら絶対常連。メイクアップのラインもクレ・ド・ポーで揃《そろ》えている。ざっくり今日一日で二十万円使ってもらった計算になる）

しかし、そのうち彼女の成績に直結する靴の売り上げは半分にすぎない。彼女が売り場を離れてから、お客は店のものを予定の倍購入したが、あくまでそれは別フロアでのこと。彼女の巧みな誘導と会話、接客技術が店に貢献したことはたしかであるのに、彼女にはなんのメリットもないということになるのだ。

実際、その後の彼女の行動を目で追ってみると、大荷物を奥に持ち込まれた婦人雑貨のヘルプはあからさまに迷惑顔で、彼女自身が配送の準備をするはめになっていた。こうなると、本来の仕事であるお客様の対応がおろそかになる。フロアのチーフの目も心なしか厳しい。

彼女がフロアを離れていた時間は合計二十分。八階を加えたらもう少し長いだろう。その間、婦人靴売り場で店員を探していたお客さんの対応ができなかったことになる。

「ああ、鮫島さん。いいところに」

婦人靴売り場のサブマネージャーが困ったような顔をしてスッと静緒に近づいてきた。

「見てた見てた」

「見てましたか」

「外商のお客さん？」

「じゃ、ないみたい。でも十一課に回すから、次からお願いします」

なんだか、彼女のお客さんを自分が横取りしたようで気が引けた。あのお客さんが外商を利用するようになれば、せっかく彼女についている売り上げが、靴もまとめてぜんぶ静緒のものになってしまう。

「すごく接客がうまい子だけど、ちょっと前からうちにいるよね」

「そう。倉地《くらち》さん」

さりげなく靴の並び方を整えながら、微笑みながら、ギリギリ相手に聞き取れる声量までトーンを落としながら話すのは接客業の特殊技能といえるだろう。

「倉地は、神ハブって呼ばれてるのよ。どのフロアにも客を連れて行くし、初めてのお客を連れてきてつなぐ。まさに巨大空港のように人をつなぐ神のハブ女子」

「神ハブ、女子……」

「彼女がついたお客さんはすごい買うの。いつも配送。でも、そのせいで持ち場を長時間離れるのが問題になってる」

「ああ……」

倉地凜《りん》は契約社員二年目の二十六歳。もともと派遣で来ていたという。サブマネが言うには、成績はいいから上も一目置いているし本人も本採用を望んでいるが、どうしても彼女の接客スタイルと現場の方針があわないのだとか。

「むしろ外商に向いているのでは？」

「そうだよね。まあ、契約社員じゃすぐに十一課は難しいけど。正社員になれたらぜひ鮫島さんみたいにね」

つやのある黒髪のボブスタイルにほっそりとした白い首、背はあまり高くなく、どちらかというと小柄で、容姿も華やかなタイプではない。けれど二十代半ばでだれもマネできない接客スタイルを確立している。

お客さんに買っていただける力というのは、技術であり、経験であり、なによりセンスがものを言う。努力をしなくても、魔法のように売り上げをあげる人というのはいる。これればかりはもう才能という陳腐な言葉で表現するしかない。

むしろあの小さな体から、全力でお買い物を楽しみ、素敵なものと出会っていただくんだ、というパワーを感じて、静緒は常時圧倒されていたのだった。

その日から、静緒は店に寄るたび、倉地の姿を探すようになった。たいていは一階の彼女の持ち場で接客をしていたが、やはり靴を購入後は、一階に入っているセレクトショップの店舗に同伴。大いにもりあがり、出てきたときには紙袋の数は倍になっていた。

「コール ハーンは、一九二八年にアメリカで、靴職人の兄弟弟子が組んで設立したブランドなんです～。いまではゴルフウェアなどで有名ですが、NIKEの完全子会社になったことで、ソールが改良され、スニーカーの履きやすさと革靴の正統派の魅力がMIXした新しい時代の履き物として進化しました」

聞き耳を立てていると、静緒自身も知らなかったメーカーの歴史をさらりと会話の中に織り交ぜている。

「いきなりブランド品は手が出しにくいなあ、という方にもよくご購入いただいているラインです。デザインもスタイリッシュで、かといってスポーツブランドほどでもなく、有名すぎるブランドロゴを押し出すでもなく、価格帯もこのあたりで、手頃で素敵ですよね～」

まず足下が新しくなると、人は上も合わせたいと思うようになる。コール ハーンのハイカットスニーカーを購入し、その場で履いてタグを切った女性客は、帽子とストールを別の店で購入。倉地のことを熟知しているのか、そのショップの店員は彼女を見てぱっと顔を明るくした。神ハブ女子が来た、と思ったことだろう。

別の日には、仕事の都合でどうしてもパンプスかローファーを履かねばならないというお客さんのために、三十秒ほどで四足選んでいた。どの棚になにがあるのか、サイズの在庫はどうなっているのかもある程度把握しているようだった。

「こちらはこれでないととおっしゃる方が多いブランドですよね〜。このゼリーのようなインソールはメーカーの特許なんです。私のような立ち仕事のリピーターさんも多いんですよ」

客が購入した靴の知識を押しつけがましくなく会話に混ぜるタイミングが秀逸で、多くの客が、この店員は信頼できそうだから、ほかの買い物の相談もしてみようか、という顔つきになるのが興味深かった。

メーカーの歴史や特許などのトリビアもさらっと話すことによって、実はこのブランドは靴だけではなくバッグや衣料品などにも展開していることを知る客も多いのだろう。ならばついでだし見てみようという気にもなる。荷物を送る段ボール箱に空いているスペースがあることを告げられれば、ついついほかの買い物までしたくなってしまうし、地下で北海道スイーツフェアをやっていると言われれば、せっかくだから買って帰ろうと思うものだろう。テナントで入っている店員がほかの店をおすすめることはないが、富久丸のスタッフならばそれができる。まさに神ハブ。あらゆるフロアにつながる靴、婦人雑貨という強みを生かした、百貨店の店員ならではの接客だ。

（なのに、彼女が努力してつなぎとめたお客さんは、外商にあがってくる。これでいいわけがない）

先日静緒が目撃した、靴を四足お買い上げいただいたお客様の情報が、婦人雑貨のサブマネから上に上がってきていた。カードの部署から年間のお買い上げ情報のチェックも済んで、ぜひ外商のほうで声をかけてみてほしいという。香野と大泉のどちらに割り振ろうか考え、ため息をついてしまった。

店として、会社としてはこのやり方で間違いないのだろう。しかし、倉地凜にしてみれば、自分の手柄をすべて外商がかっさらっていくことに徒労感を覚えないだろうか。なにかしら彼女の手腕を会社として評価していかなくては、いずれ彼女は富久丸に見切りをつけ、もっと自分を評価してくれる場所へキャリアアップを考えるに違いない。

（昔はどんな職場にも三年と言われた。でもいまは転職にネガティブなイメージはない。むしろ万年人手不足の販売職ならば一年とちょっといれば、待遇やポジションアップを目指して次を探すのも可能だ。義理や人情で縛り付けられるような時代じゃないのだから）

とはいえ、本部の人間でもない静緒に人事に口を出す権限はない。できることといえば、氷見塚に、あの子はできる子なので逃がしたらだめですよ、と口添えするくらいである。

カードの部署から、先日お申込みいただいた八太諒多氏の外商口座新設にＯＫが下りていた。さっそくご本人に電話をかけると、すぐに話したいことがあるので会えないかという。資産家のお嬢さんとの結婚式まわりについての話だろう。

結婚となると、婚約指輪から式場の手配まで、動く金額のケタが違ってくる。結婚のお世話をしたカップルからはその後も出産などのお祝い事、会社のこまごまとした用事など、百貨店の出番は多い。昔ほどではないとはいえ、ある程度の規模にまで成長すると、IPO（新規株式公開）を意識してかパーティなどを法人外商にまかせる会社はIT系を中心に多々ある。やはり、会社に対する信頼を得ようとすると、古くからのしきたりを通らざるを得ないということだろう。

個人投資家や、NIMAさんのようにSNSだけで何億も稼ぐイラストレーターとの仕事が増えてきた静緒だったが、八太氏の職業はさらにその最先端を行くものだった。

「アート投資家です。制作と売買をメインに扱う会社もいくつかもっていて、主にデジタルアートを中心に展開しています」

いわゆる非代替性トークン（NFT）を利用したデジタルアートは、ビットコインなどの仮想通貨の代わりに投機用資産として近年熱い視線が注がれている市場だ。八太さんは比較的早い段階からこのNFTアートに投資しており、いまでは初期に投資したぶんが莫大《ばくだい》な資産となって、NFTアートの成功者といえば彼、と言われるまでになっている。三十七歳で資産は数十億、すでにその大部分を富裕層向けの資産管理会社に預け、自らは新たにビジネスを立ち上げている現代の成功者だ。

「NFTはビットコインと同じで、ただの目新しい新規投機先にすぎません。だからいずれ価値は落ちる。僕の場合は運よく初期のころにひと財産つくれたので、さっさと売却して、過熱してきたころには第一人者みたいな顔をしていられたのが大きいですね」

すでに八太さんはNFTアートの次を狙って仕込みをすすめているという。

「仮想やデジタルは一過性のブームですから、かならず揺り戻しがあります。デジタルバブルがはじけ、悪いニュースが重なるにつれて、人は今度はリアルを求め始める。あるいは、担保を求め始める。なので、次にくるのはリアルが紐《ひも》づいたデジタルだと僕は読んでいますね」

起業家はさまざまな分野に種まきをしているもので、八太さんもまた、地方の国立大学の近くの倉庫などをおしゃれにリノベーションして、国立大に通う学生のたまりばとしてカフェなどを経営する事業に力をいれている。八太さんがいうには、地方の国立大には、地力のある頭の良い若者が大勢いて、起業のチャンスを狙っている。彼らにはアイデアと頭の良さがあるが、金がない。そこで、自分のような投資家が実際に話を聞いて、メンターとして彼らのスタートアップにつきあい、場所と時間と資金を提供する。婚約者である瑛子《えいこ》さんとは、同じシード投資家仲間の紹介で、いわゆる〝港区の〟パーティで出会ったという。

「まあ、若いころの僕がそうだったんですけど、無理しながら港区アドレスに住んでる同業者が多いんですよね。だから、〝そういう〟機会も多くて」

起業家や投資家にとって、情報とは人と会って得られるものだ。だから有益な人と会うためには多少の無理をしてでもアドレスを動かし、生活スタイルも変える。特に東京は野心をもつ若手の実業家たちがしのぎを削る戦場でもある。まず、港区の六本木や麻布に住めるかどうかでふるいにかけられ、それを維持できるのかでもふるいにかけられる。資産家たちのパーティは気まぐれで、すぐに呼べる人間だけを呼ぶ傾向にある。つまり、彼らの住む近くにいて、声をかければすぐ駆け付けられる相手しか呼ばないのだ。だから、彼らは多少無理をしてでも港区に住み続ける。

そのありがたい恩恵のひとつが、いわゆる婿さがしのために資産家の親が開くパーティだ。

「彼女の親は外務省の官僚で、それなりに力のある人です。退官も近いですが、そこそこのポジションで終わるのではないかと言われている。三年位前からかな。奥様にせっつかれて、まだ独身の一人娘のために勉強会を開くようになりました。まあ、なんとかを学ぶ会とか、意見交換のための交流会などの半分はこういったお見合いのことも多いんです。僕はそういう場があることは噂で知っていましたが、自分には縁のないことだと思っていました」

日本の伝統文化が海外にどう受け入れられているのか意見交換をする会があり、八太さんは知り合いの起業家に誘われてふらりと参加した。どんな小難しいことを勉強しているのか、自分は場違いではないかとひやひやしたが、蓋をあけてみれば一人の女性を大勢の独身男性が囲んで、女性にというよりはその親に自分をアピールする会だった。その時の様子は、さながらスタートアップにおけるデモデーのようだったと八太さんは言った。

「彼女は……、瑛子さんというのですが、今まで何度か結婚を前提におつきあいをしていた男性がいたそうです。でも、最終的には親が反対してご破算になってしまう。それで、もういっそ親の選んだ人から選べば楽に進展するのでは、と思っていた、と言っていました」

瑛子さんの親、つまり外務官僚夫妻が選んだ独身男性はそうそうたるメンツだった。国立大学の准教授、有名企業や国立研究所の研究員、親と同じ畑の若手官僚、医師、弁護士……、いずれも瑛子さんではなく、瑛子さんの親である外務官僚夫妻の後ろ盾を得たいと思っている若き野心家たちだ。昔から親の背中を見てきた瑛子さんは、ビジネス政治のやりとりや世界に慣れきっていたため、そんな彼らを見てもとくになにも思わなかった。自分も四十直前になるまで実家暮らしで、コネを総動員して得た仕事にしがみつき、なにかしたいことがあるわけでもないままこの歳まで来てしまった。自立する気もないままずるずると甘い汁を吸っている自覚もある。親に対する罪悪感もある。せめて結婚くらいは親の言うとおりにして、孫の顔でも見せてあげたい。頭がいいわけでもない、とりたてて取り柄もない自分にできることはそれくらいしかない、と思い詰めていたらしい。

八太さんはといえば、この東京會舘《とうきょうかいかん》にはローストビーフを食べに来ただけ。まるでかぐや姫と求婚者のようだなあと遠巻きに眺めているだけだった。その八太さんが、瑛子さんと話す機会を得たのは、お互いにお手洗いにいくタイミングがたまたま同じだったから。

『大変そうですね』

と、八太さんは思わず声をかけてしまったそうだ。瑛子さんが作り笑いをしていることは遠目に見てもよくわかった。あの中から親の気に入るだれかを選んで結婚するのか、官僚の娘はたいへんだな、と感心半分同情半分のような不思議な感情がわいたのだという。

そんな自分の状況を正確に把握した上で、他人事《ひとごと》のように突き放した言葉をかけられたことが、瑛子さんには逆に印象に残った。八太さんをひきとめて名刺を出させ、後日自分から会社のメールアドレスに連絡した。

メールを受け取ったとき、八太さんは瑛子さんのことなどすっかり忘れていたので、一瞬誰からかわからなかったらしい。ああ、あの東京會舘のかぐや姫か、と三十分くらい経ってから思い出した。

偶然職場が近いことがわかり、あの日はろくにローストビーフが食べられなかったと彼女が言うので、改めて二人して東京會舘に食べにいった。あの洋館の雰囲気が好きだと彼が言うと、彼女は学士会館のフレンチもいいとおすすめしてくる。自然と二回目のデートが決まり、なんだかお互いに会う理由も目的もよくわからないまま、おいしいものを食べに行くだけの日々が過ぎた。あるとき、仕事で高知大学の近くにある自分が経営するワーケーション施設に出張した。お嬢様へのお土産がよくわからず、とりあえず四万十川のノリの佃煮《つくだに》を買っていったら、その日のうちに白米の上に佃煮を山もりのせた写真を送ってきて、初めて彼女への興味がわいた。

「それまで違う世界のお嬢様としか思ってなかったんですよ。都内のあらゆる高級レストランや寿司屋《すしや》や料亭に顔を覚えられているような人だから。どこか記号的に見てたんですよね。僕は奈良の田舎育ちだし、高専しか出て無くて、コネクションもない。親は地元企業に勤めるふつうのサラリーマンで、母親はパートの学童指導員。姉は教師です。親戚だっていろいろいる。彼女や彼女の親が私らと縁続きになっていいことなんてひとつもない。むしろマイナスです」

それでも、瑛子さんがあの数居る求婚者の中から選んだのは八太さんだった。交際に進むのに積極的だったのは彼女のほうで、八太さんが出張で地方へいくと、必ず休みをとって自ら会いに来た。八太さんの仕事である地元の企業や農家、JAなどの挨拶回りにもついてまわり、疲れた彼の代わりに運転もした。いったいなにが都会育ちのお嬢様の心を動かしたのかわからないが、とにかく瑛子さんは、八太さんに気に入られようと必死に努力した。その様子をみて、八太さんもまた健気《けなげ》だなとキュンときたという。

「だって親が選んだ男の中から無難なだれかを選ぶことだってできたわけですよ。彼女の周りはそんなひとたちばっかりなんですから。なのに、わざわざ自分みたいな典型的な成り上がりの、どこの馬の骨ともわからない低学歴の田舎者を選ぶとか、チャレンジャーだなとしか思えない。何度瑛子さんに聞いても、僕を選んだ理由はわからないとしか言わないんです。ただ、ピンときたと。血統書付きばかりの中に、毛色の変わった雑種がまぎれこんだだけなんですが、彼女はそれが、珍しく、力強く、ものすごい吸引力を感じたそうです」

お互いに惹《ひ》かれ合ってからは、歳の問題もあってすぐに結婚の話になった。八太さんのほうも三年つきあった彼女と、彼女のほうが田舎暮らしはしたくないという理由で別れたばかりだったから、どんな僻地《へきち》にも喜んでついてきてくれる瑛子さんの存在は伴侶としてうってつけだと感じた。

「おそらく、瑛子は最初にお母さんに僕のことを話したんでしょう。すぐに僕のプライベートは調べ上げられたと思います。いまの職業や年収、経営している会社の年商があの方たちの及第点だったのかはわかりませんが、彼女は大丈夫だと言っていた。今まで両親ともに父親と同じ東大法学部閥にこだわっていたが、独身男は尽きた。次に慶応や一橋などにも門戸を広げたが、それも枯渇した。もう両親の望む学歴、育ち、バックヤード、コネクション、年収をもつ独身の男は東京には残っていない。自分のような高専卒も、東京のFランも彼らにとっては同じこと、大事なのは将来性だと」

エライ言われようだな、と静緒は思ったが、八太さんが冷静にそう感じたのならそうなのだろう。華族制度が崩壊したあとも、階級は確実に存在する。本物の上流の人々は、一生下流の人間に会わず、会話せず、目も合わせることもないまま人生を終えるのだ。

「瑛子は、どこに住んでもいいし、どんな暮らしをしてもいいから、結婚式だけは親の面子《メンツ》を立ててほしいと言いました。正直、彼女が望む結婚式のランクが僕にはよくわからない。幸い小銭だけは持っていて、ハリー・ウィンストンの婚約指輪を買うことはできるけれど、格式とか言われるとちょっとね。全然想像もつかないわけです」

あまり上客でなくて申し訳ないですが、と八太さんは何度も繰り返した。

東京のお客さんなのに、なぜウチなのだろうとは思っていたが、話を聞いて腑《ふ》に落ちた。おそらく瑛子さんの家には東京の名だたる外商が入っており、瑛子さんとしては比べられるのを恐れて、関西の百貨店を選んだに違いなかった。あとは、八太さんの仕事が西日本を中心に展開されていることと、八太さんの実家が奈良という点もあるのだろう。

(成功者にもいろいろ苦労があるものだなあ)

とは思ったが、瑛子さんと結婚すれば八太さんには強力な後ろ盾がつく。融資を受けるのも容易になるだろうし、お互いの利害も一致する。そのために、こう言ってはなんだが八太さんの身分の底上げを、という意味での外商の出番なのだ。

その後、八太さんから無事、瑛子さんのご両親に挨拶にいく段取りがついたとの報告を受けた。「結納と結婚式は富久丸の外商のしきりで」と言うことで得られる社会的信用は確実にある。ECにない百貨店の強みはまさにここに凝縮されているともいえよう。

時任さんに八太さんのことを報告して、彼女のほうからハリー・ウィンストンに連絡を入れてもらった。今回のことは彼女の手柄でもあるので、きちんと紹介ルートを記録しておく必要がある。たとえ時任さんの直接の売り上げにはならなくても、ハリー・ウィンストンの店長に恩を売っておくことはプラスにしかならない。

ハイブランドの店員は将軍だ。お客になにを売るかは彼らの胸三寸である。そして、彼らは最初からハイブランドに就職しているわけではない。名も無い販売店から実力を積み、容姿と外国語を磨き結果を出して、わらしべ長者のようにのし上がってきた人間も多い。そういうタイプの販売員同士は、キャリアアップの過程で必ず知り合っている。お互いに情報を交換し、お互いの前歴も、なんならどの芸能人とつきあってきたのかすら把握している。静緒が最初からすんなりハイブランドの販売員のコネクションを利用できたのは、地下でローベルジュの催事に立っていたころからのつきあいがあったからだ。彼女らとて、地下で買い物ぐらいはする。ローベルジュが元町店の催事に出すたび、甘い物は絶っているけれど買い物ぐらいはする。ローベルジュのクリームパイはご褒美だからと買っていってくれた新任スタッフが、いまでは堂島のエルメスでチーフをしている。

だから、香野が自分の顧客に限定ものを売ってもらいたければ、地道にコネクションを広げるために活動すべきなのだ。地下の催事で積極的に買い物をして、外部販売員や契約社員ともかかわりをもち、根気よく種をまく。だが香野の意欲は己の中国の上顧客だけに向いていてやや視野が狭いように感じられる。

静緒は外商に来る前に、地方の小さなパティスリーが百貨店の催事に入れるまで、ひたすら製造と現場に立った。富久丸に契約社員として入ってからは、バイヤーとフロア企画として様々な売り場に出入りした。正直外商の扱うハイブランド以外のほうに自分の強みがあったぶん、外商一年目はだいぶ苦労したが、葉鳥という大きな存在によって乗り越えることができたように思う。

自分は、葉鳥のように香野や大泉を指導できるだろうか。葉鳥のやり方は葉鳥にしかできない。自分のやり方で導けばよいとは思うが、自分のやり方が彼女たちにマッチしているかどうかはまだわからない。

なにより、香野は〝課外活動〟を極端に嫌う。休日は必ず社用携帯の電源を切っていて、オンとオフの区別をはっきりとしている。プライベートに重きをおくのは現代の若い人の生き方において顕著で、それは二十四時間戦えますかなどという風潮がもてはやされた静緒の若い頃よりはいい傾向にあると思う。しかし、店と違って外商の仕事に閉店時間はない。それは彼女も重々承知で配属されてきたのだろうと思ったが、話をきくと心の底から納得しているわけではないようだった。

「今はそうでも、私たちの世代が積極的に意見して、変えていけばいいんですよね」

週明けの報告会のあと、少し時間をもらって彼女と話す機会を増やすことにした。

香野は歯切れの良い口調できっぱりと、

「働き方改革が進んで、ブラックだといわれていた販売業もだいぶ改善されてきたとは思います。でも、外商はまだ古いと感じます。なにかあったときにすぐ動く仕事は、プライベートセクレタリーがやればいい。仕事でいい結果を出すためには、プライベートの充実は必須ではないでしょうか」

「でも、いまいい結果がだせていなくて、苦労しているよね」

シンガポールの上顧客の期待に応えられていないことを暗に示唆すると、やや反射的に否定の言葉が返ってきた。

「そういう時間外労働って、一度すると〝するもの〟と思われるのがいやなんです。自分の時間をどんどん犠牲にして、仕事にぜんぶ費やして干からびた二十代、三十代を送りたくないんです」

あくまで勤務外の仕事はしないと線引きしている香野に、課外活動の重要さをわかってもらうのは至難の業だった。

（干からびた三十代……）

香野の考え方からすると、静緒のような生き方はとうてい理解不能なのだろう。自分でも仕事しかない人間だと思うぐらいだから、他人から見れば相当、プライベートを犠牲にして生きてきた、かわいそうな仕事人間に見えるはずだ。

（まあね。そうですよね。最近はなんだか生理も不調だし、更年期が近づいて来てるってひしひしと感じますよ……）

彼女のようなZ世代に、自分たちのようにプライベートを犠牲にして仕事に尽くして技術を身につけてきた人間のやり方は受け入れられない。だが、静緒は実際そのやり方しか知らない。これからは、自分に合うやり方だけではなく、自分が投げられないボールの投げ方まで理解し、受け入れ、個人にあった指導をしていく必要がある。

これが、思った以上に最近の静緒には負担になっていた。

「自分のやり方を教えるんじゃなく、自分には性に合わないやり方や考え方も理解して、把握して指導するのが、こんなにしんどいとは思わなかった」

気がつくと、桝家のプライベートゾーンである一階のソファで、冬眠に失敗して車道で乾いたは虫類のようにひっくりかえっていた。

「自分の仕事に集中したい……。自分の仕事だったらどれだけ増えてもいいよ……。出世とかしなくてもいい。自分のことだけしていたい」

「それが組織のめんどくさいとこですよねー」

同じ組織に属していながら他人事のように桝家は言う。どんな心境の変化か、最近はルーフバルコニーでプチトマトを育てていて、ホームセンターで購入した土を新しい大きなプランターに入れる作業をしていた。お願いだからそういう作業をするときは、グッチのスウェットは脱いでワークマンの作業着に着替えてほしい。

「組織にいる恩恵を受けている以上、組織の維持に労働力と技術を還元していかなければならない。あ、そんなめんどくさいこと考えないで適当にやってたほうが気が楽だと思いますけど。部下の教育も」

「桝家だって、そんなこと言ってられるのいまのうちだけだよ。ちょっと肩書きついたらこうなるんだよ」

「ならないですよ。俺出世しませんもん」

両手にスコップと腐葉土のバッグを抱えた姿で、彼は静緒を鼻で笑ってみせた。

「自分の健康が大事ですもん。健康に四十になって、なるべくストレスフリーで五十になりたいんで。男で静緒さんみたいな働き方してるやつはみんな四十になれずに心か身体が死ぬっていいますから」

「………」

たしかに、最近結婚出産育児の話題のかわりに、知り合いが闘病中だとか、病気で休職だとかいう話がちらほら耳に入ってくるようになった。癌《がん》のようなおっかない病気もあるが、鬱も多い。

「自分が自分を大事にしないでどうするんですか。もっと楽にふわっと仕事しましょうよ。いつまで富久丸にいるかわからない若手なんて勝手にやらせとけばいいんです」

「いや、しかし、その指導も仕事で……」

「香野なんて、絶対そのうち金持ちの中国人と結婚してさっさと独立しますよ。大方セカンドビジネスで起業でもしてるんじゃないですか」

「うち、副業禁止じゃない」

「別名義でやってるぶんなんて会社もチェックしようがないでしょ」

たしかに、桝家も親からいくらか譲られたポジションや名義からの収入があるだろう。手っ取り早いところで不動産や証券などは副業のウチに入らない。

「大泉はわりとあれで長続きしそうですけど、そのうち見合いって言われそうな実家らしーですね。みんな勝手やってるのは、鬱になりたくないから。できるだけ我慢する生活をしないってのが一番効く健康法なんで、部下が勝手やるぶんなんて個人の健康法なんだなって思ってスルーでいいんですよ」

そう言って、アフターに酒も飲まずに中庭のルーフバルコニーに消えていった。静緒は今までに無く、桝家の背中をまぶしく感じた。空いた安ワインの瓶ごしに見送る彼の後ろ姿が心なしか以前より大人っぽい。ああ、けれどルーフバルコニーでいくら大量のプチトマトを育てても、外から虫がこない造りでは、いくら丁寧に世話をしても肝心の受粉はしにくいんじゃないかと言いそびれた。

桝家は有意義（?）なプライベートライフを過ごしているというのに、あいかわらず静緒は土日なく社用スマホを手放せないでいる。佐村《さむら》さんの中学受験につきあって以来、ありがたいことに静緒のことが口コミで広まったのか、うちの子の受験の相談に乗って欲しいという同様の依頼をいただいている。あくまで静緒は外商員で中学受験のプロではないが、話を聞いているうちに、どうやら本当に相談相手を欲しているのは偏差値50近辺の中学を目指している子どもの親であるようだった。ようするに、偏差値60以上の中学を目指せる学力がある子どもなら、塾のほうもある程度はマメに面倒をみてくれるが、塾のステータスアップにもならないレベルの偏差値の子どもは、授業費を払うだけ。親のほうも塾のそんな態度に失望していて、けれど同じ中学受験ママたちは東大寺だ灘《なだ》だ甲陽だを目指しているので話が合わず、引け目もある。

本当に必要とされるのは、偏差値50の子どもの親のケアだが、だれもそこには商機を見いだしていない。そこへ、偶然静緒が慶太《けいた》くんの受験のケアを体当たりでしたことが、結果的に佐村さんの絶大な信頼を勝ち得ることになり、同様の悩みを持つアッパークラスのママたちから突然の外商入会指名を相次いで受ける、ということになったのだった。

口コミというなら、佐村さんより鶴さんの影響のほうがもっと大きい。おかげで今まで電鉄系の外商しか使っていなかった建設関係のお客さんたちから、急に家にきてほしいという依頼が入ったり、外商サロンで会いたいと電話が来たりする。みな、ロレックスを買う、絵画を買うと依頼はさまざまだが、フタを開けてみると娘の結婚が……、孫の受験が……と、買い物とは関係の無いことで静緒の力を借りたがった。

思えば奇妙な話である。静緒の時間を買うために、店の売り物を買うというのは。けれど、こういうやりとり、お客さんとの関係性はECでは成立しようがない。ECをライバルとして狙いを定めている以上、百貨店はECにはできないラインを重点的に強化していくしか生き残る道はないと言っていい。

だとすれば、お客様とのこういうやりとりも大事な仕事のうちだ。佐村さんや鶴さんからのご紹介をありがたく受け、ついでに休みの日には中学受験関連のセミナーや講習にも足を運んで、関西圏や全寮制を含めた地方の私立中学について情報を集める。そうこうしているうちに、投資家の鞘師さんから車を買いたいという依頼のLINEが来る。藤城雪子《ふじしろゆきこ》さんからは、母の一周忌に、同様のエステートセールを開けないかと相談メール。友人の金宮寺良悟《きんぐうじりょうご》からは、なぜか南宮町の中古テラスハウスの案内だ。最近の彼は、「どうせお母さんと同居するならニコイチを買って隣を貸せばいいじゃない」と熱心に勧めてくる。彼が言うには、テラスハウスは売却が難しく、壁を共有しているせいでリフォームも建て直しもやっかいだが、二軒ともまとめて買ってしまえば価値は倍増する。隣を賃貸で貸してローンを返す不動産投資は、マンションと違って己がオーナーなので、管理費や修繕費の支払いコストがなく、なにかあったときに手をいれやすい。

『もしくは、山の手にある定期借地権のマンションがおすすめよ。あそこは借地期間があと二十年を切って価値が下がってきてるんだけど、じつは内部の管理組合では、更に五十年借地期間を延ばそうって話が具体的にまとまってるの。上物はオーナーの身内の竹中工務店が建ててる立派なものだし掘り込み式の地下のガレージは、立体駐車場と違ってメンテナンスいらずだし。外車やセカンドカーをおいておくのに台風や天候不良の日にも安心だって評判がいいのよ』

プロの不動産屋らしく、昔の間取りなので一部屋が四十平米と一人で暮らすのも狭く、今の若い人には人気がないが、もともと地権者が好きなように間取りを決めたため、メゾネットや百平米のペントハウスなども入っており、二部屋隣同士で買って壁をぶち抜くことも可能らしい。実際、最近では団地を同様のやり方で間取りを広く変え、売り出すのが主流になってきており、若い人にも好評だということだった。

『借地物件なら二部屋買っても二千万。どうせここは借地も延びるからあと二十年＋五十年で死ぬまで居られるわよ』

「へえー、そんなこと考えもしなかったな……。すごいな」

不動産サイトのサーチではひっかかってこない情報の数々に、感心しながらローソンの低糖質パンにかぶりついた。

気がつけば、食事のとりかた、睡眠の長さが若い頃とは変わってきている。昔は質より量、場所より値段の安さが重要だったのが、最近では食事をする場所のロケーションや内装、雰囲気重視になったように思う。せっかく会うんだから、せっかく外出するんだからちょっと高くても気持ちよく居られるようにしようという意識が強くなったのは、時間に対する価値観が変化したからだろうか。

とにかく毎日時間が無い。あっという間に季節が、半年が過ぎ去っていってしまう。社会人を始めたころは、あれこれ将来について悩んだり、人間関係にふりまわされたりすることも多かった。けれど、いつの間にかそんな時間すら持てずに日々を過ごしている。

(去年、私、なにしてたんだっけ)

去年のスケジュールをアプリで確認した。ああ、そういえば母のために家を探していたのだった。その前の年は、外商の仕事を覚えるためにとにかく勉強会漬けでプライベートはまったくなかった。みなが遠巻きに自分を見ているのがわかって悩んだりもした。桝家との関係もいまのようによくはなかった。

(私、そもそもなにに悩んでいたんだっけ)

日々の忙しさは、自分自身の存在をも忘れさせる。生きている感覚が鈍くなる。やらなければいけないことはわかっている。母と暮らす家、終《つい》の棲家《すみか》。いずれ動けなくなって働けなくなることを想定して、十年後を見据える歳になった。桝家が言うように、ずっと健康でいられる保証はなにもない。そのときのために今なにができるか。

（わかっている。わかっているからこそ、転職も考えた。なにかあったときに自分を助けてあげられるのはお金だ。母も介護になる。私が面倒をみなくちゃならない。でも自分から仕事をとったら生きがいをなくしてしまうタイプだとよくわかっている。働き続けながら、将来に保険をかけるためには、家とお金だ。だから合併のゴタゴタやほとぼりが冷めたら、また堂上さんに連絡して……）

社用のスマホにメッセージが入り、画面が明るくなった。大泉からの訪問の連絡だ。彼女に引き継いだある資産家の家の奥様が、ご主人の誕生日プレゼントを探しているのだという。いろいろ考えてはいるが、自分はご主人に会ったことがないので静緒の意見を聞きたいとのことだった。

『会社用のマグカップはビールジョッキくらい大きいものがお好みだから安定感重視で。同封するジュエリーはネクタイピンがいいと思う。おしゃれな方でお仕事は会合が多いから、縁起物やご自身の星座関連のもの、ダイヤ以外では青い石がお好きです』

しばらくして、大泉からいくつかの写真が送られてきた。ブルーダイヤモンドをあしらったご自身の星座のものを選んだ。ネクタイピンはいくつもお持ちだが、こういうデザインのものは今までにもあまりなかったように思う。

エルメスのブルーダイユールが生産終了になるので、マグカップはそれがいいのではないか、と意見を加えて、あとは彼女に任せた。

ふと、香野や大泉へ振り分ける仕事のことを思いだして、手帳に書き込んだ。まだ自分は手帳が便利だが、香野たちはもうスマホやタブレット一本でタスク管理をしている。デジタルネイティブである世代の台頭はあっというまだ。静緒がのんびり自分のことに気をとられている間にも、若手は結果を出し独立する。今回のヨージ・イザキとローベルジュのEC専門合弁会社などという新しい分野では静緒よりもっと若く、勢いのある有能な人材が見つかれば、自分など必要なくなる。いつまでも自分の席がある、必要とされていると思うのは危険だ。

席があるうちに転職したほうがいい。自分に価値があるうちに動いたほうがいい。あたまでは理解しているのに、うまく動く気になれない。合併のゴタゴタが終わったら、部下への引き継ぎが一段落したら……、などは自分が自分自身を納得させるために用意した理由だ。同僚や先輩たちが合併を機に転職したのと同じように静緒だって動けばよかったのだ。

（家、とにかくローンを組んでしまわないと。そしたら動ける。母に連絡して物件を見に行ってもらおう）

歳をとるたび、息を吸うように〝しない〟理由を見つけるのがうまくなる。今までの自分は〝する〟理由を選んできたのにこの変わり様だ。気づかないうちに変わるのは季節だけではないようだった。

第二章　外商員、社内政治を知る

八太さんから、無事瑛子さんの両親との顔合わせもすみ、婚約指輪を買いにいく段階になったとの連絡があり、時任さんにお礼もかねて八階へ顔を出した。その後、イラストレーターのＮＩＭＡさんから、すき焼き用神戸牛など、おいしいものを見繕ってもってきてほしいというオファーをいただいていたので、地下へ赴いた。ＮＩＭＡさんは現在、芦屋浜のマリーナ横に近年建ったばかりの会員制ラグジュアリーホテルに仮住まいしている。まるで白亜の豪華客船が停泊しているようなそのホテルは、同系列の宿泊施設が東京や軽井沢、ニセコ、沖縄など日本の名だたる高級リゾートにもあり、会員権を購入することで施設を利用し、宿泊、あるいは居住することができる。ＮＩＭＡさんは独身でいまのところ恋人もいない。親戚と両親、兄弟のいないほぼ天涯孤独の身の上ということで、不動産を購入しても意味が無いと、定住できる場所を求めてまずはレンタルでいろいろ住んでみているというお客様だった。そんな彼女が静緒と知り合い、毎月の売り上げの何パーセントかを占める上顧客になったのには、ある理由があった。

「知ってる？　鮫島さん。裁判の日ってね、期日っていうんだって。私たちはあんまり使わない言葉だよね」

ＮＩＭＡさんは、自分が制作し発表したイラストやキャラクターを含む世界観を、さまざまな会社に貸し出して利益を得ている。今では世界中にファンを持つ有名なイラストレーターだが、もともとはTwitterやブログで細々と好きなイラストを発表しつづけているだけの無名のアマチュアだった。

当然、会社でデザイナーとして働いたこともなく、法律の知識にも乏しい彼女は、自分の描いたイラストが巨万の富を得るようになるとは夢にも思わず、毎日せっせと描いてはフォロワーの反応を楽しみにしていた。そんな彼女のもとへ、ぽつぽつと企業などからイラストを使わせてほしい、絵本を出さないか、などの依頼が舞い込むようになった。

当然、最初の方はアマチュアの描いた絵だと、無償で使われたことも多かった。そのうち、ネットでも適正価格など知識の共有を呼びかける動きがあり、ＮＩＭＡさんもきちんとした契約を結ぶことの重要さを理解するようになったが、問題は半プロだったころになあなあのまま貸し出していたコンテンツだった。

きっかけはNIMAさんが、イベント制作会社のアシスタントから、SNSで誹謗《ひぼう》中傷《ちゅうしょう》を受けたことだった。すぐに相手を特定することができ、イベントの制作会社側も非を認め謝った。当の誹謗中傷をしたスタッフはすぐに馘《くび》になり、事態は収拾するかのように思えた。しかし、今回のことで深く傷ついたNIMAさんが会社側に不信感を募らせ、コンテンツを貸し出すのをやめたいと言い出すと、先方の制作会社は急に手の平を返した。正式な契約書を結んでいなかったことを盾にとり、すべてのライセンスは制作会社側にあり、NIMAさんは依頼を受けてキャラクターをデザインしたにすぎない、と主張をしてきたのである。

「あの交渉ね、先生たちががんばってくれているんだけど、ちょっと前からびっくりする展開になってきた」

「どんなふうになりましたか」

「相手の制作会社が、バンバンイベント打ちだしはじめた。いままでは年に二回、ファンイベントを開催したり、グッズを作って大規模なイベントに参加したりするぐらいだったのに、自分たちが主催して興行を打つんだって。それもなんだかんだで二ヶ月くらい。ショートアニメにもするらしい」

「え、アニメにもですか。それって、わりと大きなプロジェクトですね」

静緒もそこまで詳しいわけではないが、アニメーションになるとあっては、制作費だけではなく、どのプラットフォームで流すかなど、億のお金が動くことになる。

「製作委員会方式になってるけど、ほかはソフトコンテンツビジネスに出資しておきたいだけの言いなりの投資会社だもん。実質はこの会社が単独で制作しているようなもん」

「でも、ＮＩＭＡさんは許可を出していませんよね？　それでも制作できるんですか？」

「許可もなにも、弁護士立ててるんだよ？　でも向こうは聞く耳をもたない。人のつくったキャラクターをバンバン勝手に使って、グッズ作って、イベント打って、今度はアニメにしようとさえしてる。私の許可なんていらないって態度なんだよ。なんせ、著作権はあっちにあるって開き直ってるんだから」

ＮＩＭＡさんが新たに立てた代理人の先生によると、相手方がこういう態度をとってきた場合、いくらこちらが真摯な態度で申し入れをしようとも、無視して小銭稼ぎのために無茶な企画をたてまくり、勝手をしまくるだろうということだった。

「やったもん勝ちってやつだね」

ホテル内でも十室しかない、長期滞在型ラグジュアリースイートの広々としたルーフデッキで、静緒とＮＩＭＡさんはしみじみと肉を焼き、ワインを飲んだ。このホテル内には各種レストランだけではなく、プールやジムやエステ、はては美容外科やカウンセリング、ボルタリングやペットクリニックなども入っていてまさに小さな街そのものなのだが、どんなに高級で美味《おい》しい食事でも三日も通えば飽きる。やはりだれかと食べる食事がいちばんおいしいから、と彼女は分厚いザブトン肉をひっくりかえしながら言った。

「あれからネットを探してみたら、自分と同じような目にあってるクリエイター、たくさんいた。誹謗中傷への対処については、弁護士サイドもこれから増えると見越して、積極的にSNSで情報を提供してるみたい。芸能人がスルーせずに法的措置をとったことをニュースにしてくれるから、だいぶ抑止力にはなってるだろうけど」

最初はネットでの誹謗中傷問題だったのが、思わぬところに飛び火して、NIMAさんは自分の作品を制作会社に盗まれようとしている。一度心が折れかけていたNIMAさんを救ったのは、富久丸百貨店で自分を奮い立たせるために買った強いダイヤだった。そのダイヤのリングは、いまもNIMAさんの薬指にはまっている。五百万円のブルーダイヤ。しかし、今回の係争にかかる費用はそれの上をいくだろう。

「ほとんどのクリエイターは、そんなお金出せない。だから泣き寝入りするしかない。うちの相手の制作会社も、似たようなことしてる悪徳も、こっちがフリーランスの、女一人だと思って舐《な》めてかかってる。ちょっと書面で脅せばびびると思ってる。そういうことをやってきたから、息をすうように同じことをやる。だれかが止めないとだめだよ」

　と言ってNIMAさんが静緒に見せてくれたのは、一枚の書類だった。

「仮処分を申し立てることにした」

「仮処分、ですか。企業が倒産するときに、債権者が資産の散財などを恐れて裁判所に申し立てたりする、あの仮処分ですよね」

「そう。この調子でのらりくらりやってても、向こうはバンバンイベント打って、勝手にアニメにして、私の作品を使って勝手に儲《もう》ける。だからそれを阻止するためには仮処分のシステムを活用して、アニメ化とイベントを阻止する。といってもアニメ化は時間がかかるし、どこのスタジオに依頼してるかわからなければ手の打ちようがないので、まずは告知のあったイベントを阻止する。もう何年も声をあてってくれている声優さんたちを呼んで朗読劇をするんだけど、それが千人とか入れるわりと大きな規模で、すごくいやらしい言い方をすればまとまったお金になるみたい。主催しているから総取りってやつだね。それを止めるための申し立てをする」

　実際には、「被保全権利」つまり申し立て人がそれを申し立てする理由と権利を明白にし「保全の必要性」を証明する書類を地方裁判所に提出する。すべて代理人がやってくれるので、NIMAさんがわざわざ東京に行く必要はない。

「仮処分を申し立てれば、イベントを止められるのですか？」

「ううん。たぶん無理」

女二人で六百グラムの肉をぺろりと食べてしまった。瀬戸内の夜景を独り占めできる贅沢《ぜいたく》なルーフバルコニーはすぐに風に洗い流され、立ち上がった肉の匂いも夜の海へとすいこまれた。

「先生たちが言うには、仮処分が成立するには保全される……、つまり、イベントなどはもうチケットを売り出してしまっているから、その分の保証金を用意だてないといけないみたいなのね」

その額数千万と聞いて、思わずワインを注ぐ手が止まった。

「数千万ですか」

「そう。あくまで個人には難しいよね。司法案件にする難しさを毎回ひしひしと感じてるよ。仮処分を成立させるために担保金がいるなんて一般人は知らないし、知ってもどうしようもできないもん」

あくまで企業同士の係争ツールなのだ、と静緒でさえ理解できる。

「おそらく担当はまだ若手の書記官になるだろうって先生たちは言ってる。ボス先生は裁判所に長くお勤めだったみたいで、だれに当たるかはもうクジみたいなものだとおっしゃってた。若手の、しかも判事でもない書記官が、すでにチケットを売り出してる案件をストップさせて、一部だろうけれど社会的に混乱を招くだろう処分を認められるか、というと難しいんじゃないか」

「裁判所のひとたちも、人間っていうことですよね」

「そうなんだよね。法があっても、人の気持ちのほうがずっと影響は大きいんだなって思った」

先生たちの狙いは、本件で仮処分を成立させることではないようだ。仮処分はスピード重視だから、今回もイベント当日までに結論を出すために、いつもの裁判の三倍以上の速さで審議が進むという。たとえ仮処分が却下されても一度審議された内容は残るから、正式な裁判のときのスピード感が変わってくる。

「なるほど、狙いはあくまで本裁判で、裁判自体を短くストレスなく進めるための前準備というわけですね」

「そうそう。プロの人たちはそんなふうに作戦をたてるんだなって勉強にもなる。あくまでゴールは著作権侵害を認めさせること。勝手に著作権を主張しているあっちの会社の主張をこてんぱんにすること」

肉を焼き終わり、今日までの進捗報告が終わったところで、ＮＩＭＡさんは静緒を呼びつけた本題に入った。

「あのね、鮫島さん。私、いまわりと大きな仕事をいただいていてね、世界と仕事をするチャンスなんだ」

いままで手をつけていなかった法人化、さらに国際的なライセンス管理を委託できる会社との面談など、NIMAさんは自分が生み出したイラストを武器に本格的に事業を大きくしようと考えているようだった。

「いろんな会社からアプローチがある。でも今回のことで、いままで後回しにしてきたことから目を背けちゃダメだってわかったのと同時に、たった百四十字の日本語がこんなに簡単に人を傷つけるんだって実感できてしまって、いろいろと怖くなってしまった。誹謗中傷を証明するために、自分を中傷している投稿をもう一度見に行ってスクショとって、それをいちいち見せながら説明しないといけないのもつらかった。何度も何度も申し入れ文書や訴状でも繰り返されると、もうこんなしんどい思いをしたくないと諦めてしまう人の気持ちが本当によくわかる。仕事相手でも、匿名だと思ってこんなことするんだと人が怖くなって、信用できなくなってしまったのもあるし、お金のためなら他人の創作物を搾取して、しれっと弁護士たててウソの主張をしてくるんだと思うと、お金さえも怖くなった。あとは、女でいることが怖くなった。私が中年のおじさんだったらたぶんこんな扱いは受けてない。私が会社に所属してたら……、たとえば結婚して会社の代表がダンナだったら、ここまでひどいことはされていないんじゃないかと思うと、それも怖くなった」

怖い、怖いとＮＩＭＡさんは繰り返す。しかしその大半の恐怖は、女性であれば何度も感じたことのある、静緒にもなじみのある感覚だ。

「幸いなことに、私には今まとまったお金がある。ここで私が折れたら、ほかのだれかがまた搾取されると思うと踏ん張らなきゃと思う。でも怖いし、しんどいの」

「私に出来ることはありますか？」

「あのね、私をなぐさめてほしいの。モノでいいから」

ＮＩＭＡさんの顔は真剣だった。

「モノでしか埋められないしんどさってあると思う。だから素敵なものがあれば、すぐに紹介してほしい。服でも宝石でもなんでもいい。私は親もいないし、今回の裁判のことも友達にはほとんど言ってない。みんなに話したところで重すぎるから、反応にも困るだろうしね。だからなんとか一人で切り抜けるしかない。自分の機嫌をとるリソースが残ってないから、モノで代用したい。絵を描く以外の楽しい趣味がほしい」

彼女の指には、あのブルーダイヤのリングが嵌《は》められていた。夜の一等星を閉じ込めたようなきらめきを放ちながら。多くの味方もなく、たった一人で世の女が受けるしうちに立ち向かおうとしている。

「たぶんそうおっしゃると思って、実はもってきたものがあるんです」

静緒は室内に戻ると、持参したジュエリー用のアタッシュケースから、ヴァンクリーフ&アーペルのネックレスペンダントとブレスレットをNIMAさんに見せた。

「NIMAさんは蠍座《さそりざ》ですよね。こちらのゾディアックコレクションはメゾンの伝統を再解釈して生まれたもので十二星座あります。欧米でも西洋占星術を気にする方は富裕層に限らず多いんです。ですので、お守り代わりに普段使いできるものを選びました」

蠍座のロングネックレスは、NIMAさんの好きなブルー系の石であるターコイズに地金はローズゴールド。ヴァンクリーフ&アーペルらしい詩的な上品さと、時代に左右されない伝統的な意匠が人気で、自分の星座を身につける人が多い。

「イエローゴールドのメダルのほうと、ロングネックレスを重ねてつけてもいいですし、流行関係なく使えます」

ブレスレットのほうは、ペルレ コレクションのシニアチュールと呼ばれるもの。

こちらを静緒が選んだのにはわけがある。

「文字彫りサービスがございます。今回の記念に、お好きな文章や言葉を彫ってもらうのはどうでしょう」

「すごくいいね」

NIMAさんは手袋をすると、そうっとブレスレットとネックレスをもちあげ、自分の手首や胸元にあててみせた。

「ネックレスにも刻印できます。好きな言葉や、自分を守る言葉をいれてもらうのはいかがですか」

「うわ、強そう。それすごく強そう」

自分の身を守るジュエリーや装飾品がほしいと望む顧客は、実は多い。富裕層やオーナーなどは人を雇う立場にあることが多く、仕事上、やむを得ずに縁を切ったり距離を置いたり解雇したりして、いらぬ恨みをかってしまう。そういうどうしようもない負の感情から自分を守るために、縁起を担いだりパワーストーンのようなものに力を借りたいと思うのだろう。

そういう意味では、百合子《ゆりこ》・L・マークウェバーさんにとってのシャネルも似たような意味合いを持つ。彼女はいつも、女性が一人で自立して生きていくことが難しかった時代に、女性のためのパンツスーツを作り、コルセットから解放したといわれているガブリエル・シャネルの逸話を大事にしていて、ここぞというときには必ずシャネルを着用するのだという。

『シャネルは武器だから』

その話を以前、NIMAさんにもしたことがある。大桝町《おおますちょう》に家を購入し資産家の実家から逃亡を果たした投資家の鞘師さんにもしたことがある。いずれも強く共感して、シャネルの購入につながった。いまでは二人とも、かなり強火のシャネルファンである。

メゾンの歴史を知ることは、そのメゾンの品物を身につけることに、さらなるオプションをつけるようなものだと静緒は思う。ただただシャネルやエルメスが好きでバッグを買うのもよいが、なぜそのバッグが支持されているのか、なぜメゾンが生まれたのかを理解しメゾンの歴史を知るだけで、より自分が身につける意義を見いだせる。それは、気持ちの上でも一粒で二度おいしい。

「じゃあ、ブレスレットとネックレスに刻印してもらう文を考えてみる。三つとも買います」

顧客から、思った通りの反応を得られたこの瞬間のなんともいえない充実感こそ、販売業の醍醐味《だいごみ》であるといえる。自分が顧客というメゾンと歴史を理解し、解釈し、その先を読むことは、だれよりも相手のことを思っているということでもあるのだ。その気持ちの強さが通じた瞬間のきらめきのような心地よさは、さまざまな仕事の中でも直接相対する接客業が一番実感をえられるのではないだろうか。

「うれしいな。ヴァンクリのジュエリーって、ひとつぐらいもっておきたかったんだ」

メダルのほうがチェーンも用意して五十万、ロングネックレスが二百八十万で、ブレスレットと合わせると全部で約四百二十万円のお買い上げになった。これから店に戻り手続きをして、後日刻印の発注を済ませることになる。

伝票にサインをもらい、持参したクレジットカード用の決済端末機にタッチして会計を終わらせた。少し前までは何枚もの伝票を総務に提出していたのがうそのようだ。

「そう言えば、百貨店さんて、頼めば家も車も探してくれるって言ってたよね」

もう帰りがけのふいうちのような問いに思わず顔がこわばってしまった。

「芦屋に来たのは、〝グランドマリンクラブホテルの会員だったからでたまたまだけど、永住してもいいかなと思い始めたんだよね。静かだし、温泉も海もあるし」

「でしたら、ご予算とご希望を送ってください。探してみます」

「あっ、べつに急いでないから、鮫島さんの時間のあるときでいいからね」

ふんわりと牽制《けんせい》しつつも、NIMAさんは、裁判のあれこれが片付いて勝利したら、レディ アーペルのプラネタリウムウォッチを買うつもりだからと静緒にはっぱをかけた。このあたりはさすがというか、成功者らしいバランスのよさを感じる。ちなみにプラネタリウムのお値段は、約三千五百万円からである。

（ダイヤもシャネルも買って、ヴァンクリも買う。これから家も買って、三千五百万の時計も買って……。なにか目的を決めないと、NIMAさんには抗《あらが》いつづけるための理由がない）

人間の大半は、金銭を稼ぐために働き、日々生活している。静緒をはじめとして生きていることがほぼ働くのと同じ人がほとんどだ。けれど、外商部のお客様や桝家は、働くことに金銭的な必要性はない。お金という観点で推し量るなら、NIMAさんはいやな思いをし続けてまで、制作会社と大変な裁判をすることはないのだ。けれど彼女は立ち上がり、NOと声をあげた。

だれも進んだことのない暗闇の中で一人戦い続けるためにも、いまNIMAさんにはきらめくゴールが必要なのだ。

＊＊＊

『生きるために働く理由が必要って、アラフォーには身にしみる話よ』

久しぶりに東京にいる桜目《さくらめ》かなみと電話で話した。向こうは二子目を抱っこしながらスクワット、こっちはカポエイラのキックバッグにパンチを打ち込みながらのフィットネスホットラインである。

『会社の組織改編はあるし、部下は増えるし、目の前にやることは山積みなんだけど、ふっと我に返ったりするわけ。あと二十年とかで定年だけど、私の人生、これでいいんだっけ？って』

久しぶりに切れ味のいい桜目かなみの口調を浴びて、思わず笑ってしまった。子どもを産んで育休終わった瞬間に二人目を妊娠しても、富久丸百貨店史上最高に堂々と産休を要求したといわれている彼女らしさがあふれている。

当初、人事にも総務にも、彼女が二人目を妊娠したことを告げたことによって非難めいた空気はあったようだが、

『わかりました。では私の人事や処遇はどのようになってもかまいません。ただ、とても残念ですのでその旨、SNSに書きますけど。あなたたちが今私におっしゃった、同僚に迷惑、空気を読め、ほかにも産みたい人間はいる、などなどの発言がマタハラにはならず適正だと思われるのなら、勤務先を明かしていない私のプライベートアカウントでなにを言おうがまったく問題ないですよね？』

彼女のフォロワーは千人程度で、おもにお気に入りのコスメや日本未輸入の海外ブランドなどを紹介しているこぢんまりしたものだが、彼女のいつもの〝触るモノみな傷つけた〟ナイフを振り回す不良少年を思わせる思い切りの良さで投稿すれば、おそらくバズってしまうことは明白だった。

『それがどういうふうに受け取られるか考えもせずに、部下にマタハラしていることがなにも問題ないとお考えだということがよくわかりました。まずは英語圏に向けて愚痴ってみます』

いくら匿名とはいえ、百貨店業界などと区切って発言すれば古い体質が浮き彫りになるだろう。株主総会を目の前にそのような発言の元になったとわかれば、彼女だけではなく上司も非難の的になる。SNSという武器の使用方法に疎く、しかしその威力だけは耳にしている中年以上の管理職が、桜目かなみに切っ先を突きつけられてどんな顔をしたのか、想像するのも容易すぎた。

桜目かなみの強さは、社内炎上上等、正しいことは言語化してきっちり話すというポリシーを貫いていることである。それによって自分が不利益を被ることも百も承知で、ブルドーザーのように昭和に固められたままのガッチガチの社内環境を掘り起こしまくっているのだ。彼女はそれを生きがいにしているといってもいい。

『静緒だってそうでしょ。家を買うために働く、とかって言ってたし、そういう人も少なくないけど、いざ目的がなくなってみたら目の前真っ白になったりするでしょ』

「それは、そうかも」

家を買う目的がなくなったわけではないのだが、もう買うつもりだった物件が目前で消滅して心が折れると、なかなか立ち直るのが難しい。

『ローンを組んで家を買うために、いま富久丸は辞めない。辞められない。ものすごくわかる。家を買うのを止めるとそもそも会社員である必要なくなるじゃん？　私は思うんだけど、たいていの人は家を買って、次は出世って思うわけ。数少ない六級の席目指して椅子取り合戦に夢中になる』

六級というのは肩書きとはまた別の社内等級のことで、かなりざっくりいうと役員候補である。

『それってほんとは出世したいわけじゃなくて、がんばる理由がなくなるからなんだよね。子どもも手が離れて、家のローンも完済して、気がつけば老いた体と自分だけが残る。周囲の知り合いの半分くらいは病で倒れてドロップアウトか、人生からログアウトしてる』

「ちょっと……、縁起でも無い」

とはいえ、桝家も同じようなことを言っていた。四十代になるとみな何らかの心身の故障を抱えていること、働けなくなる人間もいることに変わりは無い。

『静緒はどうしたいの？』

上の子の塗り絵を褒めながら、下の子を抱いてスクワットしながら、息を切らしながら彼女は言った。

『お母さんの病気と、家のローンのために転職も視野にいれてたわけでしょ』

「うん。ありがたいことに、母は元気でいまのところ薬の副作用もないみたい。いちばんびっくりしたのは、すごく高くなってた生命保険の毎月の支払いがなくなったこと」

夫を早くに亡くした母は、自分になにかあったときのためにと生命保険・医療特約を手厚めにかけていたようだ。それもあっていつも切り詰めた生活をしていたのだが、癌の治療費が保険からまとまって下り、なおかつ月々の支払いも免除になった。

『最近は癌は治る病気だからね。とにかくまめに検査していれば早期にみつかるし』

父の遺族年金と、早めにもらう設定をしていた基金と年金でなんとか暮らしていけるとふんでいた先、支払いがなくなった。年金生活者にとって一月二万の保険は大きい。どうせ癌になるなら住宅ローンを組んでおけばよかったといつも笑いながら電話してくる。

静緒にしてみれば、これまでは一人っ子のサガか、母の病気や介護など、いざというときはお金しか頼れないと神経が張り詰めていたのが、急にぷつっと糸が切れたような感覚なのだ。

『じゃあ、出世めざしなよ。いまなら合併で社内体制も固まってないから、チャンスだよ』

自分がわざわざ育休を早めにきりあげて戻ったのも、合併のどさくさで人事をいじられたくなかったのだ、と彼女は言った。

富久丸百貨店の大本締めはフロンティア・エンター・ホールディングスという持株会社で、株式会社富久丸百貨店や若者向けのファッションビルである001《ゼロゼロワン》などを傘下に持つ。堂島や元町、東京駅などの百貨店は大きいが、所詮は地方の支店にすぎず、あくまで本丸は東京八重洲《やえす》にある統括事業本部。ここの所属になれるかどうかが、今後の出世に大きく関わってくる。

静緒を引き抜いた紅蔵は、営業本部長や事業本部長を歴任し、現在はホールディングスの専務取締役である。新卒のプロパー社員である桜目かなみは菊池屋との合併を機に育休を終わらせて本部の人事に移り、だれの目から見ても出世コースを歩んでいるが、契約社員あがりの外様である静緒には、そんな花道は縁のない話だ。

……と思っていた。実際、菊池屋からやってきたスーパーキャリア室長が、静緒に本部の仕事の一端をまかせるような匂わせをするまでは。

『菊池屋さんも必死なんじゃん？　このままだとウチにぜんぶ乗っ取られるから』

「合併っていってもやっぱりウチのが強いんだ」

『うちはほら、けっこう早くから不動産事業が強いじゃない？　ビル経営とかがメインの柱でもあるから事業規模としては小売りのマイナスを不動産で埋めたりしてしのいでる。だけど、菊池屋さんはそこは出遅れてるから、全体的な事業規模と知名度を考えると、やっぱうちからの役員のほうが多くなるよね』

持ち株会社の役員や、メインポストのほとんどを富久丸出身者が占めることになったが、菊池屋は少数精鋭で有望株を送り込んできた。氷見塚はその筆頭株で、長年菊池屋の実質上の看板でもあった東銀座店のマネージャーを務めた辣腕であるという。

『うちが関西地盤でやってるってわかってるのに、そこのマネに送り込んでくるんだから、もう切り込み隊長だよね』

ほとんどのポストを富久丸に獲られたとはいえ、菊池屋にもプライドはある。富久丸の本家本元ともいえる堂島店の営業トップに菊池屋の元マネージャーが来るのは、向こうの自信の現れともいえる。

『氷見塚さんをはじめとして、地方店舗の店長ポストとマネージャーは菊池屋出身者が占めた。菊池屋は目先のポストにこだわらずに次世代をK（菊池屋）で固めて、次の人事で勝負にいく戦略なんじゃないかな』

彼女が言うには、菊池屋が今後伸ばして行きたいのは不動産事業方面であるが、東海地方を地場として展開してきた老舗のメンツの手前、いくら儲かるとはいえ店であることをなおざりにして、テナント業にばかり色気を出すわけにはいかなかった。

地方であればあるほど、地元の名士や中小企業との関係性も深くなる。ショッピングモールをひとつ建てるのには、地元の小売や商店街からの猛反発をどれだけ穏便にまとめるかが一番の大仕事だという。とくにやっかいなのは、地元の小売り業のまとまりである商工会や組合で、なかなか理解を得ることが難しいということだ。

『実際店長なんて、ほとんど店の中のことは見ないで、地元の集まりだ呑《の》み祭りだに顔を出して仲良くやるのが仕事じゃん。まあその仲良くっていうのが一番難しいわけだけど』

百貨店の多くは、もともとは呉服店からの出発であることが多い。いわば地元の老舗中の老舗だから、これくらい大きな箱の中でいろんなものを売っても許されるという不文律がある。それに、百貨店があるからこそその周辺の商店街やストリートは集客をみこめるので、いわばもちつもたれつの関係性が何十年にわたって築かれてきたのだ。

元町店でいうと、マラソン大会があるといっては協力し、光の祭典があるといっては通り抜けを許可する、トイレ（だけ）の使用が増えることに目をつぶり、街の顔としての寛容さと懐の広さを示してきた。菊池屋の旗艦店をはじめとした東海地方の店舗も、多くはメイン駅直結の超一等地にあり、開発の歴史は常に地元との水面下での交渉、折衝の歴史であったはずだ。それをなんとかまとめあげてきたのは、それぞれの店舗の店長が、日頃から行政のイベントに協力し、地元をまとめあげてきたからである。

ＥＣがこれだけ幅をきかせるようになった令和の時代になっても、経済指数の基準は百貨店である。景気のいい悪いは百貨店の売り上げを中心に語られるし、なにか大きなことが起これば行政の意向を受けて百貨店が真っ先に動く。経済においての行政の出先機関の一翼を担うだけの存在感が、百貨店にはあるのである。

その百貨店が、小売りの事業悪化に歯止めがかからないとはいえ、簡単に不動産業に転換できるかというとなかなか難しい。まず地元の不動産関連業界との折り合いがある。いままでいっしょにやってきた仲間だったのが、突然商売敵になるのだから。

『菊池屋的には、いままでは地方あるある、地元の力でなかなか新規転換できなかったのが、ウチとの合併を理由にどさくさに紛れて不動産経営に本腰を入れたいんだよ。まあ、あれだけの一等地を持ってるんだから事業ビルにしてしまわない手はない。だけど、地元との関係性を考えて何度も断念してきた。ウチとの合併は、全部ウチのせいにできるし、菊池屋にとってもだいぶメリットがあるんじゃないかと言われてるねー』

すでに所有資産の不動産事業展開を終えている富久丸と違って、菊池屋のほうが今後の事業の伸びが期待できる。今回の合併時は多少富久丸からの役員が多かろうが、五年後を見据えたとき、富久丸の不動産ノウハウを生かした菊池屋資産の活用事業の伸び率は倍々ゲームだろう。そのときこそ、大手をふって菊池屋出身のマネージャーや五級クラスの管理職が富久丸の役員その他を蹴落として上にあがることができる。

『つまり、一番痛い目を見るのは、ウチ出身のいま四十代から五十代の次こそは役職をと狙ってるけれど、年功序列以外のなにも手柄のないバブル世代。それから、その下』

「その下、って」

『ウチらだよ』

「なんでアラフォーまで？」

『そんなの決まってる。ぴっかぴかの業績と成績で晴れて富久丸の幹部を蹴落として上に上がった有能な菊池屋の管理職が、自分の椅子をだれに譲ると思う？』

合併には十年かかると言われているのは内部事業的な話で、本当の意味での合併には二十年かかると言われている。つまり、合併したころに生まれ合併した社名しか知らず、合併したあとの会社に就職する世代が出てきて、初めて合併は無事完了したと言えると。

それまでは、ゆっくり混ざり合いながら淘汰《とうた》されていく。末端にとってはただただ降ってくる雨つぶのような合併話も人事も、実際は社内政治を動かすためのイベントに過ぎない。

「かなみは偉いなあ。産後あけすぐに、そんな修羅の国で戦っているんだねえ」

『エライでしょう。ご褒美にツマガリの焼き菓子セット送って』

電話の向こうで、『もう暑い、もう重いむり！』といううめき声がして、間髪容《い》れずにうわーんという赤子の泣き声が響いた。どうやらやっと寝た長男君をベッドに置いたとたんに感知されたらしい。

「……かなみは最前線だけど、私は生涯一兵卒だから」

『何言ってんだか、〝御縁の会〟は去年度のグローバル賞とったじゃないの。その前はMANMA・ZONEで社長賞、今年も企画出せっていわれてるんでしょ、Kの美魔女に』

氷見塚女史のキャラの濃さは本部でも有名で、Kからの最終刺客だとかKの美魔女だとか呼ばれているらしい。ちなみに立て板に水のごとく耳の痛い正論を上司だろうが社長だろうがかまわずぶちまける芸で桜目かなみも社内では有名人であり、今まで彼女に嫌がらせをしてきた政敵を引きずり出して左遷に追い込んだ武勇伝から、〝死なばもろともマシンガン〟と呼ばれている。

静緒のようにこつこつ地味に同じ作業を繰り返す働き蟻とは違って、桜目かなみのような積極的なタイプのほうが評価される世の中になったのは喜ばしいことだ。今までは『女はうるさい』と言われるのを恐れて、本当のことを飲み込んで言えずにいた社員も多かったからである。

『Kの美魔女がわざわざ静緒を指名して直接下につけたのなんて、あからさまな社内政治じゃん。紅蔵さんの息がかかった静緒に真っ先に目をつけるなんて、上を見てないと考えつかないよ』

「そうかなあ……、たまたまだと思うけどな」

そもそも、去年は出した企画が運良く順調に滑り出したはいいが、実際に運営しているのはブライダルを一括する富久丸の子会社であり、静緒は一年中、お受験だ家出だ裁判だ、そして終活だと走り回っていただけであった、ような気がする。

それでも、清家弥栄子さんのお見送りを兼ねて葉鳥と企画したエステートセールはとても好評で、直接本部から企画としてまとめて提出しろと念押しされ、睡眠時間を削って資料を作るはめになった。

『それだよ。それそれ。静緒はさ、打ち出《うちで》の小槌《こづち》みたいなもんだから』

「打ち手の小槌？」

『成り行きでやってるように見えて、しっかり金脈を掘り起こしてる。嗅覚がすごい』

「いや、私が掘ろうと思って掘ったわけじゃ」

『それがいいんだよ。運っていうか、ツキっていうか、そういうのを持ってる。そう、静緒はもってんの。自分では自覚がないかもしれないけど、自然と探し当ててるの。そういうのって、すごく大事じゃん？』

ようやく乳児を帰宅した夫にバトンタッチできたのか、かなみがカメラの前に戻ってきた。もう右手には空いたビール缶を握っている。自分のメンタルと日本の経済をまわすために最初から母乳はやらないと聞いていたが本当に実践していたようだ。

『プロパーで入っても転職で入っても、まあ四級、五級まではそれなりに上がれるよね。でもそこから上がドン詰まる。現場でいくら手柄たてても本部に行けなきゃ意味が無いもん。さっきだって店長の仕事は地元との親睦って話が出たけど、四十代で抜《ばっ》擢《てき》された店長ならいざ知らず、定年ギリギリすべりこみなんて名誉職ポジション。六級で終わるためのあがりでしかない。役員にとどかないから定年でドン、おわり』

地方のいち支社長でしかない店長職では、ホールディングスや富久丸の経営にかかわることはできない。出世コースとは、できるだけ早いうちに本部に呼んでもらい、地方に出てポジションアップして本部に戻ってくるコースだ。もしくはずっと本部にいる総務コース、人事コース。現場あがりとなると事業本部長と営業本部長の二つの席をみんなで争うことになる。

『この歳になるとさ、実力なんてたいした意味もなくなるわけ。大きな金を動かせば動かすほど、結果が出るのはずっと先。でも株主のために目先の利益を出さないといけない。なにかニュースになるような、印象のよい、地元に貢献型やSDGsなんかの国際的な基準を意識したイベントや活動なんてどこの会社もやってる。そういうときにあっと目をひくことをやってのけられる人ってほんの一握りだよ。そういうのはもう才能っていうか生まれついてのもので、努力や社内政治だけではどうしようもないってことがわかっちゃうんだよね。二十年も社会人やってるとね』

彼女に言わせると、静緒はその、『もっている』人間だということらしい。

『周りの人間も、最初はそういう派手なことやる人間は排除しにかかるけど、そのうち社内政治に勝ちたい課長・部長クラスの人間が手駒にしようと抱き込んでくる。自分ががんばる、から、下にがんばらせる歳になる。そうなると人を見る目がある人間ほど上に上がる。静緒は今、紅蔵さんと美魔女に右腕と左腕ひっぱられかけてんのよ』

上に上がるには、人をうまく使えるかどうかだよ、と彼女は繰り返した。

『だけど、必要以上に気負っちゃだめ。いまの若い子なんてすぐフラッと転職しちゃうんだから。それもその子の人生。気にしないでいい。しがみつくだけの魅力がなかった会社が悪い』

電話を切ってから、思わず天をあおいだ。聡《さと》い彼女のことだから、静緒のいまの状況のことを、多くを語らずとも察知しているのかもしれなかった。

上は出世のために自分をうまく使おうとし、自分もまた出世したければ下をうまく扱わなければならない。それが四十代の仕事になってくる。だけど、四十代の「生きる」がすべて仕事とは限らない。

なんのために生きる？　それはまあ、お金のためなのだけれど、でも……

「……どうやって、生きるんだっけ？」

まさに、彼女に聞いてもらいたかったのがその点だったのだ。

＊＊＊

部下がつけば、育てなければならないと思うのは自然な感情の発露でもあり、会社的にも期待されていることでもある。自分が葉鳥にくっついてゼロから外商のノウハウを学んだように、香野や大泉を令和の女性外商として一人前に育て上げる必要があるのだろう。問題はその「一人前」というのがいったいどういう基準を満たすことなのか、静緒にはいまいちしっくりきていない。

実際、売り上げというのであれば香野はもうすでに申し分ない。堪能な中国語を生かして、新規顧客は毎月のように増えている。賢い彼女は、きちんと毎月の売り上げに波がないように、顧客の来日や購入のバランスを整えており、また企画力もある。静緒が発案した「御縁の会」に中国支部を作って、国際結婚などを後押ししてはどうか、という案はおもしろいと思った。

「いまは世界的にこういう状況ですから、できれば異国籍の婚姻関係をもちたいと考えている方は多いようです。特に中国の富裕層に顕著で、留学先もアメリカやカナダは遠すぎるからと日本を選ばれる方もいまだに多いとか」

アグレッシブな香野とは全く違うタイプの大泉からは、あまり手応えのある企画や話が出てくることはない。彼女は割り当てられた仕事は堅実にこなすが、自分で自分の枠をきめてしまっているのか、どうにも積極性に欠けるきらいがある。

たとえば、先日大泉の顧客から、インスタ映えする家具に買い換えたいという依頼があった。彼女は富久丸のインテリア館をすべて回り、堂島のインテリアフロアにも案内したのだが、「どれもぱっとしない」「どんなインフルエンサーも使ってない家具がいい」と顧客の反応はあまりよくなかった。

結局、三人でランチを兼ねた報告会をした際、香野が「マッケンジーチャイルズはどうか」と案を出してくれ、そこから三人で必死に実物がおいてある輸入家具の店をあたり、日本にないものを気に入られたときのために輸入代行やBUYMA《バイマ》のバイヤーをあたり、運良くお客さんがそのなかのいくつかの家具を気に入って、購入してくださった。マッケンジーチャイルズのソファとオットマン、それにカウンターテーブルの三点だけでも搬入費こみで百万はかかるが、普段富久丸で取り扱っている高級家具と比べればそれほど高いものではない。

それでも、顧客の要望がインスタ映えする家具というのはいままでに無かったもので、静緒自身とても勉強になる。香野はさらにこのチャンスを企画に生かし、「インスタ映えするコーナーを、今度のオークラでの万寿会で作ってみてはどうか」といろいろ提案してきた。

香野の積極性、多角的な情報量、海外とのコネクションの強みはこれからの外商に必要なスキルだ。大泉はそのどれもに欠けている。外から見れば香野のほうが何歩も先んじているように見える。が、その香野も現代っ子らしい複雑さを抱えており、一筋縄ではいかない。彼女は一切残業をしないのだ。休日は社用スマホはオフ。逸品会などの展示会でもきっちり一時間休憩をとる。黒のパンプスは履かない。ストッキングは穿かない。一度上下黒のスーツにローファーとハイカットスニーカーのミックスのような靴を履いてきて、当然下は着圧ソックスだというのでびっくりすると、「いまどきストッキングなんて穿いてる人いるんですか？」と真顔で逆に質問された。「そんな誰も得をしない格好をするより、お客さんが買ってくれそうなものを身につけて、なにかのおりに会話のきっかけにしたほうがよっぽど合理的だと思いませんか？」

静緒自身、痛い出費だとは思いつつ普段からハイブランドの新作は身につけようと意識しているから、香野の言い分はよく理解できる。さすがは、あの桜目かなみが気に入って採用に踏み切っただけはある。

「香野さんの靴は、ロジェヴィヴィエの新作で、彼女はもうあれで十足は売ったんですよ。ビジューが派手で、厚底で背が高く見えて、パンプスのような窮屈さもないので、東南アジア系のお客さんにも人気です」

香野がトイレで席を外したすきに、さりげなく大泉がフォローに回った。

ロジェヴィヴィエはディオールやサンローランと並んで歴史あるフランスのシューズメゾン、アーティスティックな作風はシューズ界のファベルジェと呼ばれた。いまではすっかり定番となったメタル素材のバックルをつま先にデザインしたパンプスやローファーは、ロジェヴィヴィエの出世作である。

「最近創設者からブランドを引き継いだブルーノ・フリゾーニ氏のあとをついだゲラルド・フェローニのコレクションがすごく評判がいいみたいです。香野さんはあまりこういうことをおっしゃらなくて、自分がいいと思ったものをどんどん身につけるタイプらしいんですが、私は調べるのが好きで。ゲラルド・フェローニはプラダのスタジエールからキャリアを出発させたんですが、もともと実家がシューズの工房だったそうです。フランス流のサヴォアフェールに惚《ほ》れ込《こ》んで、音楽学校に六年も通ったオペラ歌手への道から転換したと、メゾンからいただいた資料で読みました」

大泉のいいところはなんといっても豊富な知識と勉強家な生真面目さである。まるで学芸員と話しているように、すらすらとメゾンやデザイナーの歴史がでてくるのは尊敬すべき点だ。桝家とさぞかし話が合うかと思ったのだが、本人がお嬢様過ぎて、桝家のように無言の自己主張が強いタイプとはどう話していいのか気後れするということだった。

「私の場合、これが好きだから調べる!というこだわりがないんです。どのメゾンも、クチュールも、デザイナーも若手も、歴史を調べると面白くて。どれも好きだし素敵だと思うけど、自分で身につけたいとは思わないんです。今回も、香野さんがマッケンジーチャイルズを教えてくれなかったらお客さんに平凡な提案を繰り返してしまったところでした。家具の勉強をもっとしたいと思います」

香野と大泉は、うさぎとかめ、アリとキリギリスのように対照的だが、どちらが秀でているというわけではないのが現代らしい。知識を兼ね備えた堅実なバイヤーとして大泉が大成するにはいまのままでは時間がかかりすぎる。かといって、香野のように道場破りを繰り返し続けていては、いらぬところに敵を作ってしまうだろう。

実際、香野はまだ二年目のシューズ売り場にいたころ、あるアパレルブランドの催事にいた契約社員を見下すような態度をとって恨みをかったことがあったようだ。それが巡り巡って、その販売員がハイブランドの正社員として雇用され、皮肉にも二人は再会してしまった。香野は隠しているが、大泉はそのあたりの事情を知っているらしく、「私のことを恨んでいて、お客さんにバッグを売ってくれない」とぼやいているとか。

「それって本当なの？　ほんとに香野と仲が良くない販売員のせいで、香野の顧客さんに影響がでているのかな」

「……どの程度やりあったのかとか、お互いにどう思っているのかはわからないです。私は先方の販売員さんを直接存じ上げないので。ただ、もともとグッチやランバンにも居た方で、交友関係も広くて楽しい方だと聞いています。芸能人の知り合いや顧客も多いとか」

短期雇用のモデルや派遣からキャリアをスタートさせたハイブランドの販売員はめずらしくない。あのクリスティアーノ・ロナウドのパートナーであるジョージナ・ロドリゲスももともとはグッチの販売員だった。ロナウド選手と出会ったのはドルガバのパーティだったらしいというから、あのクラスの販売員はすでに独自の交流ネットワークを形成している。香野がいったいなにをしたのかは知らないが、嫌な外商としてハイブランドの販売員に情報が回ってしまっている可能性もある。

香野がどのような対策をとるのかしばらく様子を見ていたが、その点に関してはとくに進展や改善はみられなかった。しかたなく静緒は、香野と話す時間をとることにした。話の内容が内容なので、会議用の事務所を三十分借りることも考えたが、のちのち社内で「香野さんがへまをして鮫島さんに会議室で指導されていた」などの噂がたつことを考慮し、半個室のあるレストランの人の少ない夕方開店直後の時間を狙って呼び出した。

(上司からの呼び出しって、呼び出すほうもこんなに緊張して気を遣うものなんだな)

すでに、呼び出す口実のバリエーションが思いつかず、〝チームで提出する催事の企画案について〟などという薄味で興味が一ミリも湧きそうもないメールを送ってしまった。

香野は上下黒のパンツスーツに桜色のエナメルがかわいらしいキトゥンヒールのパンプスを履いていた。最近の韓国の女優のように肌が真っ白で、唇の中央を嚙《か》んだあとのように血色で塗るメイクをしている。コスメに詳しい百合子・L・マークウェバーさんに言わせると、最近は口紅ではなくティントで赤みを出すのが流行っていて、もともとは乳首を染色するためのものだったらしい。

(そういえば、私が若い頃はアイプライマーなんてなくて、みんなコンシーラーって呼んでたなあ。メイク道具もどんどん更新されていく……)

日々の時間がなさ過ぎて、メイクの勉強もメーカーの講習会や勉強会といった仕事のついでで済ませてしまう。自分の顔と向き合っていなすぎるとはわかっている。

わかってはいるが、いまさら自分の顔がどうあってほしいとか思わないのだ。恋人が欲しいわけでも婚活しているわけでもないから、最低限仕事に差し支えない程度にきれいにしていればいいと思う。たとえ何度練習しても、眉毛を太くふんわり平行に描けなくても。

「大昔、呉服店だった頃や昭和の頃は、ちゃんと店の品格を保つためにお仕着せがあったって大泉さんに聞きました。それから店員が店の品を購入するための補助費も。お給料少ないのに、仕事用のために好きでもない黒のスーツばかり買うのは気が滅入《めい》るんです」

とはいえ、やはりそこは同調圧力のようなものもあるから、スーツだけは黒を着る。しかしそれ以外は自分のポリシーを通す、というのが香野の妥協できるギリギリのラインであるらしかった。

「やっぱり黒やグレーや紺以外を着たらいけませんか？」

「特別な催事でなければいいと思う」

「よかった。やっぱりそうですよね。ガンガン富久丸を変えてる鮫島さんならそう言ってくださると思ってました！」

べつに自分ではガンガン行っているつもりも、富久丸を変えているつもりもまったくないが、若手から見るとそんなふうに感じるのかと驚きもした。

「てっきりその件の呼び出しだと思ってました。派手な靴を履くなとか」

「靴だけはおしゃれしたい気持ちはわかるし、私だって一年目から無理してルブタン履いてましたよ。それでいろいろ言われたけど、結局は周りも私に慣れたってことかな。早く周りが香野さんにも慣れてもらえたら、販売員は黒の呪縛から解き放たれるかも」

ただし、フロアの店員が黒から逃れられることは難しそうである。黒子に徹せよという意味ではなく、たんに客がだれが販売員か一目でわかるという利点において。

「私も白やサンドベージュのジャケットに黒をよく穿いたりするから、時と相手と場所さえまちがわなければいいよ」

そんな前振りから、サラダを食べ終わり、メインのチキンの香草焼きが出てくる間に話を本題へと向けた。

「今日はこうして、時間をとってくれてありがとう。私以外にも香野さんと知り合ったり、情報を交換したいと思っている人はいっぱいいると思う。前に大泉を助けてくれたときみたいに、家具にも詳しいなんて心強いね。いつもどんなふうに勉強している?」

「……とくに変わったことはしていなくて、日本で手に入りにくいものを手に入れたい人が使うアプリを、移動時間や待ち時間に見るようにしています。服やファッション小物はファッション誌があるけれど、撮影に使われた家具のメーカーや値段まで掲載されていることはあまりないので。BUYMA《バイマ》では韓国系のお手頃なインテリアがネットドラマから火がついて人気で、もっとこだわる人はｅＢａｙ《イーベイ》を見ています。ＮＹ系とロンドンはほぼそれでカバーできるんじゃないかな。あとはインスタで、いいなと思ったものは発信者にすぐＤＭを送って聞いています。おしゃれな人とコネクションができるし、たいてい撮影場所をこだわって作っている人は、家具のメーカーや値段や販路まで記憶しているから」

「なるほど、すごく勉強になります。私もやってみよう」

本気で感心したので、鞄《かばん》をあけて手帳に書き込んだ。

「香野さん独自のツールやコネクションがあることは理解しています。だけど、外商は手に入れにくいものを手に入れてナンボみたいな仕事なところもあるじゃない？　私とこうしてごはんしてくれているように、もっといろんな人に会ってみたらどうだろう」

自分ではできるだけ遠回しに話したつもりだが、すぐに彼女は自分がなんのために呼ばれたのかわかったようだった。そもそもなにか用がなければ平日の仕事上がりの時間にいっしょにいたりはしない。ある程度はお小言をいわれるかもしれないとの心づもりで来ていたのだろう。

「ランチ会に出ないことが問題ですか？　それとも休みの日に社用スマホを切ってることでしょうか」

「休みの日に社用スマホを切ってるのはかまわない。ランチ会もそもそも義務じゃない。昼の休憩時間に仕事しろっていってるみたいで、こういうのが日本人の良くない習慣だっていうのもわかる」

ただ、と言葉を濁したのは、静緒なりに香野の気持ちに共感する部分もまた多かったからだ。

「いまはとにかく、コネクションを広げる時じゃないのかな。お客さんたちも、仕事でパーティによく行かれるでしょう。そこでしか仕事のチャンスが得られないってわかってるから、わざわざ着飾って出かけるんだよね。自分に投資をして、価値があるように見せることが仕事だし、投資家には安心感を与えるビジネス的な効果がある。それと同じじゃないかと私は思う」

我ながら詭弁《きべん》の域を出ていないような気がしないでもない。しかし、ふんわり和を乱すな的感情論を持ち出すより、ぱっきりビジネスとして説明した方が彼女にはうけいれられるのではないかと思ったのだ。

香野は、一瞬ああという顔をした。そしてすぐには反論せず、メインのチキンを本当に美味しそうな顔をして味わった。その間のとりかたもうまいと静緒は感じた。なにかを食べながら、呑みながら仕事の話をする意義は、ネガティブに傾きかけていた思考にいったんストップをかけられる小道具があるという意味でも、古典的ながら有効なのである。

「アドヴァイスは大変ありがたいです。ありがとうございます。でもそれってひとそれぞれじゃないでしょうか」

「うん？　具体的にはどういう？」

「どういうやり方がじぶんにあっているか、わかっているのは自分だけだと思います。実際に、鮫島さんのやり方をやってみようとしたこともありましたが、自分には負担なだけでした。まったく日々に余裕がなくなって、人間関係にふりまわされて、仕事にも集中できなくなりました。自分のメンタルを壊してまでこだわるやり方なんてないと思います」

「なるほど……」

香野の言っていることも十分理解できるので、自然とうなずいてしまった。そのことに力を得たのか、彼女はいままで腹にためていたことをこの場で言うのにいい機会だと思ったらしい。珍しく自分の話をし始めた。

「接客業の好きなところは、その場その場で全力投球できるからです。もう二度と会わないお客さんかもしれないからこそ、相手を見て、相手のために尽くせる。だから自分にはあっているんじゃないかと思っていました。外商を希望したのは、少ない顧客のために自分のリソースを集中できるから。なおかつ外商システムこそが百貨店が持っている有益な資産だと考えているからです。薄利多売のECは次々に出てくる新しい敵と戦い続けなければならないし、自分が苦労して得たツールもすぐに古びてしまう。長く、確実に、そして利益率がよく、自分の人生にメリットの多い、喜びの多い仕事をしていきたいと思っています」

常日頃から意識していないと、こういう言葉は対面の場で出てこない。香野はまだ若いのに、自分自身の個性と、社会という大海においてどこで自分の能力を最大限に発揮できるか、おそらく十分に吟味して富久丸百貨店にやってきたに違いない。

(桜目かなみが気に入るはずだ)

気持ちがいいくらいぺろっとチキンを平らげると、彼女は少し考えてから残っていたパンに手をつけた。

「大事なのはゴールですよね。ゴールとは、私たち営業なら売り上げをあげること。たとえ旧来のネットワーク形成とコネクション内での仕事の回しあいが有益なツールであったとしても、そのやり方に合わない人間はいるはずです。私のような。そして、今までの社会は、そういう人間をはじいてきた。自分たちが作り上げたツールを使えない人間は仕事ができないと評価をしてきた。けれど、企業において一番のボトルネックは過去の成功体験です。華々しい成功をしたからこそ、それにすがる人間が多すぎる。私は、私という特性を認めて、別のやり方できちんと結果を出すところを鮫島さんに見ていただきたいと思っています」

彼女の言うことももっともであると静緒は感じた。持ち帰り吟味し、上長として判断すべき点は多々あれど、チームにとっても社にとっても有益な意見であることは確かだ。

「私やほかの営業たちにとっては、ランチ会は有益なツールだけれど、古い。それ以外のやり方で結果をきちんと出せるのであれば、評価してほしいということだね」

「はい。古いやり方だからやらないのではなく、自分自身に合っていないからです。それでストレスを抱えて仕事をしたくないんです」

「ランチ会は、香野さんにとってそんなにストレスなんだね」

「仕事時間内に最大の結果を出すほうが、仕事時間外も働いて結果を出すより効率が良くありませんか？　結果的に働き過ぎは体に負担をかけ、ミスを生みます」

「…………」

就業時間外も呼び出されればすぐに応じ、ひたすら顧客の要望を叶《かな》えようと昼も夜もなく働いてきた自分には返す言葉もない。

働き方改革については上も徹底しているし、外商であっても休みは必ずとることになっている。いまは申告していない人がいるけれど、そういうのはかえってマイナス評価にもなる、らしい。人事にいたことがないからよくは知らないが。

「話してくれたおかげで理解できたと思う。持ち帰ってよく考えてみます。最後にひとつだけ、質問いいかな」

「はい」

「香野さんは、地元の九州コネクションの話をよくしてくれたよね。長崎は中国やフィリピン、韓国なんかと距離的にも近いから経済界も密接で、顧客開拓のポテンシャルがあるって」

「はい、そうプレゼンしたことはあります。実際いまの新規顧客の大部分は九州つながりの方です」

「そういうコネクションは、いままでどうやって培ってきたのかな」

おいしそうにストロベリータルトを口に運んでいた彼女が急に手を止めたので、自分の口調が思っていた以上にきつかったのではないかと内省した。あわてて、

「あげあしとりのつもりはないの。私は単純にわからないから、教えてほしいと思っている」

「……そうか」

香野はフォークを置いて息を吸い、うん、と言った。

「たしかに、地元コネクションはそもそも仕事外の時間を費やしてつくったものですね。私が生まれて育った場所でのつきあいがベースになっているから。鮫島さんが言

いたいことってそうですよね？」

「私は私自身の判断をもってしか言えないけれど、実際のところそうじゃないのかなと思う。それで、そういう担保は、……もちろん香野さんが努力をして積みあげてきた関係性ではあるけれど、ビジネス内だけでつくりあげたものじゃない。そもそも人を採用するときに、コネクションやその人の能力を加味しているわけだから、間違っているわけじゃない。ただ、採用前に築き上げた人脈は使い果たすときが必ずくる。そのときに、もう一度ゼロから地面を掘る体力が残っているかどうか。私は四十代になった人間として実感している。昔のようにはもうできないって」

彼女がパンとスープとサラダとチキンとスイーツを食べている間、静緒はチキンとサラダにしか手をつけなかった。楽しみなランチですら昔のように食べられなくなってくる。そういうふうに人は変化する。

（昔は焼き肉食べ放題にいくのがあんなに楽しみだったのに）

「若い自分にしかできない、四十代五十代の自分への投資があると思う。私はね。私のやり方だから香野さんに押しつける気はない。ただ、今日のことをいい機会と思って、もう一度この点をゆっくり考えてみてくれたらうれしい」

香野はいつものように歯切れよく、わかりました！と言い切り、静緒と向き合う時間が長くなるにもかかわらず、ストロベリータルトもその後でてきたコーヒーまできっちり飲みきってから帰宅した。

(すごい。神経が太いっていうよりは、強い。もはや強い種、輝かしい生命体だ)

日頃からメンタルが傷つかないように訓練しているからあんなふうに冷静に立ち回れるのだろうか。少なくとも静緒が二十七歳のときは毎日やることが多すぎて溺れていたように思う。そもそももう二十七歳のころの記憶もない。

ごちそうさまでしたと頭を下げて香野が気持ちよく去ったのも、自分との世代の違いを感じさせた。香野には出します悪いですなどの、昭和の人間にありがちな財布の押し問答をする選択肢はなかった。あの一瞬で、気持ちよく頭を下げて喜び、そのぶんを仕事か結果かツテで返す、もしくは自分のお客さんからのプレゼントがあるからトントン、のような計算をしたに違いなかった。いや、もしくはそのつもりでこの場に来たからこそ、最初から最後まで気持ちよさそうに食事をしていたのだ。

(私のほうこそ、なにか間違ったこと言わなかったかな)

コーヒーの苦みに脳の一部を刺激されながら、一人反省会をした。部下に対する敬意と敬語の割合にいつも悩む。砕けすぎてもいけない、固すぎても上から目線だと感じられてしまう。ローベルジュにいたときはほぼ外回りでパートさんに接する機会はほとんどなかったし、催事にいたときは一人で回すことも多かった。富久丸に来てからはバイヤーと企画で出張が多く、氷河期世代の人手不足もあってか一人で飛び回っていたから、自然と一匹狼であることを認知され、それを逆に評価されてもきた。あいつは自由にさせていたほうが結果を出すからほうっておこう、そんなふうに見られてきたことを自分でもよく自覚している。

（余計なことだったかな、余計なことだったかも。ああ、言わなければよかったかも……。彼女が自覚するまで待てばよかった？）

どこまでが指導で、どこからが干渉なのか。常に意識して自制しないと、静緒自身が古いツールにこだわる人間になってしまう。香野のいいところを伸ばすためにも、口を出すのはこれくらいにして、まずはお手並み拝見といくのがいいのかもしれない。

スマホのアラームが鳴った。午後六時半、本日最終の仕事は、鶴さんの家に大量の焼き菓子などを届けることだ。

フランスに留学中の孫の勇菜ちゃんが一時帰国していて、明後日リヨンのホームステイ先に戻るのである。ホームステイ先がラベンダーなどの香料の原料を生産するファームを南仏で経営しているとあって、勇菜ちゃんは今後フランスか、あるいはもう一つの香りの本場であるスイスで調香師の道を目指して勉学を積みたいと思っているらしい。

なにもやりたいことがないし、人に合わせるのがしんどいから学校に行きたくないと引きこもっていた小学生と、数年前南仏を旅した。それがめぐりめぐって、静緒の人生を大きく変えたようだ。歩くリマインダーのごとき鶴さんは、あらゆる茶話会でこのことを話しているらしく、鶴さん経由でうちに来てほしいと外商口座を作られたお客様も少なくない。

そんな勇菜ちゃんは、トランクケースいっぱいに日本の焼き菓子や和食を詰めて戻るそうで、できるだけたくさん日持ちするものをもってきてほしいと頼まれたのだ。彼女の留学は彼女の通う私学の中学校が手配したものだが、それ以外の準備は静緒がした。毎月、鶴さんからは勇菜ちゃんへ向けて定期便があり、そこになにを入れて送ろうか思案するのは大変だが楽しい。

鶴さんに会って声をきくほうがずっと楽しいと思える日がくるなんて、人生はわからないものだ。いまでは静緒のほうが新作の食器や焼き物に詳しい。その場その場でお客さんに集中できることが結果的に仕事のパフォーマンスを上げる。結果にも結びつく。それこそが営業ではないかと香野も言っていた。彼女はそれでいい。いまはいい。しかしそうはいかないのが管理職なのだ。

＊＊＊

両腕いっぱいに、用意した焼き菓子と餡子《あんこ》のお菓子（勇菜ちゃんのホストファミリーの好物なのだそうだ）、それに愛用の化粧水などのスキンケアセット（フランスのものは勇菜ちゃんに合わないらしく、そもそもアジアンの肌向けのものも少ない）。文房具とスニーカー。それに箸。パジャマにサニタリー用品などのある意味消耗品。ネットでなにもかも買える時代とはいえ、留学中の女の子が欲しいものを一人で買い物するところは限られるし不便なのだ。鶴さんと、勇菜ちゃんのお母さんから送られたリストを片手にすべて準備し、鶴さん宅に運び入れたが、そこでも留学中の話がはずんで、勇菜ちゃんがやっぱりあれもこれも持って帰りたいと言い出して、急遽《きゅうきょ》翌日にも改めて伺うことになった。

たしかに海外で、縦書きの便せんは手に入りづらいだろう。同様の思いでいる当地の日本人会のご婦人方が多く、勇菜ちゃんは日頃リヨンでお世話になっているおばあちゃま方のために、ぬいぐるみを二つほど諦めて、便せんと味噌《みそ》と佃煮と千枚漬けを詰め込むのだそうだ。

こういう仕事は本当に悪くない。売り場に立つ現場何十年の猛者に、こうこうこういうお客様にはどんなものが喜んでいただけるか、とあれこれ案を出してもらう時間は、販売員の醍醐味とも言える時間だ。おいなりさんを作るときのあぶらあげやお正月用品などはいくらあってもいいらしく、お祝い用の水引きや客用の割り箸などは外国人観光客などにもめずらしいとよく売れているという。ならば、海外では取り扱っていないということでもある。最近では古着の袋帯が、テーブルランナーとして外国人に人気で、袋になっている部分にカトラリーやナフキンを入れて飾るのだとか。

時期的にもよかったので、別便で鯉《こい》のぼりのセットも送ることになった。勇菜ちゃんが通う現地の日本人学校のお友達の家では、日本人のおばあちゃんが手作りで小さな小さな鯉のぼりと兜《かぶと》を作って五月の端午の節句に飾っていたが、もう修理も難しいくらいにくたびれてしまったそうだ。

『なんとか、鯉と吹き流しだけでも持って帰れないかな』

というわけで、鯉のぼりセットも海を渡ることになった。今はマンション住まいの人が多く、なかなか国旗掲揚台にかかげて見劣りしないレベルの巨大な鯉を作っているメーカーもない。結局鯉のぼり生産量日本一を誇る埼玉県加須市の老舗メーカーに在庫を掘り起こしてもらい、なんとか帰国便には間に合った。

「もう勇菜ちゃんはフランス語がペラペラなのよ。今度はおばあちゃまをリモージュに案内してあげるって。調香師をめざすのもいいけど、リモージュ大学にいくのもいいなって言ってくれてね。リモージュはルノワールが生まれて、島崎藤村が住んだこともある町なのよ」

アンティークのリモージュ食器が好きな鶴さんは、自分の趣味が高じて孫に影響を与え、その孫がフランスでのびのびと学業に励んでいることがうれしくてたまらないようで、月に一度は勇菜ちゃん進捗会が開かれる。先だっての鶴さんの夫が経営するデンタルクリニックチェーンの創立五十周年記念行事も静緒がすべて任され、ホテルオークラにて盛大な規模で執り行われた。グループ関係の法人外商もいまではほとんど富久丸が扱っている。会社のお中元やお歳暮、ご挨拶関係は包装紙で決まると言われ、付き合いを重視するので途中から変更になることはめったにない。便利なのは電鉄系、包装紙が必要なときは呉服系、と使い分けるお客様も多い。

鶴さんと勇菜ちゃんのことは、ただただ幸運だったと静緒は考えている。自分は教育者でも医者でもないから、不登校の子どものためにしてあげられることはほとんどない。実際、鶴さんが喜んでいる状況は、中学生のうちからフランスに留学した勇菜ちゃん自身のがんばりなのだ。たまたま勇菜ちゃんに話した静緒の若かったころの冒《ぼう》険譚《けんたん》がきっかけになっただけにすぎない。

（これを、意図して結果に出せる人がいたら、そういう人こそ本物の〝有能〟っていうんだろうな）

佐村さんのご紹介で息子さんの中学受験の話を聞いてほしいというご新規の方がさらに二件増えた。鞘師さんから新しい観葉植物をいれてほしいというオファーが来ている。先日新居のリフォームが完全に終わり、ルーフバルコニーに面したリビングの一部がガラス張りのサンルームになったので、そこをグリーンで埋め尽くしたいということだった。クローゼットも潰して洗面所と寝室をつなげ、ランドリールームからすぐクローゼットに服を運び込める海外風の動線になった。正面は公園ビューで抜けていて展望も最高だというのに、ブラックアイアン枠の天井までのガラスのしきりもおしゃれなカフェのようで、これ以上の女のすみかはない。ここまで別物になると、すでにこの物件を買いたかったという気持ちも霧散して、鞘師さんに買われてよかったねとさえ思う。

さらに、NIMAさんのためのオーシャンビューの物件探し、藤城雪子さんの息子さんのお祝い返しの手配、一歳のバースデーパーティはお披露目になるそうで、できれば一人暮らしで寂しくしている父を招いて盛大にしたいとおっしゃっていた。

長らく闘病されていた方が亡くなると、周囲の人間は急に目的を失って空虚になってしまうことがよくある。清家弥栄子さんの場合も数年ガンで闘病されていたから、ご主人をはじめとしたファミリーは、ひたすら弥栄子さんの病が治ることだけを第一に過ごしてきた。その強い願いが突然なくなると、なんのために生きていいのかわからず鬱っぽくなったり、自分でも意図しないほどのはげしい怒りに襲われたり、自己嫌悪の沼からぬけだせなくなったりもするようだ。娘さんたち三人は嫁がれてしまったぶん、一人残された父親を心配して、あれこれ連絡をしては孫とかかわるようにイベントごとなどを企画しているようだった。

あとは、おめでたいことながら、雪子さんのご主人がいよいよ商社での修行を終えて創業家が経営するグループの会社に入られるらしく、『いままでみたいに適当な格好でというわけにはいかないのでなんとかしてほしい』……つまり、スーツや身の回りのものをまるっと揃えてほしいというご依頼もあった。なにしろ雪子さんは幼稚園児と乳児の世話で夫の出勤着にまで気を配っていられない。やっと、芦屋伝統の乳母会からベテランのナニーが派遣されてきて、これで美容院に行けるとうれしそうだった。

（芦屋って、薪屋《まきや》もそうだけど、いろんな地域独特の仕事があって驚く。おそるべきは乳母会のネットワークだよね。いいナニーに来てもらうために、兄弟が小学校高学年にさしかかる、子育てが終わりそうな家はつねにチェックされて、次はぜひうちに来て、なんて予約まで入るっていう……）

とにかくママ弁護士、ママ医師、ママ経営者が多い地域でもあるから、きちんとした経歴とコネクションのあるナニーは、狭い芦屋の家庭をぐるぐる回っているだけで仕事には困らない。ある意味外商と似ている。

一度、そのナニーネットワークを手に入れたいと思い、あれこれ苦心してコンタクトをとってみたのだがうまくいかなかった。富裕層はとにかくプライベートな情報が外に漏れることを嫌うため、おしゃべりで噂好きのナニーは雇わない。一瞬でも秘密を漏らしたことが噂になれば解雇され、その後の仕事も信用もなくなるから、そもそも静緒のような外部の営業とはなるべく接触をもたないのである。

それでも、菱屋には元ナニーの外商専門事務がいるとか、同じように元出入りの富裕層専門クリーニング店スタッフがいるとか。富久丸にも、富裕層専門の中古ブランド買い取り専門業者に勤めていた人間はいる。そもそもスポンサー以外のブランドを購入したことも秘密にしておかなければならないような芸能人なども多いため、そういう時は業者が自宅へ直接行って査定するか、もしくはすべて送りつけて処分してもらう。静緒のような外商が仲介をすることもある。

ああいう人たちの信用を得るには、地道な挨拶と付き合いが必須なのだが、香野のようなZ世代にはもっと効率がよく時代にマッチしているやり方があるのかもしれない。

ぎっしりと予定で埋まった一週間分のページを見てため息をついた。ああ明日も社用車でスタバのラテを呑むくらいが息抜きになるかもしれない。

(最近じゃ、出された茶菓子しか食べてないって日もあるしなあ)

四十にもなれば代謝が落ちて、三食きっちり食べなくても十分なのだが、パワーは出ない。

「自分にストレスをかけないやり方を選ぶ、か」

香野を応援したい気持ちもある。なぜなら、静緒自身が今もっとも彼女に同調しているからだ。成績は出す。自分のツールは磨く。だから好きにやらせてくれ、と。

「部下を育てるって、しんどいなあ。一生ヒラでいいから、成績は出すから、一匹狼のままで給料上がらないかな」

出世するためには、部下を育てなくてはならない。育てた部下を利用して上に上がるのでなければ、出世はみこめずすなわち給料はあがらない。だから、出世コースに乗れなかった自分の能力に自信のある堂上のような人間は、迷わず転職を選ぶ。

自分の機嫌をとるためには、つねに複数の選択肢を用意することだ。家を諦めれば転職はできる。なにもローンに頼らず、新天地で役員報酬をがっぽりもらえるようになれば、キャッシュ一括払いだって夢ではないのだ。ポジティブな方向に思考を向けるなら、むしろその余地について思いをはせているほうが健康にいい。

明日の朝一番に入っている、菊池屋からの刺客こと氷見塚マネージャーとの面談のことは、あまり考えないようにした。

菊池屋からきた美魔女上司のメイクを感心してながめているうちに定期面談の時間は過ぎ、部屋を出てすぐに部下やチームからの報告に目を通した。昨日の売り上げと今日の各自の予定、進捗を把握してから、鶴さんのXデーが一週間前に迫っていることとに気づき、大急ぎでフロアに電話をかけまくって、外商サロンに持ってきてもらう商品の確認をするためにハイブランドで固められた天井の高い二階を詣でる。鶴さんのお好みは徹底していて、歯科医の夫人というだけあってあまり派手なロゴの入ったものを買われることは少ない。富裕層とつきあってきてだんだんわかってきたのが、一口でお金持ちといっても食にお金をかける人、装飾品にお金をかける人と、お金を使う対象への価値観が異なることだ。鶴さんはもともと製薬会社の創業家の生まれとあって、小さいころから良いものに囲まれて暮らしてきた。当然親戚は医者が多いし、環境的にも健康に対する意識が研ぎ澄まされてきたのだろう。食へのこだわりは徹底していて、そこから食器へ興味が移ったのだという。お金の使い方にもその人その人の歴史と、人生と性格が出る。

「セラミックはうちの家業ですからね。私が食器のコレクターになるのもしかたがないのよ」

いつだったか、勇菜ちゃんのことがあってずいぶんと打ち解けたあと、正式なディナーはこれでいただくのだとテーブルにずらりと並べてくださった白磁のディナーセットはKPMベルリンのもの。

「ナチスにドイツを追われた王立磁器製陶所職人たちが持ち出したもののうちのひとつなんですって。一九四四年には戦争のせいで一度窯を閉じて、戦後は移転しているしね。そういうものを食卓に出して、話題にすることって大事でしょう。うちでは原爆の日に必ずこれで食事をするようにしていたのよね。チャリティーパーティをするときなんかでも、いろいろ食器を持っていれば話題にことかかないのよ」

なるほど、歴史ある工房のアンティークを買い集めるには、好み以外にもそんな理由があったのかと、いまさらながらに目からうろこだった。鶴さんは最初の出会いこそよい印象はもたなかったが、つきあえばつきあうほど教養の深さを感じさせ、いわゆる富裕層のおつきあいの仕方やものの考え方を静緒に教えてくれる、よき先生でもあった。

外商サロンの奥にある専用の部屋は、特別なお客様のために作られた臨時のセレクトショップである。あまり店舗を歩き回ったりせず、気の置けないお友達と内々のおしゃべりに花を咲かせながら、好みのものだけを見てお買い物をしたいというお客様のために、担当外商員が腕によりをかけてブティックやメゾンの担当員と選び抜いた品を用意する。その日は、鶴さんが歯科医師会のお友達やお茶仲間を連れてきていたので、呉服担当やメゾンおすすめの帯留めやブローチ、スカーフなどの小物を中心に、上品だけれどメゾンの特徴がよく出ているセットアップスーツや靴などを揃えた。バッグは置いてあるだけでみなさま手にとってごらんになるので、特にこちらからは何も言わない。たいてい似たようなものはいくつかお持ちだからである。

「ディオールのこのバッグ、私たしか三十年くらい前に持ってたわ」

「これくらいのボストンバッグが流行ったのよねえ」

これは、話のネタのために仕込んだ復刻版のトロッターだ。皆様はお持ちになることはないだろうと思いつつ、どうですかとおすすめしてくれたのは大泉だった。

「自分で買いたいものがなくても、鶴さんのご招待の手前なにかお買い上げになる方も多いはず。娘さんのためにとお買いになるものを置いておいてもいいかもしれません。母娘の話題の提供にもなりますし」

そう、世の中不思議なことに、疎遠になった娘と話をしたいがためにブランドバッグをお土産に買って帰る奥様方はいらっしゃるのである。

（うちの場合でいうと、芦屋軒とか竹園の牛肉の佃煮だな……。ケタが大分違うけど）

大泉の狙い通り、ディオールのトロッターのサドルバッグ、ミニトートなどが売れ、それをきっかけに皆様に外商口座の申し込みをしていただくことになった。そもそも今日は鶴さんのご友人たちを静緒に引き合わせるための集まりでもある。

鶴さん定番のブルネロ クチネリのニット製品を中心としたウェアは、着心地だけでは無く、デザインや異素材使いもひと味違っていて、強烈にブランドロゴを主張しないものを愛用するリッチな奥様に絶大な人気がある。

落ち着いた色のウェアに、腕にはきらめくダイヤのウォッチ、というのが一種の奥様スタイル。その日さりげなくケースに並べていたクッサン・ドゥ・カルティエは、絶対売れる時計だろうと思っていたが、やっぱり売れた。つけやすいけれど、デザイン性があって定番で紹介しやすいネックレスをという鶴さんの注文には、ピアジェのPOSSESSION《ポセション》ペンダントを用意した。ブライダルに人気のロングセラーコレクションだが、だからこそ、鶴さんのような年代の方はかぶらない可能性がある。

この歳になると、あまり若い人がいくメゾンには立ち寄りにくい、とおっしゃる方も多い。社会的な立場と年齢を考えると、他人からの視線を気にして、しなくてもよい自制をしてしまうのだという。そうなるとだんだんと地味な装いになっていくが、心の中ではもっと明るく、若く見える、若い人ももっているものも持ちたいし着たい。人からの印象と自分の希望がせめぎ合って、なにを買ったらいいかわからなくなり、結果保守的な選択をしてしまう。

だから、こういう場で少し派手で若見えするブランドをちょっと置いておくことは大事なのだ。今はシニアの方でもトレンドのバルーン袖を着てみたいと思われる方も多いはず。けれどゆるっとしたシルエットに躊躇《ちゅうちょ》されるのもわかる。だったらこういうクローズドサロンで少し挑戦してもらうというのはいい機会なのではないだろうか、と話し合った。

特にブルーが難しい。パステルとグレーの中間のようなブルーは清涼感もあって人気があるが、六十代の奥様にコットンシャツワンピースは勇気がいる。しかし置いてはみたい。見ていただきたい、などとせめぎ合った結果、エブールのリバーレースタックブラウスを中心に、リバーレースの商品をいくつかセットした。とにかくレースが上品で、ゆったりしていてサイズを選ばない上にいまの流行でもある。

モード色中心のワンピースやウェアとは逆に、バッグやシューズはカラフルに揃える。特に一押しはトッズのタイムレスレザーショッピングバッグで全色並べて置いてみた。荷物が増えるわりに、若い人の出勤御用達《ごようたし》のぱかっと開くトートバッグは六十代には似合わない。肩が痛いので斜めがけのショルダーバッグもしない、手にぶら下げられて、ハンドルを腕にくぐらせることもできて、出し入れが便利で上品なかたち。トッズのこのシリーズはショルダーを取り外しでき、ペットボトルも入れられて、ちょうど形もがま口ポシェットのようなシルエットで少し和を連想させる。

「このバッグ、訪問着にも似合うと私は思うんです」

と、大泉は奥様方に切り出していた。

「鏑木《かぶらき》清方《きよかた》の美人画で、こういう色ありましたよね。訪問着の奥様。浅黄色に黒の羽織の」

さらっとこういうセリフが構えなく出てくるのが大泉のいいところだ。

「そういえば、三井記念美術館でこのまえ見たわ」

「もう少し大人になったら、お着物とレザーバッグをあんなかんじで着こなすのが理想なんです。できればシューズも草履じゃなくて、もう少し履きやすいものがあれば」

「あら、着物は慣れですよ、慣れ」

「でも、いいじゃない。古いやり方ばっかり押しつけていたら呉服屋さんが潰れてしまうから。最近はブーツで着物もはやっているみたい」

「母がお茶に出かけるときなんかは、足袋《たび》のような和風の履き物でもっと厚底にしてくれれば着物と合うんじゃないかなあって思っています」

家族がごくふつうにお茶席に通うような家だと、生活スタイルも大分違う。大泉はとくにその辺りを勉強しなくても基礎知識がしみこんでいるのが強い。

（今日ついた新しいお客様は、総務とも相談して大泉に担当してもらうのがいいかも）

天気の良い日で四月だというのに全館にエアコンが入った。それでも熱い紅茶を飲むのが西洋茶器をこよなく愛する鶴さんなので、「アイスティーは出さないで」とグランドスタッフにお願いする。

「私ね、実は鮫島さんにお会いしたことがあるんですよ」

新規申し込みの書類を書き終わったお客様の一人が、静緒を見てにこにこしながらそう切り出した。

「私ですか？　どちらかの特賓会でしょうか」

「あら、いいえ。あなたが富久丸の社員さんになられるもっと前。ええと、エスカレーターのところの、お店がころころ変わる場所で」

「ああ、地下の催事エリアですね」

ということは、ローベルジュの営業として店を任されていたころだ。もう二十年近く前の話になる。

「あのときのお店が、大きくなりましたねえ」

「本当に。私はもう離れてしまいましたから。オーナーシェフがしっかり経営されていますよね」

「あのときは銀行振り込みで電話注文が多かったけれど、すぐに送ってくださって。私の姉がね、子どもがちょっと手がかかる子で、なかなか買い物にもいけなくて、おやつだけが楽しみだったの。いろんな通販を頼んでいたけれど、生菓子はなかなか手に入らなくてね。ローベルジュさんのギフトボックスが楽しみだってたくさん買ってたの。私も頼まれて買いに行ったのよ。通販のたびに、手書きのメッセージを送ってくださったの、鮫島さんでしょう。姉はいまでも全部持ってるわ」

静緒は驚いて、書類から目を外してその維方《これかた》さんという女性を凝視してしまった。

「地下の売り場でお客さんがいないときに、ずっとカードを書いていたのを見て姉に報告したのよ。たぶん今日売り場にいた若い女の人じゃないかなって。申し訳ないことにそのあとずっと忘れていたんだけれど、顕子《あきこ》さんの話を聞いてびっくりしちゃって。あ、その人私知ってるわって。姉は、長いこと身体障害者福祉家族会の県の副代表を務めていてね。今では二人の子どもも大人になって、施設で働けるようにはなったけれど、それまでが長かったから」

維方さんはそれ以上はおっしゃらなかったが、静緒には、どうにもそのお姉さまからどこかを経て、ローベルジュの存在が紅蔵か葉鳥の耳に入ったのでは無いか、と直感で思った。品のいい方々は恩着せがましいことや不確かなことを口にはしないので追求してもやんわり明言を避けられるだろう。

（でも、あのとき急に田舎の、たいして有名でもない元パン屋に、富久丸なんて一流の百貨店が催事の誘いに来るなんておかしいと君斗と話したんだった。でもとにかくチャンスだったたし、紅蔵さんも葉鳥さんも信用がおける相手だったから、出店を決意した……。でもあのとき私にも君斗にも、百貨店のコネクションなんてなかった）

どれほど品質が良くても、一部に評判でも、百貨店で取り扱う商品は食品に至るまで信用がすべてだ。もちろんローベルジュの経営状況から、販売員である静緒の身元チェックまで済ませてから声がけしたには違いなかった。しかし、当時のローベルジュの規模からいうと、百貨店が声をかけるには誰かの猛烈な後押しが必要だったことぐらい、静緒にでもわかる。

(どこでだれがつながっているかわからない、御縁というのはだから怖いんだ)

その日は帰宅してすぐ、かまって欲しそうな桝家を放置して旧友である雨傘君斗に電話をかけた。

「やっぱり静緒まわりでそういうことがあったのかー」

二十年ぶりに解けた謎に、君斗もどこか感慨深げで、

「あのとき静緒が、リピーターさんにすごい長い手紙を書いてたのを覚えてるよ。文通してるみたいじゃゃんって言ったのを覚えてる。たしかお子さんがたくさんいて外出できないからありがたいって言ってた人、いたよね。その人じゃない?」

お金持ちであろうと、そうでなかろうと、生まれてきた子どもに育てにくい特性があったり、後天的な病気や事故で介護が必要になることもある。今でもまだ一日中見守りが必要な子どもを見たり親を介護するのは妻という風潮は強いが、二十年前はほとんど女が自主的にするのが常識だととらえられていた。実際、外商で訪問するお宅には、維方さんのお姉さまのようなお客様も少なくない。

「やっぱり、誰かが見てるってことだよなあ。よく政治家が、お礼状はぜったい直筆

で書くというけれど、それだけ伝わる熱意が違うんだなと思うよ」

あのころはECなんて言葉はなかった。通販はまだ電話注文が主流の時代、費用がかさむからとクレジットカード決済にもできなくて、毎日銀行に通って振り込みを確認し、すぐに宛名を作って商品を梱包《こんぽう》した。店に立ちながらひたすら手を動かした。実際は通販の発送作業の方が多くなり、地方発送の需要を実感し始めた。凝った商品を作るよりカタログを作って通信販売に力を入れようと君斗を説得した。

あのとき、最初の方針通りに当時の主流だった二号店、三号店を出すことこそが成功の証《あかし》だという考えにこだわって店を増やしていたら、いまのローベルジュはなかった。店舗を出さないことで人件費や固定費を抑え、地方の安い土地に工場を建てて生産し、地元の人たちを雇い入れた。そのころから君斗は、夜間学校に通う生徒や母子家庭や、ハンディキャップを持つ人々の就労協力に熱心だった。

「私がどう、とかいうよりは、君斗が作業所の隣に土地を買って、作業所の人たちをまるっと雇い入れたりしたことのほうが効いたと思うな」

「いやー、もしかしたら物流かも。最近多いよ。あの頃俺らと同じで下っ端だった人が部長とか管理職になってってやつ。それに宅配の人たちはものすごい情報を持ってるから、紅蔵さんがリサーチに使っていたのかも」

良いモノは最初は密《ひそ》かに売れる。売れるということは動くということ。その流れを最初に把握する外部の人間は、物流に携わる宅配員である。

「結局、あのとき通販に舵《かじ》を切って、店舗をもつことを諦めたから、いまこうやって独自通販サイトでも十分やっていけてる。ECの販路をもっていることは、ファイブプラットフォームに頼る必要がないってことで、そのノウハウを二十年分持っているからこそ井崎先生も声をかけてくれたわけだし」

なにが吉と転じるかはやっている時点ではわからない。諦めて切り替えることも大事だし、継続することも大事だ。その判断はいつだって人間がする。商売の起点とはだれかの判断であって、その判断をしたのは彼だからこそ、静緒はローベルジュの成功を自分のおかげだと誇ることはしない。

まだ転職する決心はつかないの？　とは君斗は言わなかった。せかすようで静緒が困ることを付き合いが長い彼はわかっているのだ。その気遣いがありがたいと同時に、なかなか決心できない自分へのいらだちと焦りが募った。判断できない、決断ができなくなっている。昔はあんなに思い切りよくなにもかも決めることができたのに。

(これは、噂に聞く脳の老化？　……それとも更年期かな)

そういえば、最近明け方に尿意で目が覚めてトイレにいくことが多くなった。寝る前に一杯の水を呑んで、脱水に備えるという健康法をどこかで見て続けていたのだが、最近まで朝トイレにいきたくなって目が覚めることはなかった。これも膀胱《ぼうこう》の筋力が衰えているせいだろうか……決断力も筋力も落ちてる！　そしてそれに対処するだけの時間も無い！

「あー、いやだ。」

だれも聞いていないのをいいことに、移動中の社用車のなかで叫んでしまった。最近社用車のなかにいるときが一番ほっとする。そのことを今朝部屋ですれ違った桝家に言うと、「運転に集中できて雑事を忘れているからですよ。よっぽどストレスたまってるんですね」

ストレスは言語化して調伏しないと体に毒ですよ、日記を書くのが体にいいのはそういうことですよとやさしく慰められた。なんなんだ、最近の彼はあの桝家だというのに家猫のように自由で、しかもやさしさが服を着ているようだ。

第三章　外商員、スタートアップにかかわる

京都のボンが猫化したのが桝家なら、京都のボンが素敵に歳をとった紳士こそが一樂さんだ。冬の京都は身に応えるというので、十二月あたりからずっと芦屋浜のマリーナで過ごされている。奥様はとっくの昔に成人した娘さんとお孫さんとロンドン暮らし。持病があるので日本での生活に切り替えたという京都のジェントルマンが静緒を呼び出したのは、芦屋川店の地下にある銀コーヒーだった。

「一樂さんもこちらによくいらっしゃるんですね」

「僕は駅前にくるときはずっとここ。昔からタバコがキライだから。天井が高いのもいいし」

昔ながらのチケット券をマスターがもぎっていく。しばらくして、深煎りの豆のいい匂いがカウンターを越えてきた。

いわゆるデパ地下は静緒にとっても百貨店キャリアがスタートしたところなので、独特の匂いと動線、特にエスカレーターを降りてきたお客さんの流れはすぐに目で追ってしまう。

「先日は、素敵な時計をお買い上げいただきありがとうございました。納品まで少しお待ちください。来週にはご用意できると思います」

「ああ、いいのいいの。僕は男にしては手首が細いから、昔からいっつもこうなの」

ボート遊びで日に焼けてしまって、またこれで老けてしまうわ、と頬を撫《な》でながら一樂さんはさらっと言った。

「あのねえ、今日は鮫島さんにお願いがあってね」

「はい。お伺いします」

「こんなんお願いしたらどうなんやろおもてたんやけど……。銘月リゾートってあなたご存じ?」

突然飛び出してきた聞き慣れぬワードに戸惑いながらも、

「たしか、嵐山のほうの……」

「そうそう。あそこの二代目が僕の親友やねんけど」

銘月リゾートは、大文字焼きで有名な大文字山に隣接する京都屈指の高級レジャーリゾートである。金閣寺が近くにあって観光にも便利、鷹ケ峰《たかがみね》と紙屋川の渓流という自然の借景だけではなく、その昔ウールの着物を発明し爆発的な人気を得て富豪となった創設者が、三万五千坪の敷地に、継承者や相続人がなくなって朽ちていくだけだった日本家屋や長屋、茶屋や武家屋敷などを移築して作り上げた、古き良き日本と京都がぎゅっと詰まった異空間でもある。もう手に入らない美しい小京都を一目見ようとする人々の間で、京都の中の京都として人気があり、最近では超高級ホテルやレストランに敷地や所有する日本家屋などを貸し出してブランド力を高めている。京都のいいところだけを集めただけあって、このリゾートにいるだけで京都を満喫できると評判が高い。

「そこのお嬢さんのことやねんけど」

「はい」

ご結婚かなにかかな、とは思ったが、そういうめでたい話にしては、こんなコーヒー店で、親戚でもない顧客の男性から話を聞かされるというのも妙なことだ。

「銘月というのは屋号で、姓は月居《つきおり》さんとおっしゃる」

「風流で珍しいお名前ですね」

「もともと先代さんがウールのお着物を売り出してもうけはったんやけど、そのときに三日月のデザインのものにしたんやて。明治のころに石川かどっかからいらっしゃって、もともとは加賀友禅の職人さんの家系やったらしいわ。それで着物のご縁で京都にきはって、ひいおじいさんが光悦村《こうえつ》で働きはじめた。もともと本阿弥《ほんあみ》光悦が徳川さんから九万坪の所領をあのあたりにもらわはって、そこから芸術家とか、職人とかがぎょうさん集まるようになってたらしい」

徳川時代の初めのころ、日本の京都にそんな先鋭的な芸術村があったことは驚きで、自分の無知に恥じ入りたくなった。やはりまだまだ、人生は勉強の連続である。

「そこは、上がお嬢さんで下がぼっちゃんで。当代の社長にしてみたら、娘はいつか嫁ぐやろうから好きにしたらええと。娘さんが働きたいいうんで、まずはお土産もんまわりを任せて、それからレストラン、お惣菜《そうざい》、お菓子あたりをやってはったらしい。息子のほうはあととりやから、どっかに修行に出して、それが五年ほど前に当代がガンになったんであわてて呼び戻して……。まあ、ガンのほうはたいしたことなかったんやけど、大きな病気してきよわくなったんかな。息子に徐々に経営を任せるようになった。お姉ちゃんの史乃《ふみの》さんのほうはこつこつ任された仕事をやってた。銘月いうたら栗《くり》まんじゅうが有名やけど、タルトにしたりブッセにしたり、いろいろ商品を開発してうまいことといってたらしい」

「ああ、銘月さんとは、大昔ですけど催事でいっしょになったことがあります」

たしか、催事のたびに京都の一大ブランドと並べられるので、君斗と二人でびびりまくって、どうやったら銘月さんのお客さんに手にとってもらえるか、客をとられないか、あれこれ会議したことを覚えている。

「むこうさんも覚えてはったよ。背の高い若い女性がずっとお礼状書いてたって。計算が速くて、包むのも手早いから大学生バイトだったら次にうちにきてもらえないかと思っていたら社員で、しかも営業部長だったので驚いたと」

「営業部長といっても、社員五人でしたけれどね」

ちなみにローベルジュ時代の営業は静緒一人だった。全国の百貨店やモールに催事で呼ばれるたびに弾丸のように行って、移動日と移動日の間に宅配便などの営業所や、まだお付き合いのないデパートなどに営業に行っていた、タフで若かった頃の話である。

「もしかして、わりと背が高くて眼鏡をかけた女性ですか？」

「そうそう。声が大きくていかにも頼りがいがありそうな。リゾートホテルグループ創業家のお嬢様って感じやない。男社会の会社でいかにも実力で這《は》い上《あ》がってきた常務、みたいなおねえさんや」

なんとなく覚えている気がする。一度や二度、互いにトイレの間店番をしたような……

「銘月さんの詰め合わせセットののし紙を書いた記憶があります……」

「せやろ。いま富久丸にいるでていうたらびっくりしてはった」

その、大富豪のお嬢様らしからぬ、すごくよく働く銘月の社長令嬢が、一樂さん経由で静緒に連絡を取りたい理由というのが、

「まあ、ケンカして家を出はったんやわ」

一樂さんは鈴でも鳴らすような手つきでコーヒーにほんの少しだけ砂糖をいれ、スプーンでかき混ぜた。

「ケンカ、ですか」

「そうそう。会社を仕切るようになった弟が、うまいことといってた食品関係にまで口を出すようになってな。まあ黒が出てるとこは赤のとことくっつけて、赤にしとくことのほうが会社にとっては税金対策になるからなあ。でも、いままで二十年かけて部門を育ててきたお姉ちゃんにとっては、そんな右から左にぽいってされても困るっちゅうはなしや」

「まあ、お気持ちはわかります」

「で、なんやかんやいろいろあったらしいけど、昔から思い切りのいいお嬢さんや。身一つで月居の家を出た。それでどうするんやいうたら、自分の会社を作るという」

「はあ」

「おもろいから、場所だけ貸してん。なにか作って売るんやったら店舗も倉庫もいるやろ。ちょうど改修しよかどうしよか迷ってた鞍馬口《くらまぐち》の長屋が一軒あいてたから、好

きにつかったらええて。僕はあの姉弟のゴッドファーザーみたいなもんやからね」

子育ても仕事も終え、一人で老後を気楽にお暮らしのおじいちゃん貴族にとっては、人助けも楽しみの一つであるようだ。

「まあそれでね。なにをするにしても商売、それも小売りとなったら頼りになるのは百貨店でしょ。お嬢ちゃんも長いこと富久丸さんとはお付き合いがある。ここはちょっと僕の顔をたてて、話をきいてあげてはもらえんやろうか」

思いもかけない申し出だった。そういうのはコンサルタントとか行政書士とかの仕事なのではないだろうか。なにしろ、静緒は起業をしたことがない。ローベルジュ自体の経営は君斗が資金繰りから資材調達まですべてやっていて、静緒はそのヘルプをしていたにすぎないのだ。しかもあれらはすべて二十年以上前の話。ネットもまだ一般の隅々にまでは普及しきっていなかったころの話だ。状況が違いすぎる。

「ままま、わかりますよ。銘月のお嬢さんいうても、会社を出てしまえば無一文や。当代はぴんしゃんしてるし、生前相続なんて気の利いたことできる人やない。文字通り裸一貫の起業。それでもやるてお嬢ちゃんは言うた。それなりの事業計画も僕に提案してきた。なかなかいいセンはついてると僕は思う。だから、鮫島さんも聞いてあげて」

「私は、起業は素人、なのですが……」

「いいからいいから。お茶飲みながらとかでいいから。僕のカードでつけといて」

「はあ……」

それでも、一樂さんに「必要なものがあれば僕が買い物をするから」と笑って言われれば断ることも難しかった。このためのトップガン〝モハーヴェ・デザート〟だったのかと思うと、なにやらうまくしてやられたような。静緒と顔をつなげるために五百万の時計をぽんと買うほどのお嬢様とはどのような人だったのか、興味も湧いてきた。だてに七十年を貴族として生きていない貫禄《かんろく》とエスプリを感じさせながら、一樂さんは銀コーヒーでひいてもらったコーヒーを一キロ買った。

「七十過ぎたら免許を返納しなさいって家族に口やかましく言われてるんだけど、これればっかりは手放せそうにないよ」

駆体の大部分が木でできているという愛車モーガンで帰途についた。和装でモーガンを運転する芦屋のおじいちゃんの格好良さに、たまたま店の車止めで居合わせたほかの客からも注目を浴びていた。

（えらいことになってしまった……）

ちゃっかり手土産に伝票（何におつかいになるのかダイヤモンドのルースをお買い上げだった）とコーヒーを握らされ、途方にくれながら事務所に戻った。

（菊池屋からの刺客と、癖の強い部下と、新規のお客さんと、本部の仕事と会議、こ

れ以上に、お嬢様の起業の手伝い……⁇）

「無理では？」

思わず本音が口からこぼれ出て、従業員用のエレベーターで居合わせた事務の子をびくっとさせてしまった。

（いやいや、どう考えてもこれ、やっかいな展開にしかならないのでは？）

やんわり断ろうと、あれこれ理由を揉《も》んでいるうちに、一樂さんから高速でLINEが入っていた。なんとすでに紹介のためのトークルームまで設定されてある。これは逃げられない。

とにかく、一度話だけでも聞こう。それであちらさんが気が済むのであれば。そもそもお客さんからの紹介のお客さんというのはとりあえず受けるのも仕事のうちだ。大企業の創業家のお嬢様とはいえ、いまは無名の会社を立ち上げたばかり。外商口座を通してお買い物をしていただくお手伝い以外、百貨店の外商員として静緒ができることなどほとんどない。いったいなんのために、一樂さんを通して静緒とつながろうとしているのか。

その日もぎゅうぎゅうのスケジュールをなんとか刻んでこなし、家に戻るとビタミンゼリーのストックが切れていた。冷蔵庫を開けてもふよふよになった保冷剤しか入っていない有様で、なんだかその掃除もおろそかにしたままの冷蔵庫の中が、自分の中身のように思えてせつなくなった。百貨店に勤めているのに惣菜を買って帰る余裕もないとはなさけない。ほんの数年前までは、休日にお惣菜をまとめて作って冷凍したり、便利な電気調理器に感動して煮込み料理を作る気力くらいはあったのに。

せめて風呂に入って癒やされようとすると、バスソルトはおろかシャンプーまで切れている。水をいれてしゃかしゃかふってなんとか今日一回分を捻出した。半身浴の合間に部下たちへの返信を済ませ、今日お会いしたお客様、明日お会いするお客様、今週大事なイベントごとの予定があるお客様にもメールを入れる。そうこうしているうちに静緒のバスタイムは終わる。

(おかしいな、昔はここでネットドラマを英語字幕で見て、英語の勉強くらいはしていたのに)

風呂から上がるとなんと化粧水まで切れていた。さすがにストックまで切らしていることに絶望して、旅行用の小ボトルがどこかにあったなと捜しまくり、なんとかドラッグストアコスメの乳液を見つけて急いで顔に塗りたくった。思いのほかしっとりと肌になじむ。いつのまにか、自分の肌は化粧水ではものたりなくなっていたらしい。

「おや、珍しく夜九時に家にいますね」

ウォーキングから戻った桝家の顔が汗と血流でつやつやしているのが遠目でもわかる。彼氏と恋愛中だと言っていたころよりも、最近彼がまぶしいと感じる。

「そりゃやっぱりストレスがなくなったからじゃないですかね」

養子に出されたことに端を発する母親との長年の確執はすっかりなくなったらしく、最近ではよく一緒に買い物にいくという。ついでに桝家の家が持つ土地の運用やその他資産管理について、その道の先輩に指導を仰いでいるようだ。

「一人で生きていく覚悟ができても、お金がないとどうしようもないですから」

「それな」

「どうせ静緒さんは運用とかしてないんでしょ？　老後のことを考えるとなにか手は考えておいたほうがいいですよ」

「運用……？　風呂上がりに塗る化粧水すらストック切らせてる私が運用??」

「……僕の医療用化粧水とクレ・ド・ポーのシートパックあげるから」

ミネラルウォーターをとりにいっている間に、二階から見下ろせるリビングのテーブルにあらゆるコスメグッズが並べられていた。

「春の紫外線が一年で一番きついんですから、もう冬のうちから日焼け止め塗らないとだめですよ。だから春の保湿とスキンケアが一番大事。トリートメントは三種類ぐらい使いまわさないと、髪が慣れてせっかくの栄養分吸収しなくなりますからね。シャンプーして、トリートメントつけてタオルで巻いて半身浴してから体を洗って、最後に洗い流すんですよ」

三十年ほど前に母に言われたような口調で桝家に風呂の入り方まで指導されてしまった。純粋に勉強になるので明日からすぐにそのようにしようと思う。

「ちゃんとご飯食べて寝てますか？　唇の色悪いですよ」

「え、そうかな。そういえば最近リップも塗ってないな」

「リップ塗ってどうにかなることじゃないでしょ。体中から水分が抜けて干からびてる感じしますよ。大丈夫です？」

「健康診断の結果は、そんなにたいしたことなかったよ。貧血がちょっとあるくらいで、あとはありがたいことにコレステロールも血圧も……」

ならいいんだけど、と桝家はほっと息をつき、

「お母さんのことと、家のことで去年は休みもなかったでしょ。ほんとは富久丸なんかやめて、ベンチャーの立ち上げ準備室でのんびり一年ぐらい朝ぼんやりできる休みをとるべきでしたよ。てっきりそうすると思ってたのに」

菊池屋の美魔女なんかにコキ使われちゃって、と面白くなさげに言った。ほかに渡すものがあるから待っててといわれたので、おとなしく待つ。バスルームでなにかわめきながらシャワーを浴びて、薄紫色のディオールのバスローブをかぶって出てくる彼を見るのも日常になってしまった。

「氷見塚さんの洗礼、桝家も受けてるんだ」

「だってうちの統括じゃないですか。ま、僕は下っ端なんで、その上に係長がいますけど。静緒さんみたいに期待もされてないし。採用からして違いますからね」

「桝家はキラキラのプロパーじゃないの」

「しょせんええとこのボンとかお嬢とか枠ですよ。外商にぶち込んで親戚を顧客にするだけの網みたいなものです。外商が強いとこはみんなそうでしょ。菱屋とか高砂屋も」

縁故採用とは別に、百貨店の外商で働くためだけの専門採用というのが存在したのはたしかだ。ただ、最近ではどこの百貨店も方針を変えて、そういった昔ながらの採用は減ってはいると聞く。ただ、大泉のような例がないわけではない。

(同じプロパー社員でも、香野のようにバリバリの学歴で採用されたわけじゃないから、本人も自分は実家の名前あっての採用だったと思っているんだろう。香野と比べられて息苦しい思いをしているかもしれない)

だが、それは入社前からある程度予測できたことでもある。入社して数年経つのにその言い訳を大前提にしているようでは甘いと言わざるを得ない。営業は数字がすべてだ。

「氷見塚さんなんて、関西は素通りする人。本部に帰るために手柄をさがしてるだけなんだから、静緒さんが自分の時間を他人の出世のためにささげてあげることなんてないんですよ」

「だけど、上司ってそういうものじゃない？　上にあがる人っていうか」

「だからこそやんわり抗うんです。おまえのために生きてるわけじゃないぞって常に意識しておかないと、まるっと会社って生き物に飲み込まれて気が付くとシステムの一部にされて身動きできなくなっちゃいますからね」

ぎっしりとサンプルがつまっているデパコスのショッパーを手渡された。

「これで当分しのげますよ」

持つべきものは美意識が高い同居人。無言で拝んでみせると、心底いやそうな顔をされた。

「ほんとに近くの神社とか、パワースポット行った方がいいですよ。あなたの部下は二人ともくせものだし、あの氷見塚さんに至っては妖怪なんですからね。僕なんか拝んでる場合じゃないですよ。もう一年も彼氏もいないし、この前だって目の前で素敵なフォレスティエールのジャケットをライバルに買われてしまうし」

「くやしいから、ロイヤルオークを衝動買いしたんでしょ」

オーデマ ピゲのビンテージ時計を衝動買いできる財力があれば、静緒だってここまで弱ってはいない。

「本当は、茶屋之町《ちゃやのちょう》のあたりの桜並木を、おしゃれしてあなたとごはんにいきたかったんですよ！　なんのためにこんな平日から走って歩いてトレーニングしてるかって、そんなの素敵にお洋服を着たいからじゃないですか。なのにそんなボロボロになっちゃって。菊池屋の刺客にやられてるばあいじゃないでしょ」

「上司なんだよ。どうやって避けるの」

「やる気のないとこ見せたらいいんですよ。そしたらうまく利用してこいつの手柄にのっかってやろうなんて思わないから」

およそ社会人らしからぬ高等遊民めいたセリフを口にして、桝家はコラーゲンドリンクとプロテインをおまけに追加してくれた。

モノというものは不思議だ。たとえ両手に抱えているモノがもらいもののサンプルであっても、たくさんあるというだけで人は安心感を得る。いつだったか、辛口の片付けコメンテーターが、貧乏人ほどモノを捨てられない。なぜならなにもない怖さを知っているから、どうでもいいものでも手放せないと言っていた。そういう意味では、いまの静緒も似たようなものである。

仕事がたくさんあるからどこか安心している。自分は働いている。することがあると体が自動的に動くようになっている。社会人になって二十年にもなれば、意識しなくても体が仕事をするように訓練されている。

ただ、それは若さあってのことだ。自分自身を、自然と仕事に向かうように訓練した二十年は、人生で最も体力と知力のバランスのとれている時期だった。これからは違う。体力はなくなり、知力は衰え、ホルモンバランスが崩れることによって失うものも多くなる。そして責任だけが重くなるのに、二十年訓練された体は、その責任を果たそうと自然に動くのだ。正しくは、自分を動かそうとする。

だが、いま抱えている仕事はほんとうに、静緒に必要なモノなのか？　ただただ量だけがあって、本質的には必要ないものじゃないのか。いつまでも使わないのに、いつか使うかもしれない、もったいないとしまい込んでいるだけの、サンプルやもらいものなのでは？

(でも、今日みたいになにも無くなって呆然《ぼうぜん》とした時にそういうものを見つけてしまうと、一種の成功体験になってしまう。それで、無くなったときのためにおいておこう、あるだけましだという考えになる。どんどんどんどん不必要なものをためこみ、抱え込んで、来るかどうかもわからない〝そのとき〟のために不必要なモノに埋もれてしまう)

とりあえず、すぐに必要なものをネットで注文した。おおかた買い物が終わったと思っていたのに、下腹部に鈍痛を感じて生理の襲来を知った。なんだか心細く不安だったのはPMSだったようだ。

(ああもう生理か。終わったばっかりだと思ったのにもう一ヶ月経ったのかあ)

昔は生理前の不安感なんて気にしたこともなかったのに、最近は大事な決断は生理前にはしないように心がけている。思えば生理前は不安でイライラし、生理中はひたすら出血を気にしてスカートの後ろが心許《こころもと》ない一週間を過ごす。月の半分は思い通りの自分でいられないなんて、なんて不自由なんだろう。

＊＊＊

裁判、ではなく仮処分のための準備は、歴戦の猛者弁護団がついているとはいえ一般人のNIMAさんにとってはしんどいものであるらしい。モヤモヤを吹き飛ばすためにお買い物がしたいけれど、買うものがないという連絡があった。お金があるのに買いたい物がないというのは、じつは富裕層に共通する悩みではあって、そういう人たちのために〝何か〟を提案するのが外商の大切な役割である。華やかでぱーっと気分があがるお買い物をバンバンしたい、数を買いたい、というNIMAさんのリクエストに応えるためにあれこれ店頭を見て回ってみたが、そもそも店頭にあるものならば、一人で百貨店をぶらぶらするのが気晴らしのNIMAさんが買っていないはずはない。

（数を買いたい、華やかなもの）

少し前にヴァンクリーフ&アーペルのジュエリーを薦めてしまった手前、ジュエリー関係はもうネタが尽きている。もともとイラストを描くのが仕事のため、普段は上下を着心地のいいスウェットで過ごすことの多いＮＩＭＡさんにとって、服はたくさんは必要ない。当然バッグも靴も化粧品ですら必要ないので、百貨店においてあるもののほとんどは彼女の気晴らしの役に立たないということになる。

『だって、私がシャネルなんて着てどこへ行く？　裁判にでも立つ？　いざ裁判にでなきゃいけないってときには、そりゃ戦闘服が必要だから上から下までシャネルのスーツを着ていくよ。でも先生たちはまだ出る必要は無いっておっしゃるし。私はいつもホテルのジャージだし。もうスニーカーは五足は買ったし。鮫島さんおすすめの、ジミー・チュウにルブタンにディオールにグッチに、あとはケリーバッグの金具がついてるエルメス』

だからこそ、彼女はデパ地下で派手に高級肉やワインを買っていたのだが、そもそもワインも質より量の人だから、そこまでお金をつかわない。現在住んでいるのがラグジュアリーホテルであり、あの巨大な豪華客船のごときホテル内には、あらゆる贅沢が詰まっている。当然、美食もエステも最高級のものが用意されていて、ＮＩＭＡさんはそれにすら飽きているのだった。

クリエイターにとってストレスが一番の敵で、そのために裁判を忘れる気晴らしが欲しいというのは気持ちはよくわかる。やはりここはNIMAさんのご希望通り、このあたりか別の場所でオーシャンビューの別荘を探すべきだろうと思われた。

しかし、

『ラグジュアリー・マリーナの会員に、どんなオーシャンビューが必要だっていうのよ！』

相談した金宮寺にはややヒステリックに電話口でそうわめかれてしまった。

『ずっとそこにいればいいじゃない。全国三十カ所にある最高のホテルの居住権を持ってるのよ？　毎月季節に合わせた最高のリゾートで暮らせるのよ。あれ以上のどんなラグジュアリースイートがある？　ないわよ』

彼が言うには、家族も恋人も子どももいないNIMAさんのような一匹狼クリエイターは昔から少なくなく、作家が有名温泉旅館に長居していたように、ホテル暮らしはクリエイターにはぴったりなのだそうだ。現在も帝国ホテルを住居にしている資産家や著名クリエイターは多いのだという。

『だって固定資産税はいらないし、クリーニングやベッドメイクをする必要もないしね。資産を残す必要の無いシングルにとっては、都会の一等地に住めて近場になんでもある。わざわざ家を買う必要がある人っていうと、そうねえ、インテリアにこだわりのある人かしらね』

ＮＩＭＡさんが特別インテリアに興味をもちはじめたふうには見えないが、裁判が本格的に始まり、仕事も大きくなろうとしているなかで、なにか腰を落ち着けたい、もしくは自分だけのすみかを作りたいと考えているのかもしれない。

とにかく眺めがよくて広さがあってセキュリティがしっかりしている物件があったら教えてほしいと頼んだ。

『ねえ、人のことばっかりだけど、静緒の家はどうすんの？』

「あっ、そうだよね……。家、……家ね……」

金宮寺に提案してもらっている、南宮町にある中古のテラスハウスを二軒同時に買い上げる案は、とてもよさそうだが問題は資金だった。いくら駅から少し離れていて芦屋でも手頃な浜側だとはいえ五十坪以上もあればそれなりの値段はする。

『前に仮ローン審査は通っているから、四千五百万までの借り入れはできるじゃない。五千万でもそう変わらないと思うけど』

「でも月々の返済額が十五万はきついよお……」

それこそ、子どももいない静緒にとってみれば、いったいなんのために苦労して三十五年ローンを背負うのか。特段インテリアにもこだわりはないのに。

『そりゃね、五千万の現金があればアタシだって山の手にある二千五百万の借地権物件を薦めて残りの二千五百万は運用しなさいっておすすめするけど、リアルマネーがない人間の保険っていえば住宅ローンなのよ。なにせガンになったらチャラになるでしょ。ステージ1のガンでも何千万の借金が一瞬でなくなってくれるなんて住宅ローン制度だけの特権だからね。そのうち改定が入ってステージ3からとかになるわよ』

「うう、ううう……」

どんどんと情報が更新されては、古い水でいっぱいの静緒のガラスコップの上に容赦なく降り注いでくる。なにをどう受け止めていいのかすらわからず、上書きもできずに垂れ流されていくのは本当に良くない。

「最近決断力がなくなったなって思うんだ。昔はもっと思い切りがよかったのに」

『それはねえ、生命体としての本能もあるんじゃないかと思うわよ。昔は若かったから情報量も少ないし、選択肢もたくさんなかった。今は経験が増えたぶんあらゆるリスクが想像できてしまう。残された時間が少なくなって、体が動かなくなってくると自然とリスクをとるのが怖くなるのよ。この怖いっていうのは、つまり生存本能だわね』

近所に住んでいるのに、スマホ越しにしか顔を見られない彼に手を振って通信を切った。これから一樂さんに紹介された銘月リゾートのお嬢様に会って話を聞く。いったいどこに呼び出されるだろうと思っていたら、なんと阪神西宮駅のスタバだった。外商関連のお客さんにスタバに呼び出されるのは初めてかもしれない。

十分前について場所をとろうと思っていたら、電話に出た先方さんからすでに席はとってあると言われ、相手方の気合いを感じた。カフェラテを買ってフロアに行くと、すでに存在感を発している一人の女性がいる。静緒の姿を見るとすぐに立って頭を下げた。

「お忙しいところ、お時間いただきありがとうございます！」

ショートカットの三十代後半くらいの女性で、ネイビーのパンツにポロシャツというさっぱりしたいでたちだった。どこか見覚えがあるように感じるが、名前までは思いだせない。

「ああ、やっぱりローベルジュの方だ。私、実はお会いしたことあるんですよ」

月居さんはそう言ってにこにこと静緒に上座を勧めた。外商のお客さん相手に上座に座ることもそうそうないので戸惑いながらも座る。

「一樂さんからお聞きしましたけど、以前催事で？」

「そうそう、うちは実家の手伝いで銘月庵ていう店を出させていただいてましたー」

「おばけマロンの銘月庵さんですよね」

「そうそう、そうです！」

と、お嬢様は大きな朱色の目立つ紙バッグからマロン菓子を取り出した。今度ははっきりと覚えていた。ちょうどローベルジュのシュ・クレームが人気が出始めたころ、京都の和菓子屋さんが出した栗のグラッセがおいしいと君斗が並んで買っていたのを思い出したのだ。

「うちは京都でリゾートをやらしてもらってたんですけど、もともとは丹波なんですよ。で、丹波といえば栗が有名で、ホテルや旅館で出していた茶菓子を美味しいと言ってくれる人が多くて、それで持ち帰り用を作ったのが始まりなんです。おばけマロンは、丹波でとれる銀寄《ぎんよせ》という品種で、4Lくらいの大きさのものになります。だいたい2L以上を丹波栗といって売るので、4Lは特級ですー。これを丁寧にグラッセにしたものがおばけマロン」

京都の人らしいイントネーションで、パンパンと話が進む。

「食べたことあります。とってもおいしかったです。やっぱり大きくて迫力ありますよね」

なにせ一粒千円。おばけという名前も伊達《だて》ではない。

「丹波のお化け栗、おばけマロンという名前は、社長さんがおつけになったんですか」

「そうですねん。はじめは茶菓子として出していたうちの家のレシピだったんですよ。名前もなにもなかったので、私が適当につけましてん」

結婚指輪のような桐《きり》のケースに一粒入っているインパクトが評判を呼んで、あっという間に催事の常連になった。

「あの売り方も、最初は親や役員に大反対されたんですけど、どうしてもやりたいって期間限定でやったんですよね。やっぱり見た目がよかったみたいで、九州のテレビの通販番組でとりあげてもらってからはすごい人気になりましたわ」

　今で言うインスタ映えするお菓子だったのである。期間限定の予約者のみに送付される5Lサイズの超特大栗のマロングラッセは、毎年数が決まっていないので争奪戦になった。

　その5Lサイズが催事で限定十個出るというので、地下が大騒ぎになったこともあったという。

「ローベルジュのオーナーシェフが、マロンクリームもやりたいけど、栗は扱いが難しいと試行錯誤していたのを思い出します」

「うちはもともと丹波の栗農家さんとお付き合いがあったからできたことなんですー」

　昔話に花が咲いて、催事でどこへ行った、あのころの担当マネージャーのだれだれさんはもう定年で……など、会話が途切れず三十分が過ぎた。

（さすが、ただのお飾り創業者一族役員ってわけじゃない。現場に立って商品開発してきただけある）

話は自然と、月居さんの現状におよんだ。いろいろあって今は銘月グループを出て、裸一貫で創業したんだ、という。

「よくある話です。やっぱり跡取りは男だっていう風潮ですかねえ。もともと私は親に期待されてなかった。実際、勉強もあまり好きやなかった。周りはお嬢様ばかりのエスカレーター式の学校で育って。甘さもあったと思います。実家が太いからたぶんなんとかなるんやろうなっていう」

けれど、親に何度見合いを勧められても月居さんは結婚して家庭に入る気にはなれなかった。

「だって、働く楽しみを知ってしまったんで！」

快活さが、さらにガッツポーズをしているような明るさが月居さんから後光のように飛び散った。

「いままでどんなにお礼を言われても、それって親の財産だったりお金だったりしたわけですよ。だけど、銘月庵部門で働き始めて、試行錯誤してひとつ店を出し、商品を開発し、百営業して百無視されたとしても今度は二百やればええ。三百詣でればええ……そんなことをしているうちに、認めてくれるひとがぽつぽつ現れたんです。最初はたしかJR関係の父の友人、それから一樂さん。それで富久丸さんにも呼んでもらえて。すぐには結果が出なかったですけど、栗を刻んで爪楊枝《つまようじ》を刺して、道行く人にどうですか、どうですかって丁寧にやっていたら、店舗を探して来てくださるようになる。お茶菓子にと買って行かれる富裕層の方が多くて、みんなお茶席でいつも同じようなお菓子やから、新しいものを探してたっておっしゃるんですよね。それで、ああもしかしたら高価格帯のものが求められているのかもしれない、じゃあやっぱりマロングラッセだ、って。役員たちを粘り強く説得して、銘月のホテルから引き抜いてきた幼なじみのシェフに毎日毎日、一年以上栗を煮てもらって。私も一時、食事は栗しか食べてなかったせいで大分太りましたね」

「……そういうことって、ありますよね。試食しなきゃいけないけど、まじめにやってると太っちゃうっていう」

あまりにも身に覚えがある話に、静緒は途中から自分の半生を聞いているのではと錯覚するほどだった。月居さんはスタート時点こそ大きく違うが、名も無いところから起業して新商品の開発と同時に寝る間を惜しんで営業して、お客様の反応と客筋から新商品を思いつき、それを実現化して成功を収めた。

（私といっしょだ。いや、月居さんのほうがスケールが大きい。銘月庵のおばけマロンは日持ちすることもあって、成田空港や関空などのお土産品店では必ず扱っているし、京都を代表する銘菓にだって何度も選ばれている。たしか皇室への献上品になったこともあったはず……）

数年前にオーストラリア人のユーチューバーがとりあげたことで世界的にも有名になり、近年では一番大きいサイズは予約がとれない人気商品として、どの百貨店でもとりあいになっていたのだ。

そんなマロングラッセフィーバーの仕掛け人である、京都老舗リゾート創業家の女社長が、いったいなぜ、すべてを捨てて新しい会社を作ったのだろう。同じ食品で勝負するならば、すでに成功している銘月庵でやったほうがよほど仕掛けやすいし、展開も容易だ。なにしろ実績と信頼と背景、三方良しなのだ。

「それそれ、それですねん。まあつまり、言葉はよくないけど実の弟に手柄をとられたってこと。それ自体はようある話。もうええと思ってます。実際なにもかも置いて家を出ましたから。いまは実家の家業はなにひとつやってないし、役職にもついてません。株ももってないしね。だからほんとうにすかんぴん」

アハハハハ！と大きな声で笑って、月居さんは軽く机を叩《たた》いた。彼女が笑うと、なんでもないことのように思えるのが不思議だ。

「家を出たら、なんにもないですけど、すっきりしました。いやもう、最初は住むところもなかったんですけど、気持ちだけはスッキリ。鮫島さんのように自分でなにもかも……、学校も出て就職されて、キャリアを築いていらっしゃる方には不思議に聞こえるかもしれませんけど、三十代も後半になってね、親から『おまえは銘月グループがなかったらなにもできへんのや』と言われ続けるのがね、ほんとうに辛《つら》くて。実際そうですねん。だって私、四十年近く親の金で何不自由なく生活して、学校に行って家に就職したんですもん。いくら中で商品開発してヒットさせたいうて、下駄《げた》はかせてもらってなかったわけやないですもん。みんな月居のお嬢様や、銘月リゾートの社長さんの娘はんやって私のことみてますもん。私の名前は名字が全てで、二十年社会人やって店に立って、営業やってきた実績とかそういうキャリアのなにもかもが、銘月におったらブラックホールみたいに無限に吸い込まれてしまうんですわ。そんなんもう、しんどくて」

「私のようなものが口をだすのもはばかられるんですけど、今回、一般企業に就職はお考えにはならなかったんですか？」

「もちろん考えました。せやけどなかなか難しいね。ゆっくり考えたんですよ。これからどこかの企業に入って、商品開発してそれを売り込んでってできるまで、石の上に何年かかるやろうって。若い頃やったらそういうのも大事やと思うけど、でも二十年イチからやってきただけの経験はある。それに、また同じようにヒット商品作っても、所詮外様の傭兵《ようへい》、いつでも手柄横取りされて追い出される。身内にやってされたんやから、きっとそうなる。苦労知らずのお嬢様やったけど、いちおう社会人やってるといろんなもん見ますやんか。なんもしてないのに、成功したらあれは俺がやった、俺もあそこにいた、チームの一人やった、ってしれっと乗っかってきてうまいこと上に上がる人とか。そういうのの踏み台にされるのももうごめんやったんです。それに、なにより親に『おばけマロンのヒットも、所詮は銘月の金でやったことやろ、銘月の名前があってやれたことやろ』て言われてなんにも言い返せない。一生私こんなふうに生きるんか、と思たらね。もういらんと。そんなことがあって、じゃあどうしたらええんやろ、そうや、今度は自分自身のブランドを作ったらええんやないやろか……」

どこまでもポジティブな月居さんは、苦労を語る時まで楽しげだった。ああ、この人になら、周りに人が集まるのではないか、一樂さんのような人も力を貸そうと思うのではないかという綺麗《きれい》な空気がある。

人というものは不思議なもので、いつも上を向いてポジティブに構えている人間ほど成功する。それは、やはり自分自身の力というよりは、周りが力を貸そうと感じるからなのだろう。もっとビジネス的に言うならば、義理堅いとわかっているポジティブな人にこそ恩を売っておこうとなるし、お金を投資したいと感じる。

静緒は、今まで学歴もキャリアもたいしたことのないバツイチの自分に、なぜ過分な評価が集まるのか不思議に思っていた。しかし、外から見ているとなんとなく理解できる。自分はポジティブなつもりはないが、外からはひたすらポジティブで前向きに見えるのだろう。そういう相手に時間や手間や金を投資したいと思っている層に、自分の生き方がたまたまフィットしたのだ。

意識して前向きに生きようと思っていたわけではないので、これはもう親の教育とか、生まれ持った資質や環境が、自分という個性にあっていたとしか思えない。

「それでね。作りましてん。新しい会社」

おもむろに月居さんは、社ロゴの入った保冷バッグから凍った透明のパウチを取り出した。ゴト、ゴトと音を立ててテーブルの上に並べていく。

「合同会社A24〝京都奥座敷のすぅぷ庵。かまどのすぅぷ〟」

「A24ってのは、えにしの当て字でね。海外でも通じるように。ブランド名のほうは姑息《こそく》に〝庵〟だけは実家からもらってきましてん。いうても銘月に庵つけようって言ったのは私やもん」

凍って見えなくなったパウチの表面を指で溶かしながらこすると、中がよく見えるようになった。

「これは、テールスープですか」

「そうです。健康にいいスープ屋はいっぱいあるけど、テールスープはめずらしいでしょ」

「たしかに」

最近日本でもヴィーガンブームがきていて、胃に負担をかけないスープ食が流行りつつある。ボーンブロスは牛だけではなく、鴨《かも》もあり、ほかにも丹波栗と京味噌のポタージュ、丹波地鶏《じどり》の生姜《しようが》チキンソテー、丹波牛のローストビーフなどどれも本当に美味しそうだ。

「いまここで食べていただけないのが歯がゆいですが、うちの店に来ていただいたらいつでもお出しします。こちらもぜひおうちでご家族と食べてください。絶対おいしいんで」

目に力があった。こういう目をする人は、薦める商品に一寸の迷いもない。どこから打ち込まれても完璧に対応できるだけの自信があるのだ。

これを持って帰って家で食べ、おいしかったからといって外商員の静緒にできることはほとんどない。地下の催事担当のマネージャーにちょろっと話をして推すくらいだ。本当に、ただそのためだけに月居さんは一樂さんを通して、外商の静緒に会いにきたのだろうか？

彼女は優れた商品開発のプランナーであると同時に、凄腕《すごうで》の営業でもある。起業したての忙しい時期に、空振り覚悟で時間を使うはずがない。

「いままでキャリアを積みあげてこられたのは和菓子なのに、今回はどうしてすぅぷ屋を？」

「よくぞ聞いてくださいました。まあ、簡単に言うと材料費がタダだったから」

「タダ……」

「起業コストをギリギリまで削減するために、うちは倉庫や工場を持ちません。レシピだけを考え、スープ工場に依頼します。出荷は工場から直接クライアントや店舗に発送できるシステムを利用しています。せやから必要なのはキッチンのみ。そのキッチンは鞍馬口の一樂のお父さんの持ち家でやらしてもらってます。昔ながらのかまどのある長屋で、みんなでDIYしてね。ちょっとインスタでも映えるんですよ」

と、インスタアカウントを見せられた。なるほど、よくパンフレットなどで見かける京長屋の一角に店舗兼開発用キッチンがある。五十年長らく店子《たなこ》だった人がお亡くなりになり、五十年ほとんど手を加えられずにいたため、一樂さんは次の店子を探さずにいたそうだ。

「ああいうお父さんやから、五十年前の長屋が残ってるなんてそのほうが価値があるいうてね。そのうち自分のお客さん用のゲストハウスにでもしようかと思ってはったらしい」

そこへ、月居さんが家族と大げんかして家を出、突然裸一貫で起業するという。資産家の後見人としてはボロ家を貸してあげるぐらいなんということはなかったのだろう。

「SNSやフリマサイトで展示品のキッチンをもらってきて、仲間たちで設置してね。ありがたいことにこういう地域だから、水道屋の息子も街の電気屋のあととりもみんな知り合いですねん」

みんなで掃除をし、ボロボロの土壁に漆喰《しっくい》を塗って補強し、ステンレスのキッチンを入れ、棚を作り、試食用のスペースは近所から古いミシン台をかき集めてもらってきて、天板だけをつけかえてカフェのようにした。長屋の冬はとにかく寒いので古い窯は壊さず、ストーブのようにして暖房兼煮込み料理ができるようにし、天井は抜いて断熱材を入れ替え、トイレとユニットバスも交換して店舗としてギリギリ営業できるようにもした。百万かからんかったけど、貯金がなくなりましたわ、とそれも月居さんは豪快に笑いながら話した。

「自分はいま二階の斜め天井の倉庫やったところで寝起きしてます。もともとおしゃれになんか興味がなかったから、営業用のスーツと、あとはパジャマ用のジャージと、仕事着のワークマンのつなぎ。バッグも大昔に母に買ってもらったケリーバッグ以外は全部うっぱらって開業資金にしましてん。でもねえ、不思議となんにも不自由してない。だって自分の会社があるからね」

ネイルも高価なアクセサリーもしていない、髪もさっぱりと耳を出すまで短くして、化粧も最低限。時計もアップルウォッチだしスーツも仕立てはよいが年代物だ。そんな月居さんだが、本人からあふれるポジティブなパワーのおかげで内側から輝いて見えるのだから人間はおもしろい。

（なるほど、よく寺なんかにある仏像の後ろに後光がついているのは、あれはポジティブパワーを具現化しているのかもしれないな）

よく考えれば、昔から聖職者や神様などというものは、ひたすら人にポジティブに生き、考え行動せよと勧めてくるものだ。

和気藹々《わきあいあい》と古民家DIYをし、商品をひとつひとつ練る様子は、インスタでこうしてスマホごしに見ていても楽しげで、まず一つ目の起業課題をクリアしていると言えよう。

（そう、いまどんな商売もSNSを使いこなすことが、コスト削減と宣伝効果どちらもメリットがあって大事なんだよね……）

ひとつ残念なことは、当のインスタのフォロワーがそこまで数が多くないことだ。

「そう。それも手探りなんです。写真が大事だって思ってるんですけど、なかなか定期的にアップできなくて。あとはレシピについては開発現場のことはオープンにできないので、なにを更新したらいいか悩んでます。もともと栗農家さんとのお付き合いがあって、丹波は牛も有名でしょ。出荷できない栗なんかを飼育に使ってる特別な牛や地鶏を育ててる牧場さんがあって、そこの社長さんがうちの牛でよかったら、てただで牛の骨をくれた。だから材料費はほとんどタダ。あとはそれを工場に持ち込んでスープにして、原価コストをできるだけ抑えて、うちの奥座敷のすぅぷ庵がスタートした。栗と京味噌のポタージュも、牛のボーンブロスも、コスト削減といままでのおつきあいのおかげなんですよ！」

ゆっくりと室温で冷凍すぅぷのパウチが柔らかくなっていく。月居さんは、慣れた手つきでテーブルが濡れないようにふきんを取り出して下に敷いた。

「あとはね、やっぱりすぅぷって人の人生そのものだなあって思うんです。生まれたら、お母さんのお乳の次に口にするのはすぅぷ。病気の人が死ぬ直前まで食べてるのもすぅぷでしょう。生まれたばかりの赤ちゃんにいい物食べさせたいって思うのは当然だけど、死ぬときまで美味しいもの食べたいって思うやないですか。せやけど、最後は病院食、流動食、点滴で亡くなる方も多い。歯もなくなってお肉を食べられなくなって、それでもお肉が食べたい人ってぜったいたくさんいらっしゃるやないですか」

高齢化する栗農家さんたちや、牧場主、お付き合いの深かった丹波のローカルエリアを回るたび、彼らが「もう食べられなくなった」と冗談交じりに零すのを聞いた。それがずっと心に残っていたのだと月居さんは言った。

「いろんなモノで心を満たすことはできると思います。でも、やっぱり一番は食やと思う。どんな人にでもおいしいものを食べてほしい。毎日じゃなくていい。目が悪くなったり、病気が進んでガスを使えなくなった人にだって、気軽にじっくり煮込んだ料理を食べてほしい。忙しいお母さんにだって栄養をとってほしい。いろんな美味しいレトルト食品はあるけれど、最後の最後までいっしょに寄り添えるすぅぷってええなあって思って。だって、世界中ですぅぷのない国はないでしょ。たぶん人生の基本なんですよ、すぅぷって。人は煮炊きができるようになっていまの人になったっていうでしょ」

それから、月居さんはひとつひとつ、すぅぷの原料や開発した意図などを丁寧に簡潔に話してくれた。銘月を辞めると決めたとき、幼なじみのシェフがいっしょに辞めてなにかやろうと言ってくれたこと。彼女は料理屋をやるつもりが、月居さんがこれからはECの時代、百貨店に常設店舗や工場を持たないすぅぷ屋をやりたいと説得し、ついてきてくれたこと。原価コストを抑えたぶん、冷凍にこだわったこと。パッケージを銀パウチにせず、透明の冷凍パウチにして、値段より見た目を重視したことなどを。

「銀パウチにして常温保存ができるようになれば、そりゃ送料も安くつくし、お中元やお歳暮の商品も作れます。だけど、中身が見えない。私はね鮫島さん。中身の見えないものを食べようとは思わないです。催事の店舗やフードマーケットなんかで、うちのブースを覗いてくれたお客さんが、写真を見て、それから現物を手に取る。それでちゃんとボーンブロスのすぅぷの色が見える。それで納得できる。栗と味噌のポタージュの色も見える。それで想像する。どんな味なのか。いくらインスタで映える写真をたくさん載せても、手に取るのが銀パウチじゃいまいちわくわくしない。いうたら悪いけどレトルトのカレーみたいやないですか。目で見て、納得してから買ってくれた人は、口にするまでにどんな味なのか想像している。わくわくしながら電子レンジに入れて、早く食べたいと思ってくれている。その口にするまでの時間もまた、食だと思ってるんです」

だから高くつくのはわかっているけれど冷凍と透明パウチにこだわるんだ、と月居さんは言った。言葉には力と確信と、それ以上の迫力があった。

あれは〝勝負〟だと静緒は思った。勝負をしている人の言葉には独特の力がある。そして勝ち筋が見えていると、そのことが言葉を通じて相手に伝わるのだ。いうなれば、月居さんは、銀パウチにして常温保存がきく商品にすれば、販売価格を抑えることができメリットも多いというのにあえて高くつく方法を選んだ。そちらにはそちらのメリットがある。そして、なによりこちらのやり方は高くつくがゆえに大部分の競合他社が回避している。そこに、彼女には勝ち筋が見えているのだ。

競合他社とまともにぶつかっては、最後は価格競争になって自滅する。あえて値下げ合戦を行わないようにするためには、あえて難しいほうをとるという手もある。

大昔、静緒は生クリームで勝負したいと生菓子にこだわった君斗と、何日も喧々《けんけん》囂々《ごうごう》とやりあった日々を思い出していた。多くの洋菓子店が日持ちする焼き菓子をサイドメニューのように増やす中、ローベルジュはそうはしないと彼は言い切った。

『そんなどこにでもあるケーキ屋になってどうするんだ』

結果的に、焼き菓子などの商品を増やさず、生クリームやカスタードクリームだけにこだわった。ケーキはデコレーションにも凝らず、ただひたすら生クリームの量を少しでも多くしたい、爆弾のようなシュークリームを売りたいという彼の情熱に静緒は賛同し賭けた。あのときなぜ、そのような選択をしたのかうまく言語化できなかったが、いまならわかる。君斗に勝ち筋が見えていたから、その言葉に説得力と迫力と勝ち筋があったのが伝わったから、静緒はそうしたのだ。

二十年以上前の選択の意味を、いま、まったく違う商品を手がけている女性起業家から教えてもらっている。これが人生の未知数なところだ。

「いま、昔のことを思い出していました。私のよく知る成功者も、同じことをしていたなと」

言うと、月居さんはすぐに君斗のことだとわかったらしい。ぱっとうれしそうに顔をほころばせた。

「ケーキ屋といえばかわいく、デコレーションを凝る時代だったのに、ひたすら生クリームの量と質にばかりこだわったんです。でも結果的にそれが成功しました」

「うれしいな。そう言ってもらえて。だからどうしても、鮫島さんに会いたかったんです」

「私に？」

「お客さんがいないときに、ずっとお礼状を書いてた姿を見て、なんて熱心な売り子さんなんやろうって思ってたんです。それも同じ言葉じゃなくて、相手によって文面を変えていましたよね。名簿と照らし合わせながら切手を貼っていたでしょう。あれね、私もパクったんですよ」

恥ずかしそうに口を両手で覆って、月居さんは、

「あれや！　うちらの客はもっとそういうの効くひとらやねんから、お礼状書かな！って、スタッフ総動員で名簿を作ってね。それからは、私もそうやけど、スタッフにもほかの店から盗める接客術があればどんどん共有しようって話しました。ローベルジュさんがパッケージを変えたときは、うちらも包装をどうしょうと会議したし、通販が最近売れてるらしいと聞いてうちも通販を始めました。ローベルジュさんは洋菓子やったからパクるのも罪悪感がなくてね。常設店舗を播磨《はりま》の田舎の本店しかもってないのも、なるほどなあって勉強になりました。工場だけもってそこから直接出荷し

てる。あれは、ケーキにこだわってたらなかなかできへんかったですよね」

「まあ、ケーキは輸送に向いてないですから」

「それでも、生クリームが売りやからこそ、パンケーキと生クリームを冷凍便でセットで売って、お客さんにトッピングしてもらうって発想ができた。初めて見たときびっくりしましたもん。ああ、これは外に出られないお子さんがいる家庭や、おやつに困ってる忙しいお母さんが買うやろうなって。この前最中が出ましたよね。あれもいいですよね。中のクリームが商品やから、外側が変わっても変わらず売れる。いまさら古いと思われてたバタークリームがぎゅうぎゅうに詰まっておいしかったです。あのカロリーの爆弾みたいなやつ、ぜったいみんな好きですやん」

　ローベルジュのことだけ褒めてくれているように聞こえるが、彼女はその何倍もの量をリサーチして、いいところだけをピックアップしてとりこむ力がある。そうして銘月庵でのおばけマロンの成功や、同業他社のやり方などを研究した上で、自分のもつルートとコネクションを最大限にいかして、すぅぷ屋を始めたのだ。

「だから、鮫島さんにうちの商品をどうしても食べてほしかったんです」

「そう言っていただけてありがたいです。でも、私は今は食品にはいないし、バイヤーでもないのでお力になれるかどうか」

「いいえ、大丈夫です。お会いできただけでもうれしい。本日はお時間ありがとうございました。もしよかったら、感想を聞きたいので連絡させていただけませんか」

きっかり一時間、時計を見てから月居さんは話を終えた。自然な流れで連絡先を交換し、お荷物になりますがとずっしりと重い冷凍スープの保冷バッグを二包み、手渡された。

「もしよかったら、こちらはお客様にでも。ローベルジュのオーナーシェフには、以前は関西中小産業食品協会のお正月の会合で何度かお会いしました。よろしくお伝えください。よかったらみなさんで京都にでも。うちは新快速で一本で来られるんで！」

最後まで浴びていたいたいポジティブさ全開で、月居さんは静緒に深々とお辞儀をしたあと手を振った。

＊＊＊

「うわ、おいしいこのローストビーフ。山椒がきいてて初めて食べる味です。どうしたんですこれ」

最近はいつもなんだかんだともらってばかりだったので、その日は比較的早く上がれたのをいいことに桝家を試食会に誘った。きっかりと今月のノルマ二千万を売り終え、個人的消化試合と勉強に時間をあてていたらしい彼は、静緒が帰宅する頃にはきっちりトレーニングを終えていつもの気楽なバスローブ姿だったが、宴会がはじまると思ったらしく上下をグッチのジャージに着替えて静緒のフロアにやってきた。ルーフテラスで一杯やろうという魂胆らしい。

「あー、なんだこれ。こっちも初めて食べた。おいしいな。栗と京味噌って。これは特に熱出して倒れてるときにぜったい家の冷凍庫にあってほしいやつですよ」

「わかる。あとパンを浸して食べたい」

「この、あともうちょっと欲しかった、と思う絶妙の量しか入ってないのも頭いいですね」

名残惜しそうに桝家がスプーンでスープボウルの縁に残ったポタージュの残りをかき集めている。これはいろんな意味でパンが欲しくなる。

「で、いま商売のほうはどんなかんじなんです？」

「京都の鞍馬口で開発事業兼販売をして、だんだんと出るようになったっていってた。ECはとりあえず始めて、リピーターもちょくちょくいるって」

社員はシェフと月居さんの二人だけ、あとは宣伝やSNSまわりをお願いしている外注さんが一人というシンプルな会社だ。地元や道の駅などに出店する際は二人が店頭に出て店をやりくりしているのだという。

「当面の活動資金は月居さんがいままで貯《た》めた貯金を切り崩してるんだろうけど、いつまでもそういうわけにはいかないよね。融資を受けて継続する道しかない」

飲食をやるには最低でも二年、赤字でも続けていけるだけの工面をしてからでないと失敗する、というのはよく言われていることである。飲食だけではなくなんでもそうなのだが、初期投資とは店の設備だけではなく、維持できる人件費という部分が大きい。月居さんの場合、すべての調理から製造出荷までを工場に外注し在庫を持たないスープブランド販売に着目したのがおもしろい点だった。しかも、丹波牛のガラを知り合いから無料で仕入れ、材料調達からかかわっているため、工場と直接交渉してコストも大分抑えられているのだろう。

いまは二人のスタッフはそれぞれ労務出資という形で給料を出していないのかもしれないし、さすがにシェフの月給は出しているかもしれない。とにかく二人ともほぼタダ働き同然で動いているのは確かだ。どのような会社の立ち上げ時期もそうなので、彼女たちが特別無理をしているわけではないが、最初は勢いがあっても何ヶ月と続けていくうちに疲労感が溜まっていく。そこをうまく乗り切れるかどうかは、融資の有無や店の売り上げにかかってくる。

「でも、なんで静緒さんにそんな話が？　外商のお客さんにすすめてくれってことですか」

「そうなんだよね。催事担当にはもう営業は進めてると思うんだ。外商の私にわざわざ会いにきたってことは」

「万策尽きたか、突破口を見いだしたかったからかですね。ビジネスの基本は人に会いまくることですから。静緒さんなら、昔の縁もあって会ってくれるんじゃないかと思ったんでしょうね」

問題は、月居さんたちがどの銀行に話をしているか、ということだろう。おそらく片っ端から融資を申し込んではいるだろうが、彼女のあの様子では、自分が銘月グループの創業者一族だとは話していまい。たとえ話していたとしても、月居さんはその子会社の実務部隊を取り仕切っていたという実績はあれど、所詮は会社員の一人である。しかも、実績を出したのはあくまでスイーツ。スープとはまったく客層も需要も異なる。

銀行の融資担当がどう判断するかだが、いまのご時世、スープ業界の経験のない若い女性が、なんの担保もなしに（恐らく）一千万ほどの当面の運転資金を貸してもらえるかどうか。

（君斗の場合は、実家が地元に根付いたベーカリーを長年経営していたことと、経営そのものにかかわっていた経験があること。ベーカリーの店舗内で試験販売をしていたシュークリームなどの売り上げがよかったことが評価されていた。あとは田舎では男性が起業するのに有利だというのもある。女性が一人で起業することに対する偏見

は確かに存在する）

二十年前は、女性の起業はほとんど聞かなかった。しかし今の時代、徐々に増えてきていると聞く。銀行のほうも、女性の起業に対して積極的に融資をしようというセミナーを開催している。しかし、話は聞いてくれても最後の判断は、やはり担保と信用次第。

「銘月グループのお嬢様なこと、銀行に言うしかないと思うけどなあ」

「それしか突破口はないけれど、言ったところで、実家から支援を受けたりしている事実関係が無い限りはあんまりプラス条件にはならないと思いますけどね」

同じ京都育ちで太い実家を持つ、自称働く高等遊民の桝家に言わせると、京都にはそんな坊ちゃんお嬢さんが山ほどいるため、たいしたヒキにはならないという。

「銘月から出資を受けて、とか、個人的に父親からお金を借りて、その上で足りない分をとかいうならわかるんですよ。でも、月居さんの場合は家を出て完全に銘月とのかかわりを断ち切っているんですよね。銀行側もそのへん調査はしますから、ああ銘月グループの身内ゴタゴタで長女が家を出たんだな、くらいはわかってますよ。銘月との取引がある銀行ならなおさら、出資には躊躇するんじゃないですか」

「……深い考察」

「ってわけでもないです。まあ難しいってこと。おそらく京都周辺の公庫もひととおり回ったんだろうけれど、静緒さんにまで凸してくるってことは、いい感触は得られてないってことでしょうね」

「廃棄しちゃう牛の骨を使ってボーンブロスを作ってECで売るとか、まさに今風SDGsだと思うけどな。のっかりたい企業も多そうなのに」

「やりたいとこは多いでしょう。問題は、月居さんが独占できるようなアイデアでもないので、話だけ聞いてまるっとパクられる可能性のが大きいことですね」

ああそうかと、思わず大きなため息を吐いてしまった。NIMAさんがあれだけ強気に権利を主張できるのも、彼女がゼロから生み出し彼女にしか描けない世界観でキャラクターを生み出したからだ。レシピそのものに著作権を認めさせるのがどんなに難しいかは、以前君斗の知り合いのパティシエが独立する際に店側から起こされた訴訟の話で聞いた。元GOTENの桐生氏は権威あるコンクールでゴールドメダルを取っている実績があってなお、独自のレシピや販売法を認めさせるのは難しいのである。ましてや、月居さんには桐生氏のような専門性も箔《はく》もない。牛のボーンブロスをスープとして売っているのは珍しいし、丹波牛の廃骨を利用するアイデアなども、ほかの企業がマネをしようとすればすぐに出来てしまう。

「ブランディングが大事ですよね」

強い宣伝を打つためには、ブランドの持つ独自力と方針を明確に言語化しておく必要がある。はたして月居さんはそこまで『すぅぷ庵』を研ぎ澄ませられているだろうか。

ボーンブロスのスープがあまりにも美味しくて、このまま食べ終わりたくないと思っていたときいいことを思いついた。たしか冷凍庫にまとめて炊いて冷凍しておいた五穀米がある。

「あーっ、天才じゃないですか」

土鍋にボーンブロスを二袋入れて、その中に刻みネギと冷凍ご飯をぶち込んで煮立てる。米の形が少し崩れてくる直前に、玉子を思い切って三個溶いてふわっと円をえがくようにまぜ、フタをして火を消す。そのままルーフバルコニーのテーブルにもっていくと、桝家が赤身のマグロを見つけた子猫のように感嘆の声をあげた。

「天才じゃないけど、天才でしょ」

「優勝めしですね。これは優勝」

「明日は、オマールエビのビスクのほうに米をぶち込んでチーズリゾットにするとか」

「なにそれ、ぜったいおいしいじゃないですか。優勝の上ですよ、総合優勝」

木製スプーンを握ったまま、チャンピオンポーズをする。

「これで明日も生きる理由ができました」

「おおげさな、って言いたくなるけど、私もそう」

「日々のモチベって大事ですよね。この歳になってくると大抵のおいしいものを食べたことあって、新鮮味にかけるというか。外商のお客さんがとにかく食器や食にお金をかけるのも、日々消費されるからっていうのもあるけど、食べるコトって生きるってことに直結してて、それが金持ちになるといまさら高い肉食っても、キャビア食ってもそんなに感動がないってことなんですよね。つまり楽しみの数が少なくなる」

「お金がない人はそもそも、キャビアなんて食べる機会自体がないんだけどな」

「まあ、そうなんですけど、楽しみの伸びしろがないっていうか。一般人が百グラム一万円の肉を来週食べられるってなったらがんばって生きようって思うけど、金持ちはフーンでたいしてモチベになんないじゃないですか。モチベのない人生ってわりと生きてて苦痛ですよ」

　だから、俺くらいお金はあるけど縛りもある人生がちょうどいいかもしれないですよね、などと、親の所有する芦屋一等地のラグジュアリーマンションに住みながら親の信託財産で暮らし、自分の給料を全部なにで溶かしているか把握していないぼっちゃまはのたまった。

「そういう桝家は、いまはなにがモチベなの？」

「彼氏探し！」

「ああ……。そっか。最近出会いがないって言ってたね」

「アプリとか見てるけど、ほんとにこの業界狭いんで、己のフェチと好みで絞ると身内しかいないんですよ、おそろしいでしょ。夜に定点で激しく活動するようなシュチュエーションがない日々を送りすぎると、なんだか肌の調子悪くなる気がして、スキンケアのラインあげてサプリの数を増やしたんですよね」

どうりで最近コスメに詳しいはずである。

あっという間に空になった土鍋を水につけておこうと室内に戻ると、ワイングラスとボトルを手にした桝家が追いかけてきた。

「あれ、もうお開きなの？　もうちょっと呑むかと思った」

まだグラスに一杯しか飲んでいない。いつもなら明日のスケジュールを薄目でうかがいつつ、白だ赤だと秘蔵の酒を持ち寄って夜景を楽しみながら呑むのだが。

「いやー、俺もほら、もうアラフォー近いし」

「まだアラサーでしょうが」

「っていうか、あなたの顔色あんまりよくないなと思って」

「え、そうかな」

思わずスマホの自撮りモードで確認してしまう。

「照明のせいじゃない？」

「あのね、同じ照明の下で何度いっしょに吞んだと思ってるんですか。せっかく早く戻ってきたんだから、今日はもう寝たほうがいいですよ」

お母さんのように言われてしまった。

「どうせ、これからバイヤー時代の同僚に、月居さんとこのスープをおすすめしたり催事に入れる店の候補聞いたりするつもりだったんでしょ。外商のお客でもないのに」

「うっ、すごいな。冴《さ》えてるな」

「ただでさえめんどくさい部下二人と刺客上司抱えてハンドリングもままならないのに、さらにややこしいこと増やして……、なんでかすごく肩入れしちゃってるみたいだけど」

　長年同居をしているとそんなことまでわかるのかと感心してまじまじと顔を見てしまった。高級ラインをつかっているだけあって、毛穴がない。ＣＭの女優のようだ。

「月居さんが、昔の自分みたいで気になりますか？」

「……うん、うまく言えないんだけど。応援したいなとは思う。勝手な思いなんだけどね、自分にはできなかったことをしようとしている女性の力になりたいというか」

「静緒さんも起業したらいいじゃない」

「あー、いや、私はそういうのは無理なんだ。昔からそうなの」

父親を早くになくして、早く独り立ちして家計を支えるためにそれなりにいい大学に入るべきであったのに、高校時代、学業に身が入らなかった。

「自分でやりたいことっていうのがあまりないの。だから進路もなかなか決まらずでね。本当なら、せっかく進学校に入ったんだから親のために国公立大学を出て、商社にでも入ればよかったんだと思う。でも、やりたいことが見つからないから勉強するモチベもなかったんだよね。それで、バイトに夢中になった」

勉強をしているよりも近所のパン屋で店をきりもりしているほうがずっと楽しかった。人と接して、やっと自分自身がそこに存在しているような気持ちになったのだ。

「自分に自信がないから、だれか輝く人の側《そば》にいたいんだよね。ケーキ屋さんがいいなあって思ったのも、やっぱりお祝いごとに近いところにいる仕事だったからでしょ。成り行きでパン屋でバイトして、成績が落ちてきて、そのときたまたま井崎先生の専門学校の話が高校の進路科に来て、あっさり推薦で決まっちゃったからもう考えないですんだ。楽をしたんだよね。親のために学費がかからない学校にいくべきなんだっていうもっともらしい選択肢を選んで、結果パティシエになる器用さも情熱もなくて。ただただ、だれかの成果物を売る仕事しかなかった」

「でも、天職でしょ」

「うん」

　自分を卑下した生き方にコンプレックスを感じる時代はもう通り過ぎてしまった。いまの静緒にとっては、そういう自己嫌悪すらすでに若かったころの懐かしい思い出になりつつある。

「私にはあいにく、君斗や月居さんのようにこれを作るためにスタートアップするんだ、売って会社を大きくするんだ、というういい意味でのこだわりがない。かわりにだれか、すごい人のアイデアだったり、情熱を世に知らしめたいという思いはいつもある。クリームに出会っては感動し、スープに出合っては感動して、人生感動しっぱなし。だからひとつのことに集中できない」

　夢中になるなにかがないと、尽くすためのだれかがいないと、自分が存在しないというタイプであることはわかっている。自分は根っからの宣伝企画セールスマンで、クリエイターやアーティストではない。

「まあ、そのナンバーツーの虚無、みたいな気持ちはよくわかるなあ。俺もそうですからね。最近は老化と闘うことで手一杯で自己表現することすらめんどくさいっていうね」

「三十代が老化とかいうな」

「男は女より早く老けるんですよ。知ってました？　いまでも三十過ぎるとちょっと恰幅《かっぷく》がいいほうが出世してる感とおちつきがあるから、中年太りしてるほうがスーツが似合う、なんて風潮ありますけど、あれ単に不健康なだけですから。何十年もかけて中年太りを肯定する文化を中年が作ってきただけですからね」

階段を下りて自分のスペースへと帰ろうとして、ふと彼は足をとめた。

「ん？　忘れ物？」

「いや……」

なにか美味しいものを口の中で味わうような顔つきで、

「最近、俺がしたかったのって結婚でも同棲でもなんでもなくて、ただただこういう会話なんだなって思っただけですよ」

やっぱり家猫のようにふいっと身を翻して広い室内のどこか見えないところへ消えてしまった。

第四章　外商員、ひらめく

ハリー・ウィンストンで、八太さんがめでたく彼女と婚約指輪を買う時がやってきた。あらかじめショップのほうには予算を伝えてあり、彼女の希望でエメラルドカットの大きい石のものがほしい、ということも事前にお願いしてあった。

海外セレブの婚約や結婚のニュースで名前を聞くハリー・ウィンストンは、もともと親子二代にわたってアメリカで成功した宝石商である。特にダイヤモンドの質においてはハリー・ウィンストンはほかに比類無き専門家ともいえるバイヤーであった。有名なブルーダイヤ「ホープ」をはじめとしてイエローダイヤモンド原石「オッペンハイマー」など、歴史的にも文化的にも価値がある多くの唯一無二のダイヤを所有することもブランド力を上げ、アメリカで最も成功した宝石商の一人に数えられるほどに成長したが、死後は二人の息子が会社の経営権を巡って骨肉の争いを繰り返したあげく、スイスのスウォッチ社に買収され今に至る。スウォッチ社はオメガなどを有する有名国際ブランドで、ハリー・ウィンストンの時計ラインが強化されたのもこの買収合併によるもとだといわれている。ともかく、ダイヤは一点ものであるので決まった値段はなく、数を見てもらうしかない。

八太さんの婚約者の瑛子さんは、なんとその日スマホで母親とリアルタイム中継をしながらの指輪選びとなった。八太さんがダイヤにまったく興味がないタイプなので好きに選んでいいよと彼女に伝えたため、家庭内で絶対的な権力を握る母親に難癖つけられないようにと、瑛子さんが作戦を練ったらしい。

「ママ、これすごくすてき。これどうかな」

「あら、いいわね。でももっとダイヤが大きい方が目立つんじゃない？」

「そうかな……」

それでしたらこちらを、と店員が薦めてくれたものは、エメラルドカットではなかったが、四角いクッションカットで二カラット近くある大きなものだった。

「これもすてきね。ねえママはどう思う？」

「あら。でもアームがパヴェでなくてもいいの？　せっかくなんだったら全部ダイヤのほうが……」

一生に一度の買い物であるから悩むのは当然ではあるのだが、母と娘の会話は一時間以上に及び、八太さんはその間我慢強くにこにこと笑顔をキープしながら、適度に会話に加わったり、店員とコミュニケーションをとったりして場を和やかにする努力に務めていた。

お母さんへの手土産も用意しておいてほしい、とのオーダーだったので、まだ手帳をお使いになるという方だという前情報を加味した上で、モンブランのミューズ マリリン・モンロー スペシャルエディション ボールペンを薦め、八太さんが瑛子さんに渡した。マリリン・モンローが愛したパールが一粒あしらわれたボールペンで、なんと十万以上する。

（いままで高級おもたせはたくさん用意してきたけど、こんなおもたせは初体験だなあ）

聞けば、瑛子さんのお母様の実家の方がリッチで、もともとは長野で材木関連を扱う富豪であったらしい。

「戦後の建築特需でボロもうけしたけど、バブルの頃に投資で失敗して破産したって聞きましたね。それで五女だったお義母《かあ》さんは、地元の議員の親戚にすすめられてお見合いでお義父《とう》さんと結婚したとか」

女兄弟が五人もいるなら、さぞかし婚家マウンティングも活発だろう。瑛子さんのお義母さんが、なんとしても瑛子さんの結婚を失敗させないと意気込むのも、ダイヤの大きさにこだわる理由もなんとなく理解できる。

思った通りの婚約指輪を購入することができ、お母さんへのこれ以上ない手土産を持たされた瑛子さんは、エルメスの前に停まったタクシーに乗り込んで意気揚々と帰っていった。八太さんは、彼女の両親との顔合わせもすんでほっとしていたものの、また別の親戚に紹介されることになり、結納もあって新しいスーツ一式が必要だというので居残りで採寸である。

「電子アートの投資家なんて、そんなにみんなちゃんとしてませんからね。伊勢丹《いせたん》のメンズ館で買えばいいかなって思ってたから、採寸して仕立ててもらうなんて、これが最初で最後かも。いい経験ですよ」

いままで百貨店文化に親しんでこなかった庶民派の八太さんは、いまの状況をご自分なりに楽しんでいるようだった。

先日、鶴さんたちご一行がカプセルショップをお楽しみいただいた部屋で、紳士フロアの猛者にメジャーとともに登場してもらい、スーツからタキシード、靴のサイズ、帽子のサイズ、好きな地金、素材の肌触りまで、分厚いサンプル集を確認してもらい、鏡の前で布を当ててイメージしやすいように。紳士服の専門家らしいきっちりとした採寸が終わる。

運ばれてきたコーヒーを飲みながら、こういう場が初めてらしい八太さんが、ぐるりと周りを見回しながら言った。

「ここって、採寸だけに使われるんですか？」

「いえ、特別なお客様用に、ご希望のものを運び入れて、ゆっくり見ていただくためにも使われます。用途はさまざまです」

「ああ、なるほどね。今日は僕のためのタキシードとスーツショップだったけど、お客さんの好みのものを集めておくわけね」

いくら外商がご自宅まで商品を運ぶサービスとはいえ、もっていける数にも限りがある。各ブランドショップから館外へ持ち出す手続きも、複数のブランドとなると時間をくってしまう。よって、お客様に来ていただき、できるだけたくさんの商品に触れてもらえるというメリットがある。

「カプセル（限定的）か。そういうのって効果的ですよね。アートが投資に向いている理由は、ジュエリーとかと違って素材が限定されず自由に制作できるから。原価が千円の現代アートが何万ドルになることもある。ジュエリーではないことですから。アートは基本一点物だから限定的で、安く仕入れられるチャンスがある。あとは作家のブランド力次第。そのへんはキュレーターたちともコネクションを作って、うまく育てるんですよ」

「不勉強でそのあたりの知識に乏しく申し訳ないのですが、電子アートも一点物といえるのですか?」

「NFTというシステムがそもそもそこを保証してることで価値を見いだすマーケットですからね。ただ、鮫島さんの言いたいことはわかります。手で触れるアナログアートと違って、インテリアなんかに利用できないし、コレクターが飽きたり、もしハッカーの標的になったりしてアートそのものが壊される可能性もある。アナログとは違うのにってことですよね。でもまあそれってこれからのイノベーション次第だと思うんですよ。そもそも一点物のメリットとは?って考えるんです。たとえば、電子アートを飾るフレームつきのでっかいタブレットができたら、その日の気分で絵を変えられる。保管場所がいらないメリットもある。破損の心配はアナログのもののほうがずっと大きいわけです。同じ電子の世界にもひとつしか存在しない一点物と、アナログの一点物、どっちも一点物だけど、あきらかにメリットを感じるポイントが違うというだけなんだな」

さすがに本職なだけあって、八太さんはハリー・ウィンストンにいるときより、スーツの採寸をされているときよりも口がなめらかだった。

「前にも話したかもしれないけど、僕はこれからはアナログとデジタルの波が交互にやってくると思ってます。いまは創生期だからみんなデジタルに興味が行ってますよね。そりゃね、いままで三千年以上アナログのものにしか価値を見いだしてこなかったんだから、いまは革新ともいえる時期です。ただし、人は所詮肉体を持っているアナログな存在です。デジタルへの波が大きければ大きいほど、かならずアナログへの揺り戻しがきます」

お会計を終え、その日持ち帰る用の靴と小物を手渡す。

「こういうの、いいですよね。友達なんかを連れてきたら、こういうところで試着したりしながら買えませんか？」

「もちろん、できます」

「ああ、それはいいな。僕の友人はわりといろんな国のやつが多くて、みんな日本がそれぞれ好きで、特に日本のアートに将来性を見いだしてくれているんだけど、買い物に困っているんだよね。クィアも多いし。とくにフレッドなんかは百九十八センチのハイチ系なんですけど、日本でレディースを買おうと思っても目立って居心地が悪いって」

「なるほど」

銃社会を嫌う一定のアメリカの富裕層が、手厚い日本のメディカルサービスやカルチャーを好んで移住してくるのはいまに始まったことではない。しかし、長く住めば住むほど、アメリカサイズのものや、自分の好みのものが手に入りにくいことに不便さを感じるだろう。

「では、お好みのものをご用意できるか調べますので、簡単なリストをいただけますか？　お呼びする人数にもよりますが、ゆっくりご覧になっていただけると思います」

カプセルの使い方は様々で、たとえば耳が聞こえないお客様が手話ができる販売員をともなってお買い物になる場合や、買い物をしていることを気づかれたくない芸能人などのお客様。昔は不倫カップルや、著名人・政治家などが外にできた子どもとの面会や買い物に利用していたりもした。しかし、時代とともに富を持つものもまた多種多様になる。アート界にコネクションを持つ投資家の八太さんが、人気ＤＪやドラァグクイーンたちと親しくしているのも自然なことだし、彼らが日本を気に入ってくれているなら、できるだけ居心地良く暮らせるように、買い物を楽しんでもらいたい。（しかし二メートルの筋肉質のドラァグクイーンでも着られるシャネルが国内にあるかというと、これはいろいろ聞いてみないと……）

本当は、彼らがカプセルなどを利用せず、好きに路面店や店舗でお買い物ができるようになるのが理想なのだろう。しかし、悲しいかな日本はそういうジェンダーリティに関するすべてが遅れている。

少し前から、カプセルにはおおいなる可能性、手応えを感じていた。先日の鶴さんご一行のときも顕著だったのが、いわゆるマーケティングで社会的行動の原理といわれている現象だ。つまり、他の人の行動と比べてしまう。他の人が買っているのに自分だけ買わないわけにはいかない、という心理が働くのだ。

とくにカプセルでは、人は七つのもの以上のものは覚えられないというラッキーセブンの法則に基づいて、商品を厳選して揃えている。だいたいそれに増やしても＋2バリエーションまでで、それ以上多いと逆に選択肢が増え、「もっとあるのではないか」と客に思わせてしまい逆効果だ。それに選択肢が多すぎると情報過多になり混乱し、疲弊して結局購入にはいたらない。だからこそ、カプセルではあらかじめ顧客の好みのモノを絞って揃え、集団心理を利用して購買意欲を刺激できる。

百貨店の基本になっているのが、ヴェブレン効果というもので、高いほど売れるという心理である。ゆえにデパコスはバーゲンをしないし、ハイブランドほど値引きはしない。

静緒は井崎耀二の専門学校でマーケティングやマーチャンダイジングという学問と出合い、そこから販売という仕事に魅力を感じるようになった。

顧客に合わせたカプセルを考えるのは好きだ。新しい顧客を紹介してもらえるというのも二重の喜びだった。カプセルに呼ぶのはとくに親しい友人という場合も多いので、収入や社会的地位も比較的似ていて、外商の客としてすぐに口座を開ける場合も多い。

八太さんをお見送りしたあと、すぐにＮＩＭＡさんから連絡があった。いつもの裁判の進捗だが、彼女からは華やかで数多く買い物がしたいというお題をいただいていた。

ふとＮＩＭＡさんにカプセルを使うのはどうだろう、と考えた。そしてもうひとつ、カプセルのいい使い方がある。

人を引き合わせるのだ。

＊＊＊

リッチな人ほど、時は金なりと口にする。そしてその金よりも得がたい時を、人に出会うために費やす。ビジネスの商機は人の持つコネクションがもたらし、ビジネスを発展、継続させるのは人材である。野心とアイデアを抱えた若者も、新しい事業を手がけたいと考えている起業家や投資家も、人と出会うことを求めている。ビジネスだけではない。日々を楽しく過ごすためには、一緒に過ごして気持ちの良い友人がいるほうがよいし、大切な家族を預ける学校、教師、コーチなどを知るきっかけは口コミや紹介だ。病を得ては医師との出会い、トラブルにあったら弁護士と出会い、人は自分の人生を上手にリスクヘッジしながら楽しむために、人と出会うことに時、つまり金を費やす。

そういう意味では、人と出会う場を提供することが金銭を生み出すということだから、昔ながらのパーティという形式が廃れることはないのだろう。静緒が企画発起人になった御縁の会プロジェクトも、人には出会いたいが人に出会えなかったときの徒労感は回避したいし、結婚のためだけにガッガツ行きたくないという今時の若者心理にマッチした、新しい出会いの場を提供したからこそ支持されたといえる。

そういう意味では、長年百貨店の外商改革のテーマになっている、ホテルで行うタイプのお得意様催事をどう変えていくかという点で、一石投じられるかもしれないと思った。

「おもしろいわね。この企画案。カプセルを使った小規模な催事の展開……」

氷見塚との報告会は定期的にあり、彼女は丁寧に静緒の仕事内容のヒアリングをする。本部に提出するように言われていたレポートと企画のうち、ひとつをその日提案すると、なかなかいい感触を得ることができた。

「催事というと大規模なホテルでのナントカ会という印象が根強く、実際長年同じスタイルで続いているので新鮮味がありません。しかも、若い方の参加が少なく、したがって扱う商品も年配層向けに偏るのが毎回の課題になっています。そこでこの〝カプセルサロン〟です」

すでにあるお得意様外商サロンの一室に少し手を入れ、完璧なVIPルーム形式にして、少人数のための催事を小刻みに展開する。

「これならば若い方にも敷居が高いと思われることもないですし、いわゆる女子会の発展系として利用していただくことで若い顧客層の充実を見込めます。大規模催事で取り扱うことが難しかった若い方むけの海外高級ブランドや、高級ランジェリーなども取り扱えると思います」

「いまもすでにそういう利用をされている方はいると思うけれど、そことはどう違うの？」

「ジェンダーレスを意識します」

「それは、LGBTQのお客様へのアプローチというだけではなく？」

「そうです。とくにセクシャリティばかりを意識してそこに特化してしまうと、ではLGBTQにカテゴライズされないお客様はどうなんだ、という問題を新たに抱えてしまうことになります。異性愛者であっても、体のラインが出ないメンズタイプの服をお好みになる方もいらっしゃいますし、かといって紳士フロアで採寸というのはいろいろと敷居が高く感じられるかと。反対に、女性用のランジェリーをゆっくり見たいという男性もいらっしゃいます。女性用フロア、男性用フロアと分かれていることで敷居が高くなってしまっているところを、このカプセルサロンで補い、発展させる。

ただ販売形式をふやすというだけではなく、富久丸の企業イメージアップにもうまく結びつけて、業界内で先んじることが大事かなと考えています」

以前、高級ランジェリーの特賓会を提案したときは、用意しなければならないサイズの幅と利用者が限定されているということで芳しい感触を得られなかったが、その後堂上さんたちが企画をさらに練り上げ、特別催事を何度も行っている。反響や売り上げもよく、それを受けて高級インナーウェアの取り扱いもぐんと増えた。

しかし、表だって性差を感じるアンダーウェアを買いにいくことに抵抗感を覚える人は多い。しかもアンダーウェアは試着が大事だが、特に高級ラインを購入したい場合ネットではそれは難しいのだ。やはり専門の販売員とサイズ感を相談しながら購入を考えたいという顧客は多いはずだ。

氷見塚は静緒の説明をじっくりと、ときには頷《うなず》きつつ熱心な様子で聞いてくれた。ただ企画書を受け取るだけではなく、カプセルサロンを作る意図についても打てば響くような反応があったことも、提案する側としては快く感じた。

「香野さんと大泉さんについてはどうかな。進捗や数字は把握していますが、二人ともうまくやれていますか」

二人に対する印象を静緒の一方的な意見でネガティブに変えるわけにはいかない。ただ、部下の指導という仕事が増えたことで、自分の仕事が以前ほど活発でないことは自分でもわかっていた。

「なにかあったら、どんなささいなことでもいいから相談してね。あなたにはあなたの顧客に対するサービスの質という責任がある。うちの社員のことなら、その責任は私と折半できるし、私の部下でもある。会社全体で面倒を見て育てているのだから、あなた一人が責任を感じることはないのよ」

口ぶりから、氷見塚は香野に関するよくない噂をすでに耳にしているのかもしれなかった。

「そうそう、以前あなたから推薦を受けた契約社員に話を聞いてみました。倉地さんね」

「あ、はい」

婦人靴フロアで八面六臂《はちめんろっぴ》の活躍を繰り広げていたあの若手契約社員のことは、氷見塚に報告していた。外商には彼女のような人材こそ必要なのではないか、と感じたからだ。

「あなたが推薦した理由もよくわかった。なかなか独自のやり方でサービスをする社員のようね。マネージャーも驚いていた」

驚いていたというのは上品な表現で、フロアマネージャーはおそらくは彼女に対してあまりいい印象を氷見塚には伝えなかったのだろう、ということが窺《うかが》えた。

「すごく成績はいいから、婦人雑貨だけに縛り付けておくのはもったいない、というあなたの意見もよくわかる。一方で、外商の仕事をさせるには経験不足ではないか、とう声もあった」

「年数だけで言えば、香野や大泉とそこまで差はないと思いますが」

「うん。そうね。私もチャレンジさせてはあげたいけれど、まず契約社員というのが大きなハードルになる。中途採用枠に回すにしても、外商経験がないので、この店での販売成績と、あとは一緒に仕事した社員たちの印象が決め手になるわけね」

氷見塚のいわんとしていることはよくわかる。倉地凜は独特の接客ツールをもっており、それは強みにはなるけれど、百貨店というある意味閉ざされた空間で店が培ってきたルール通りに経験を積んできた社員たちにとっては、ひたすら異端で付き合いづらく、ルール破りの自分勝手な人間に見えるのだろう。

〟フロアの人間はフロアのものを売っていればいい〟というのは、静緒とて何度も聞かされた言葉である。それは、自分のテリトリーを侵すな、という頑《かたく》なな拒絶と侮蔑にも聞こえるし、ルールを守るからこそ、この大きな小売り用の宝石箱の中でたくさんの人が円滑に働けるという意味にもとれる。

しかし、倉地凜のような型破りな一匹狼こそ、一人で飛び道具のように動く外商にはぴったりなのではないか、と思うのだ。

「私は人事ではないので、採用の基準についてはなにもわかりません。その上で言わせていただくなら、成績と協調性の平均値で採用しても、会社の将来のための突破口となるような人材には出会えないような気がします。ただ、会社として正式に採用するリスクを簡単には負えないというのもわかります」

「鮫島さんはどうすればいいと思う？」

「私が本部の人間ならば、彼女を正社員にするリスクと、契約社員のまま外商部に配属させ、彼女の持つ強みを生かした方法がどのような成果をあげるのか試してみるリスクを比較検討するでしょうね」

「契約社員のままであっても、外商の仕事をさせてみたいと思うのね」

「いまのままでは、もったいない、とは思います。彼女も自分のやり方が周囲とのいらぬ摩擦を生んでいることは理解しているでしょうし」

彼女の能力が、外商の仕事にぴったりフィットしているかどうかまでは静緒には判断できない。しかし、せっかくの才能がいまの職場では百パーセント発揮できないいま、精神的に疲弊するのは目に見えていた。どんな才能もスキルも精神と身体の健康がそろってこそ発揮される。販売の仕事を長年やっている中で、職場での人間関係がうまくいかず辞めていく人をたくさん見てきた。やる気のある若い人が、職場配置だけでなんとかなる問題のせいで接客業から離れてしまう、さらには販売業そのものをいやになってしまうのはなんとも寂しいことだ。

氷見塚への報告を終え、通常の業務に戻った。あの面談以来、香野が少し静緒に対して構えた態度をとるのが気になった。しかし、それも仕方の無いことかもしれない。だれだって上司や先輩から注意されれば硬くなってしまうだろうし、苦手意識を持つだろう。もっとほかにいいアプローチの仕方があったかもしれない、と反省する。そしてそのたびに思う。人を育てるということはなんて難しいのだろうと。

八太さんから、先日見立ててもらったスーツは彼女の両親にも好評だったこと。それとは別に、カプセルサロンを利用したいクィアの友人からの要望リストも届いた。おもしろいと感じたのは、ハイヒールの試し履きをしたいというもので、たしかにこれは平日の婦人雑貨フロアでは、どんなに肝の据わった外国人であっても少々肩身が狭い思いをするだろうと思われた。

思い切って、くだんの倉地凜に声をかけた。三十センチのハイヒールをできるだけたくさん集めてほしい、という話に、彼女はぱっと顔を輝かせた。

「わあっ、声をかけてくださって、とても光栄です〜〜。調べてみますので少しお時間をください。明日の夕方までには一度お返事いたします!!」

きちんと時間を明示して仕事を受けることから、彼女の仕事に対する真摯なスタンスを感じ取れた。どのような仕事を受けるときも、わかりました、や、やりますだけでは不十分で、いつまでに進捗をするという短いスパンでの具体的な行動予定を加える必要がある。実際倉地凜はたいへん仕事が早く、明日といわず三時過ぎには、すぐに用意できるパンプスの写真付きリスト、取り寄せれば三日以内に届くリストなどを送ってきた。そして、こちらからは特に申し伝えていなかった、男性用のパンストやタイツの在庫について、地下二階にある靴の修理専門店で、男性の足に合わせた革の拡張がどれくらい可能かなどの情報も添えてあった。

(うーん、すごい使える。やっぱりこの子、外商にひっぱりたいなあ)

八太さんが連れて行きたいとリストアップしてくれたのは、ドラァグクイーンでDJ業のご友人、イベント関係の制作会社社長、大手プロモーター会社に勤める統括マネージャーと、比較的芸能界にも近いところにいる華やかな人たちだった。いままでは服や靴がほしくなると海外へ買い物のために帰国したり、ハワイへ行ったりしていたが、最近は忙しくてその時間もとりにくいらしい。

「いくらファーストクラスでも、十時間以上飛行機に乗って肌が極悪に乾燥することを考えるだけでしんどいのよ」

と、カプセルを訪れた百九十八センチのハイチ系ニューヨーカーのフレッド氏が言った。

「それに、バーグドルフの上階にご招待されるような身分でもないしね」

「日本でそれに近い接待を受けるの、こういっちゃなんだけどすごく快感！」

静緒も女性にしては背が高いほうだが、二メートル近い男性四名に囲まれてわいのわいの話されるとなかなかに迫力がある。あまりの威圧感に、実際アシスタントとして手伝ってくれた香野と大泉の笑顔も少々引きつりがちだった。

「ちょっとマーシー、あんまりあたしたちが近づいてしゃべったら怖がらせちゃうでしょ。あたしたちデカイんだから、ハラスメントよハラスメント」

「あっ、ゴメンね。でもね、こういう人目を気にせず仲のいい友達と好きに買い物できるの、楽しくてね」

ルブタンの大きな特徴であるレッドソールのパンプスを大喜びで履きながら、マーシー・ダズリング氏は両手をひらひらさせた。

「だってマノロ ブラニクで三十センチの、ビジューとリボンがこってり付いたパンプスありますか、なんて聞けないでしょ」

「いやいや、あっちはプロだからなんでも応対してくれるって」

「ハイブランドはそうよね。でもね、あたしはぁ、そこまで高い靴じゃなくてもいいの。いっぱいほしいの。とにかくいろんなかたちの、いろんな色の、キラキラした、テカテカしたキャーッみたいなのがたっくさん欲しいのよ」

驚いたことに、その日カプセルに用意した靴を、マーシー・ダズリング氏はひとつ残らず買い上げた。中にはハイブランドではなく、地元神戸の老舗のものもあったのだが、キラッキラしたビジューでぎっしりうめつくされたソールが気に入ったのだという。

フレッド氏は、女性用のシルクのレースキャミソールやガーター、シルクのストッキングなどを大量に購入した。

「こういうの買いにいこうとすると、ヘンタイだと思われてつらいんだよね。自分で着ますっていっても信用してもらえないしね。ニヤニヤ笑われたりすると、こんなガタイでもけっこう辛いんですよ。女友達とはあまりにもサイズが違うから頼みづらいし」

「今までは通販を利用されてたんですか?」

「そうだね。あとは女子プロレスラーの友人に頼んだりしてたんだけど、彼女結婚して。いつまでも別の男の下着なんて買わせられないでしょ。旦那さんに悪いもん」

大手プロモーターの一角ジュンさんは、シャネルのツイードのスーツを三着と女性用の帽子をいくつか、そして三人がじっくりと楽しんで試していたのが、特に若い女性が好むラインのラデュレやジルスチュアート、ポール&ジョーのデパコスだった。

「うれしー、シャネルやディオールは近寄れても、このラインってちょっと近寄りがたくて!」

「俺、彼女へのプレゼントですっていつも見てるよ」

「ジュンちゃんは、オトコのなりしてるからできるんじゃない」

「一度でいいからBAさんに顔ぬってもらいたかったのよねー。デパートのカウンターで」

彼らのように社会的に成功している男性なら、お金をかければ商品そのものはいくらでも手に入るだろう。しかし、本当に欲しいのは品物ではなく、体験であったりする。それは、カウンターでBAと話しながら自分に似合うものを薦めてもらうことや、人と出会ったことによりふいに生まれる、思いもかけない次への展開であったりするのだ。

このあたりのラインナップは、倉地凜が提案してきたものだった。さすが婦人雑貨フロアをテリトリーにしているだけはある。化粧品フロアと常に隣接する靴売り場にいると、どういう人間が動線にそってやってくるか、あるいは避けているかがわかるものだ。日頃からよく意識しながら見ているからこそこれができるともいえる。

「八太ちゃーん、すごいじゃん。外商なんて。これできっと彼女のお母さんも文句ないっしょ」

「やっぱいいとこの家と結婚して身を固めるってなるとこういうお付き合いもするんだね」

「俺ら、派手な人間は知ってるけど、お堅いとこってよく知らないから」

シャンパンを飲みながらシルクのスリップ姿の友人たちを冷やかし、ゴディバのチョコレートをつまみ、お会計が終わった後、コーヒーを飲みながらカードを切る。終わってみれば並べたものはほぼ売り切ったというすばらしい結果で、おためしのカプセルサロンとしてはこれ以上ない売り上げだった。

お客様たちが帰ったあと、総務から上がってくる伝票や送付の手続きを終えて一息ついたらしい大泉が言った。

「今日はすごくいい経験になりました。勉強になりました。ありがとうございました」

「どういうところが勉強になった？」

「全部ですけど、やっぱり一番衝撃だったのが、ほとんど売り切ったってことです。どうしてだろう、どうしてここまでの結果が出せるんだろうって、伝票書きながらずっと考えていました」

いつもまじめな大泉が、初めて水という存在を知ったヘレンケラーもかくやというくらい大真面目な顔をして言うので、それを見ている静緒までひどく感銘を受けてしまった。

「だって全部売れたんですよ？　義理や場所代で買ったってわけじゃないのは見てい

てわかりました。　皆さん外商のシステムなんてろくにご存じない。　本気でぜんぶ、お客さんたちの欲しかったものなんですよ。それってすごい……。なんというかこれこそいまの自分に欠けている、身につけなければいけないスキルだと思います」

大泉は純粋に、このカプセルを用意した静緒のセンスとスキルに感銘を受けていたようだったが、静緒は複雑な心境だった。というのも、このカプセルは自分の力だけで準備したわけではない。靴や婦人雑貨が多かったという理由もあって、倉地凛にだいぶ相談もして、二人で準備したようなものだ。実際倉地にお礼もかねて報告に行き、気持ちばかり差し入れもした。彼女はギフトカードを過剰なくらい喜んでくれたが、しかし、どれほど結果を出そうとも彼女の売り上げにはならないのはフェアではない。システム上しかたがないこととはいえ、気持ちは晴れない。人の手柄を総取りしているようでなんとも居心地が悪い。

（せめて彼女の評判があがるよう、氷見塚さんに口添えしよう）

はたと気がつくと今月の生理期間に突入していた。最近気持ちが落ち込みがちなのはPMSだったのかと少し安堵《あんど》もしたし、もう一ヶ月経ってしまったのかと時の流れの速さに驚く。

一ヶ月前からなにも進展していないように感じる。あいかわらず部下との間はぎくしゃくしているし、上司の意図は読めない。家探しは母の眞子《まこ》に任せっぱなしで遅々として進んでいない。八太さんを通じて、長い間気を揉んでいた催事に関する企画書も出せたし、いいお客さんたちとの出会いもあったから、プラスになることも十分にあったはずなのだが。

（なんで、こんなに焦るんだろう？）

ビジネスを拡大するべく、銀行から融資を受けたいお嬢様起業家の月居さんから、また新作のすぅぷが届いた。以前いただいた試食用を渡した地下の食品催事担当からはとてもいい反応が返ってきていたので、直接月居さんとつなげたのだ。なんでもいまのフロアの長が、彼女が銘月にいたころにおばけマロンをヒットさせたことをよく知っており、同時期にローベルジュの店舗にいた静緒とも旧知である。若い頃苦労をともにした相手が出世をして便宜を図ってくれることはよくあるので、ここに交渉の余地はあるのではないかと感じた。

ちょうど、その部長との話を終え、芦屋川店に短い期間だが一週間だけの出店が決まったとの報告だった。

「以前から政策金融公庫には追加出資の相談はしてるんやけど」

もともと自分の貯金しか創業資金のなかった月居さんは、あらゆる銀行に出資をお願いしてまわったが芳しい結果を得られなかった。そんなとき地元の古い友人に商工会に面談にいくよう勧められたのだという。

「商工会さんからの推薦があると、政策金融公庫では優遇金利が受けられるんですよ。それでいろいろ話し合って、女性起業家特別融資枠の申請をしましてん」

まずは創業資金を五百万借り入れた。最初はどうにかそれと月居さんの貯金でなんとか乗り切った。しかし、いくらシェフと月居さんが労務出資というかたちで給料が出ないスタートアップで始めたとはいえ、自分はともかく友人のシェフにはそろそろ月給を出さなければならない。それで改めて銀行に融資を申し入れたのだが……

「富久丸さんの出店が決まって、ほかにも道の駅での取り扱いも増えたんでいけると思ったんやけど、やっぱり融資ことわられてしもて」

月居さんとしては、銀行に追加で融資を受けるためにどうしても富久丸への出店という箔がほしかった。それで一《いち》か八《ばち》か、一樂さんを通じて静緒にコンタクトをとり、内部での根回しを暗に依頼した。

静緒としては、一樂さんから「よろしく」と念押しされた手前、自分にできることはやったつもりだった。なにより月居さんのしようとしていることには、同じ世代のいち女性としてぜひ応援は続けたい。しかし、銀行が渋る気持ちもよくわかる。商売がうまくいっているときですら、銀行は出資を渋るものだ。ましてや中小企業への出資は、無担保というわけにはいかない。かならず個人資産を担保に取られる。

政策金融公庫という政府の銀行がありがたいのは、条件によっては無利子無担保でお金を貸してくれることだ。商工会を通せば優遇金利が受けられるし、月居さんのように女性であったり、政府が力をいれたいと思う分野やマイノリティへの出資は、民間の金融機関とはくらべものにならないほど柔軟である。

「公庫からはなんと言われているんですか？」

「最初の融資を受けるとき、事業計画書をだすでしょ。中小企業診断士の先生にも見てもらって、やりとりもだいぶして自分ではきちんと作ったと思っているんだけど」

何かが足りない、ということなのだろう。実際、静緒が出店予定場所の設置プラン図を確認したところ、さすが現場を知り尽くしている月居さんだけあって、デザイン性のあるエプロンのお仕着せ、自然な風景とともに撮られたすぅぷの映えるポスター、あえて銀パウチを避け、リスクをとってまで中身がみられるように苦心した冷凍すぅぷたちが冷凍のショーケースにずらりと並んでいる。

そつが無い、という印象を受けた。店のロゴもいい。店の名前もコンセプトもいい。百貨店に来るような客はSDGsにも敏感だから、奥京都という場所、地産地消をうたったコピー、添加物なしのナチュラルフード、どれもいまの時代にマッチしたものだが、これというインパクトがない。

（そう、インパクトがないんだ。押し出しを感じない。疲れている働き盛りのシングルや、育児中の女子、闘病中の年配層を優しく包み込みたいという意図はくみ取れるけれど、それを意識するあまり、宣伝力が足りていない）

「たとえば、シェフの経歴を前面に押し出してはどうですか？」

「うーん、それは……」

「パートナーはホテル銘月のメインシェフですよね。やっぱり銘月というのは全国的にもブランド力があると思うのですが」

月居さんがそれをよしとしないのはわかっていた。彼女は銘月という実家の力なしでも自力でやっていけることを証明したいからこそ起業したのだ。しかし、結局は彼女の人生は銘月庵でお菓子を売り続けた二十年であり、それをいまさら否定してもどうしようもない。

ビジネスパートナーである幼なじみがホテル銘月でシェフを務めていたことも事実であって、なんら恥じることではないはずだ。そこにこだわっているのは月居さん一人。彼女の気持ちの問題だけなのである。

その気持ちがアイデンティティというか、彼女のスタートアップの起爆剤になっていることは十二分に理解した上で、静緒はあえてそれを口にした。きっとだれもがわかっていて彼女の気持ちがわかるがゆえに言えないことだろうと思ったのだ。

「月居さんが、銘月グループの創業者一族であることももう少し強調したほうがいいと思います。お気持ちはわかりますが、出資をするほうは担保になる情報が多ければ多いほどいい。ご両親ではなくても、箔だと思ってご親戚から少額でも出資をつのるとか、いまあるご自身のアドバンテージを最大限活用してみては」

「………それも、考えたんやけど」

そこで実家に巻かれながら起業できるのなら、もうとっくの昔にしていたはずだ。それほどまでに月居さんの感情の問題が大きいのだ。

最後は彼女の判断だ。静緒にできることは多くない。ただ、彼女がなにをしたいのかは彼女が決めることだ。すぅぷを売ることだと言い切れれば、親に頭をさげることもできようが、親から完全に独立するために必要なことがすぅぷを売ることならば、銘月とのかかわりをアピールすることは難しい。

なにひとつ役に立つ提案ができないまま、月居さんと別れ事務所に戻った。エレベーターフロアから戻ったところで、香野が慌ただしげにバッグに荷物を詰め込んでデスクをあとにするのとすれ違った。避けられているのかと思ったが、営業の仕事で出入りが激しいのはいつものことだ。

大泉のほうはマイペースに本部から上がってきた商品をiPadでチェックしながら、自分用のリストに振り分ける作業をしていた。

「すごくへんなことを聞くのだけれど、大泉さんはどうしてそもそも百貨店に就職したいと思ったの？」

銀コーヒーで仕入れてきたカフェラテを手渡すついでなら、少々ぶしつけな質問でも許される雰囲気がある。静緒が人からどうしても情報を引き出したいと思うときに使う手だ。

「家業を継ぐ道もあったのにって、よく人にはいわれますけど」

「そうだろうね」

「ひとつは、百貨店に就職している親戚がいるというのもありました。大叔父にあたるんですけど、家業に興味がなかったというよりは、それ以外の選択肢があることを確認したかったって言ってましたね。少し前に亡くなりましたが、結局最後まで百貨店に勤めてました。あ、叔父は高砂屋の外商にいたんです」

高砂屋はとにかく呉服が強い京都の老舗で、菱屋と同じく東京日本橋を旗艦店にしている。呉服を扱うという強みのためか、地方の営業部隊に昔から力をいれており、日本橋京都間に独自のコネクションが存在する。京都という土地柄もあって、営業がしやすいよう名のある家からの採用が多かったとも聞く。

「その叔父も話していましたが、私のような、ちょっと裕福な家に生まれて育つと、だいぶアドバンテージがありますよね。教育の面でもそうだし、なにより生活のために働かなくてもいいという選択肢があるのは強いと思います。いいことずくめで、多少家族が仲良くなかったり、家庭が崩壊していたりしても、金の力でなんとかなることのほうが多いんですけど、これだけはよくないなと思うことが一点だけあって」

「それは?」

「リスクをとる、という選択肢が芽生えない人が多いんです」

一瞬なんのことを言われているのかピンとこなくて、おもいっきり怪訝そうにしてしまった。

「そうですよね。普通の人にはなんのことを言ってるのかよくわからないかもしれません。ただ、ぬるま湯に浸かってその温度があたりまえだと思ってしまうと、あえてそこから出る、という選択肢があることにすら気づかない。一般の人にとってのリスクが富裕層にとってはリスクじゃないから、一生ふわっと、ある程度物質的に満ち足りた人生を送ってそれで終わる、ということが多いんです。それは何に関してもそう、ひとつのものを選ぶ、人を選ぶことにも発揮されるというか、発揮されてしまうというか……。はじめから選択肢が見えない。ほんとうに見えなくなるんですよ」

「……なるほど」

「でも、生命ってうまくできていて、一族郎党そんなのばかりだと、なにか自然災害的な事件が起こったときにだれも対処できなくて共倒れになりますよね。だから、突然変異的に変わった道を選んだり、家を出たりするような人間が生まれるようになっているんだと思います。私の場合、私の世代でのその変わり者が自分だったのかな、という。ただ、自分は外に出たとはいえ、こうして縁故採用に近い形で、しかも比較的富裕層からの採用が多いといわれる業界に来てしまった。これも、リスクをとるという選択肢が見えていない、視野の狭いせいだと思っています。そういう意味では私にはこれがせいいっぱいだったというだけなんです」

ようするに、なにか物を売ることに情熱を見いだしたりという動機ではなく、とにかく家から出なければならない立場だが、やはりそこは富裕層的視野の狭窄《きょうさく》が働いたせいで、身内も就職している業界にきてしまった、ということらしい。

「だから、鮫島さんのいう、その月居さんていう方の家から出たいという突き動かされる衝動のことは、なんとなくわかるなあ。それは、親族というひとつの集合体にとっての保険なんだと思うんですよね。だってその家業がなんらかのかたちで潰れてしまったら、みんな行き場をなくしますからね。違う土地に根付いていた、まったく異なる業種を生業とする親戚がいれば、助かることだってあるじゃないですか。いまの話じゃなくて、何千年とそうやって暮らしてきたからこそ、そうやって生き延びてきた家系しか続いていないっていう意味で」

「そうだね、たしかにそういう見方はおもしろい」

親とは違う職業を選んだり、地元ではない場所を目指したいという衝動にかられたりするのも、生物学的に意味のある行動原理が原因なのだとしたら、犯罪者以外のあらゆる人間の行動が肯定される。今の世の中、そのほうがずっと楽に生きられそうだ。

ふと、さっきの香野の態度が気になった。しかしこういうことは、安易には口にできないので言葉を吟味する。

「香野さん、忙しそうね」

「……そうですね、彼女の顧客は時差があるところにお住まいの方も多いから、対応がたいへんなんだと思います」

思いやりのある表現に、香野と大泉の仲はうまくいっているのだな、と感じる。しかし、わざわざ氷見塚のような大物が、静緒の下の部下のことにまで言及したのが気になった。なにか静緒の見えていないところで事件が起こっている可能性がある。

「ずっと外回りをしているし、東京への出張も多い。なにか困ってることとか、聞いていない？」

「うーん、そうですね……」

この大泉の反応からすると、なにかを知っていて言うのを困っているというそぶりだ。しかし、告げ口をするときも人は同じ芝居をするので、それが本当なのかどうかはあとできちんと裏取りをする必要がある。

「私も、本当のことかどうかはよく知らないんですが、悩んでいる感じはあります。

香野さんは、イケイケどんどんのときはオーラが違うんですけど、最近ちょっとバテてる印象です。働き過ぎなのかもしれません」

大泉の切り返しに、少し感心してしまった。あくまでポジティブな印象しか伝えず、自分からは何も言えない、あとは静緒に調べてほしいと伝えている。

「わかった。本人にも聞いてみるね。ありがとう」

「こちらこそ、コーヒーごちそうさまです」

こういうとき嬉々《きき》として同僚のネガティブな噂を耳に入れようとする人には要注意だ。海外のリアリティショーでも必ず、トラブルの元になっているのは一方的な噂だった。そしてそれが本当かどうか裏取りをする過程で発覚してさらにもめる。こういう仕組みはきっと人間が社会を形成するようになってから、連綿と続いてきた伝統なのだろう。

だから、対処もなるべく気をつけなければいけない。LINEでうっかりテキストを送ると、「○○さんがこんなこと聞いてきた」とスクショが拡散する恐れもあるのだ。

（こういうときこそ、店のことをいちばんよく知っている時任さん）

八太さんのカプセルには時計もいくつか出していたので、お礼を兼ねて八階へ顔を出した。オメガやセイコーの店員さんにも会釈をしながら時任さんを捜す。

（そういえば、時任さんも富久丸長いなあ。特にこういう時いなくなられると困るな）

社内のことは、一歩引いた立場からの方がよく見えることがある。ちょうどあと十五分で休憩というので向かいのテラスのあるカフェで待ち合わせることにした。一階の婦人フロアに降りると、倉地凜の姿が見えた。どんなに暇な平日も暴風雨のときも彼女はいつも接客しているのがすごいなと思う。

「カプセルでは本当にお世話になりました。薦めていただいたものは魔法みたいにほとんど出ました。倉地さんの眼《め》は確かですね」

「わあっ、本当ですか〜〜！　よかったです〜〜!!」

この語尾を伸ばすような口調も、フロアマネの気に障っているんだろうなとは思うが、敢《あ》えてなにもいわない。静緒は彼女の上司ではない。もう少し関係性が強まったら、ふんわり指摘してもいいかもしれないが。

「私、あれが最後の仕事かもしれないんで〜〜」

「えっ」

「もうすぐ契約切れるんですよ〜〜」

あっけらかんと、まるで一足先に来た秋晴れの空のように倉地凜は言った。

「それで〜、次どうしよっかなと思ってるところで」

「ウチからなにもいわれてないの？ 雇用継続とか」

「あ〜、なんかふんわり、あったような感じはあったんですけど〜。ここも長いし、また別のところで別のモノ売るのもいいかもな〜って思ってたりします。百貨店は大好きなんですけどね」

感情コントロールに長《た》けたZ世代の表情から真意をくみ取るのは難しい。だからなおさらテキストではなく、じかに会って空気を見るしかない。倉地凜の場合は、このフロアで人間関係がうまくいっていないことが窺えた。

彼女くらいポジティブなら、次の職場はすぐに決まるだろう。正社員にこだわっているわけではないようだし、販売業はどこも人手が足りず若い戦力は引く手数多《あまた》だ。

（でも、それでいいのだろうか。いまの年齢のうちに正社員になっておいたほうが……）

保険や待遇、体を壊したときなどのいざというときのための福利厚生が、正社員と契約では大分違う。それとも、彼女は次こそは正社員の座を目指して転職活動をしているのだろうか。

「いろいろあると思うけど、私個人としては倉地さんとがっつりまた仕事がしたいです」

「そんなふうに言っていただけるなんてうれしいです〜。外商の仕事も、ちょっとリッチな方たちのためのモノ選びもすごく勉強になったので、またやりたいです。ぜひぜひ。お役に立てることがあったらすぐ動くんで、なんでも言ってください!」

「あの言葉の熱意に嘘《うそ》はないと思うんですよね」

遅い休憩時間にあわせて、テラスで時任さんとぼーっとお茶をした。

「あの子もったいないですよね。成績もいいはずなのに。採用してほしいなあ」

「富久丸みたいな大企業は平均点でとるからなおさらねえ」

もう半世紀近くこの百貨店を見守り続けてきた時任さんにとっては、来るものも去るものも大勢、それこそ交差点のようにすれ違ってきたのだろう。どこか感慨深げに遠い目をした。

「噂だと、そういう声は前からあったんだけど、反対が多かったっていうね」

「え、ほんとですか」

「ほらー、夏木さんっているじゃない。外商でもう二十年くらいやってるおじさん」

静緒の部署とは違う、法人外商の人だ。だが顔はわかる。五十代半ばくらいで営業六課の課長。静緒にもいい印象はないのは、先だって高級ランジェリーのクローズド特賓会を提案したとき、真っ先にヤジを飛ばされたからだ。

「ああ、あの人知ってます」

「そりゃ知ってるでしょ。昔からすごく感じ悪いもの。女性差別がすごくて。ミソジニーって言うんだよね。ああいうの」

転職したてのころ、外商部に転属になったばかりのころ、静緒をとりまいていた悪《あ》しきレッテルというのが、〝紅蔵さんの愛人〟だ。今ではそんなことを言う人はもういないが、それでも彼が一介の契約社員を推して次々に企画を通すのを見て、似たような陰口をたたく人は少なくなかった。

（そういえば、そういう噂がイヤで、ヒサと付き合い始めたんだったな）

去年から東京本店勤務になった元夫の神野とは、たまにメールを交換する仲だ。とくに去年母がガンになったことを彼に話さなかったので、久しぶりに里帰りしていた彼とごはんに行ったときは、言ってくれればいいのにと渋い顔をされた。

しかし、元夫との付き合い方というか距離感が静緒にはどうにもわからない。ひとそれぞれだと思うし、正直あのお姑《しゅうとめ》さんとは二度と関わりたくはないが、神野自体はいまのようなつかず離れずの友人関係が一番ここちよかった。

（なるほど、桝家の言っていた、元夫という肩書きですらうらやましいというのはこういうことなのか）

離婚しても、一度義母だった相手のことで特別に連絡を取り合うことができるというのは、たしかに友人よりは一歩踏み込んだ関係だろう。

「フロアの人間はフロアで売っていればいいんだってね。まあ百貨店の人間の鉄則みたいにいわれてるけど、それでももうそれって古いと思うんだけどねえ。わたしのようなおばあちゃんでも」

「時任さんはいつも若いですよ」

「そうかなあ。それはまあ、敢えてキラキラなフロアにとどまり続けてるのは、キラキラとリッチなお客さんたちの普通じゃないあのパワーを味わうためなんだけどね。あれって健康にいいのよ」

妖怪みたいなことをさらりと彼女は言った。

「昔から縁故で採用される人間は多かったけど、そういう人間でも出来る人間は出来る。ダメな人間は他人のあら探しばかりして自分と比較して安心する。もし倉地って子が昔のさめちゃんみたいに何を言われても跳ね返す気力があったらいいけど、そこまでしてまでやりたい仕事かどうかよね」

時間も限られているので倉地の話題はそのへんにして本題に入る。香野に関する噂をなにか聞いていないかと単刀直入に聞いた。時任さんとはすでにぶっちゃけてなんでも聞ける関係性が築けているからだ。

「ああ、あの子、二階の人たちの間で評判悪いみたいね。評判悪いというか、警戒されているかんじだね」

「原因をご存じですか？」

「たしか、昔にケンカした相手絡みなんでしょ。昔って言っても香野さんの歳だったら二、三年前か」

大泉が話していた内容と合致する。ということは、ある程度広く知られた話であるらしい。ハイブランドの店員は百貨店の中でも一目置かれるし、ましてやサブマネージャーともなれば有力なコネクションだ。

「ハイブランドはハイブランド同士で顧客もかぶっているから、情報交換をする独自のコミュニティみたいなものがあるでしょ。みんなそれなりにプライドもあるし、成績を出してきた自負もある。そういうところに敵がいると、さあっと噂が広まって警戒される。彼ら彼女らだって賢いからあからさまに嫌がらせをしたりはしない。なんといっても香野さんはプロパー社員だから、敵に回してメリットなんてないしね。ごく普通に接すると思う。でも」

「自分が日本に二個しか割り当てられないバッグの差配を握っていたとしたら」

「彼女には声をかけないだろうね。絶対」

「そこまで恨まれてるんでしょうか」

「さあ……それは本人に聞いてみないと。ただ、やらかしを一度も謝ってないとしたら香野さんがうまくやれてないと思うし、人間だれしも通る道だから、自力で周りに相談して鎮火させないと、とは思うよ」

　ささいなことで人間関係がこじれ、それがあとあとの仕事まで響くのは会社という組織内ではあるあるのことだ。そしてそれが回避できない事故だからこそ、その後の回収に経験と知見が問われる。

（顧客相手にはうまくやっている香野が、なんでそれができていないんだろう）

「考えられるのは、恋愛がらみかな。みんな若いからね」

「ああ……」

　静緒も若い頃はそういうことで噂の対象になったりした。いや、この歳になっても社内不倫の噂はちらほら聞くので、いくつになっても恋愛の話は人の口をなめらかにするものらしい。

「もう少し様子見して、ほどよいところで本人から話をきいて……って感じだね。とにかく上が話を聞くことだよね。原始的な方法だけど、これが結局一番効くんだ」

　人と話をするということは、思った以上に人を癒やす効果があるのだと、静緒は最近しみじみと感じている。

　物質的に満たされているはずの富裕層の人ほど、ただただおしゃべりがしたいだけで外商員を呼びつける。特賓会で扱う商品の若返りに本部があまり積極的ではないのも、こういった孤独な富裕層という確実に購入してくれる顧客を取りこぼすことを危惧しているのだ。そういう意味では静緒のカプセル企画が思いのほか氷見塚にウケたのも頷けた。

清家弥栄子さんのエステートセールを手伝ったときも、静緒は長女の雪子さんから伺った彼女の最期の様子に強く胸打たれた。最期に弥栄子さんが望んだのは、夫や家族ではなく、若い頃から仲良くしていた女友達たちと文通をすることだった。まだネットもなにもなかったころ、長時間電話をすることがはしたないとされていたころに、日々のちょっとしたことをノートのきれはしや、あるいは素敵な便せんに綴《つづ》って手紙を出し合うことが楽しみだったころのように、手紙や友情が一番彼女を幸福にした。そこにはモノの出番はなく、ただ手放し、譲り渡すという行為が、まだ若かった弥栄子さんが生きることを強制的に辞めさせられることへの抵抗を、ほんのすこし和らげたに違いない。

最期は友人たちから寄せられた手紙をくりかえし読んでもらい、それを枕元いっぱいに敷き詰めて逝ったと聞いたとき、静緒は死にゆく自分に手紙をくれる人が果たしているだろうかと考えた。

人と話したい。それだけのことが、老いると難しくなる。だからそれすらも金で買う。悩みもないのに電話で占い相談をする人が多いと聞く。バーやスナックに常連客がいるのも、街の小さな小料理屋が成り立つのも、メニューにはない売り物がプラスされているからだ。

(だけど、客は老いて去る。会社は残る。ビジネスプランはつねに新陳代謝が必要だ)

氷見塚から、意見交換会をしたいという連絡が入っていた。新しい上司は本当にマメでよく動く人のようだ。まるで静緒がなにに悩んでいるのか心を読んだかのように、絶妙のタイミングで呼び出しがかかる。いままでの上役はほぼ静緒のことは放置で、静緒も自分のことをいつまでも外様だからと好き勝手やってきたのだが、最近少しだけ自分をとりまく環境が変わったような感じがする。

(上司が替わると、こんなものなのだろうか。それとも私が菊池屋のやり方に慣れていないからかな)

菊池屋の方針がそうなのかもしれない。とにかく、部下としては言われたとおりにやるだけだ。香野のことは気がかりだが、ある程度様子を見なければ余計な藪《やぶ》をつつくことにもなる。大泉のほうは大泉のほうで、月間の売り上げが大分足りないのが問題だ。努力はしているし、熱心に電話をかけたり商品の勉強会に出かけているので、メーカーさんの評判はとてもいい。最近は危機感からか、勉強会でも積極的に実家のことを話して自己紹介することもあり、親や家のもつコネクションを生かそうという意欲も出てきた。持てる者が持てる道具を最大限に発揮することはなんのずるさもない。そもそも会社はそのコネクション込みで彼女を採用しているのだ。

裁判が相当ストレスのＮＩＭＡさんからはしょっちゅう呼び出しがかかる。彼女から頼まれた自宅探しは一向に進んでいない。自宅と言えば自分の自宅もで、金宮寺にすすめられていた南宮町のテラスハウスもあっという間に買い手が決まってしまっていた。いい不動産は即決しなければ買えないということはわかるのだが、そもそも内見にいく時間がないのが致命的だ。時間こそが金であるのはなにも富裕層に限ったことではない。

決断をしなければいい話を逃す。しかしそこを煽《あお》るのが悪徳商法だということも知っている。だから静緒は客に無理強いはせず、つねに引いて待つ姿勢を大事にしている。

ああ、ほんとうに若い頃はもっとバンバン決断できていた。あれは恐らく、知識や経験がなかったぶんの向こう見ずさも含まれていたのだろう。

歳をとるということは、臆病になるだけではなく、経験という知識によってあらゆることにリスクヘッジを予測してしまう。その結果一歩出遅れる。そうしてどんどんチャンスを逃すのだろう。

下腹が痛くなって、生理の到来を感じる。そうか、このネガティブな気持ちはＰＭ

Sだったのかとほっとした。ホルモンのせいならば自分が後ろ向きになったわけではない。こういう正しい知識によって自分自身をコントロールし、つねに微調整をするのは経験則のなせるわざだから、歳をとるのもそんなに悪くないと静緒は思う。

(生理がくるたび、もう一ヶ月も経ったのか、って思うなあ)

PMSならばあまり感情的にならないほうがいいと、氷見塚の招集したミーティングではできるだけ黙っていようと心に決めた。しかしこういうときに限って、話題が静緒の近辺に集中する。

中でも、香野の客層が中国やシンガポール、ベトナムのニューリッチに偏っていることが議題にあがると、静緒の指導内容が問題視された。

「そのラインを開拓ばかりして、いままで何十年と支えてきてくださったお客様をないがしろにするのはどうなのか」

ちょっと前に時任さんとの話で出てきた夏木課長から球を投げられたときは、これがうわさをすればというやつかと身構えた。

「ないがしろにしているわけではないと思います。営業でも得意分野、専門分野があるのは当たり前だと思いますし、実際彼女の成績はすばらしいです。個人的には毎月落とさずよくやっていると評価しています」

「……鮫島さんとは気が合いそうだよね。いろいろ似ているし」

真っ向から打ち返すだけのデータも言葉も持たないと、人はこういう返しをする。この場合、香野と静緒が似ているとか似ていないとかいう話は、議題になんの関係もない。まあつまり、静緒が香野をそういう指導をしているから問題なのだ、という方向にもっていきたいのだろう。

「カプセルの企画に関しても、〝そういうの〟に向き不向きがあるでしょう。家に外商が来てくれることにステータスを感じるお客さんも多い」

「そうですね。ですので、そういうお客様にはいままで通りに。しかし、モノではなく機会を求めていらっしゃる方も少なからず存在します。ご要望をいち早くすくい上げることが次のビジネスチャンスにつながっていくのだと理解しています」

氷見塚が潤滑油のようにさりげなく口をはさんだ。

「鮫島さんがこのまえ新規のお客様のために用意した仮カプセルは、すばらしい結果だったわね。いまあるお得意様サロンの活用にもつながるということは、わざわざ外の会場を借りなくてもよいし、大きく展開する前のデータをとるのにもいいわね」

「しかし、富久丸ではホテルや会場との長年のつきあいがあります。東海はどうだかしりませんが、こちらは古くからの港街で富裕層の種類も東とは違う。京都が顕著ですが、街の歴史の長さがそもそも違うんだ。千年単位ですよ。つまり人とも店とも付き合いの長さがものをいうんです。それを反故《ほご》にすることは、結果的にビジネスチャンスを狭めることになるのではないですかねえ」

相手が上司でもどこか小馬鹿にしたような夏木の態度に、静緒はなぜこの場に役職付でもない自分が呼ばれたのかわかった気がした。

（夏木さんは、新しく菊池屋から降ってきた落下傘の上司が気にくわないんだ。それで、わざと富久丸の伝統を強調して、富久丸VS菊池屋の構図にもっていこうとしている）

氷見塚としては、夏木のような部下がいちばん扱いにくいのだろう。合併後すぐに、合併相手のほうに行かされる役職付で、しかも夏木より年下の女性。その氷見塚がやってきたとたんに職場に女性外商員が増えたとあっては、彼のような古くさい価値観をなかなかアップデートできないタイプは、女にテリトリーを侵されると感じたのかもしれない。

しかし、氷見塚は菊池屋を代表して富久丸の旗艦店に出向しているからには、必ず結果を出さねばならない。彼女にとっての勝利とは、富久丸出身の古参をうまく従え、なおかつある程度の期間で数字を出すことだ。

（もしかしたら、氷見塚さんは上から人員整理の権限を与えられているのかもしれない）

会社にとって、一番のコストは人件費であり、日本の法律ではおいそれと正社員を解雇できない仕組みになっている。だからこそ、一番の人事異動のチャンスが、合併のどさくさだ。辞めたい人にとっては「合併には納得できないので」などともっともらしい理由を得られるし、大きく組織が変わるために株主に遠慮してできなかった大胆な人事もしやすくなる。

自分がもし氷見塚の立場なら、外商で一番カットしたい部分はというと、現在の夏木が課長を務める営業六課、つまり法人外商の一チームだ。今までも窓際だと言われてきた部署で、平成に入ったころから法人外商を使う企業の減少に伴って個人も回る、つまり法人で扱う企業のオーナーなどの個人外商も担当するようになった。彼らの営業成績はじり貧、極端に悪いわけではないが、あがることはない。

法人外商は一件一件のケタがおおきいので、毎年決まった時期にお中元お歳暮さえこなしていればそれなりに数字は揃う。老舗の企業は急に外商先を変更することもないから、挨拶回りだけを定期的にしていればよく、主に外商専門で採用された、育ちのいいボンボン出身の仕事と言われることもあった。しかし時代は変わる。今までのように法人の外商担当と飲んでいればそれが仕事という時代ではなくなった。彼らには新たにノルマが課され、個人外商と同様に法人顧客の新規開拓とともに、外商というビジネスのための企画の提案、作成などさまざまな仕事が増えていった。そこにあるものを売るのが仕事だ、というスタイルではなくなっていったのだ。

夏木としては、これ以上自分の仕事が増えてはたまったものではない。だからこそ、あれこれ提案する静緒のような人間はただただうっとうしいだけなのだろう。彼らにとって仕事とは、静緒にとっての仕事と同じではないのかもしれない。

静緒への夏木の攻撃は、話が中途採用に関することに及ぶと、さらに苛烈になった。

「外商は信頼関係で成り立つ仕事なんだ。契約社員にまかせられるはずがない」

「しかし、正社員と契約社員の仕事内容はまったく同じなんです。同じ仕事をしているのに正社員だからというだけで片方を信頼し、片方は信頼できないというのはフェアじゃないと思います」

「まあ、鮫島さんが契約社員の肩をもちたくなるのはわかるがね」

そういう話をしているわけではないのに、そういう話をしているように返す。一瞬頭に血がのぼりかけるが、これもPMSのせいだと必死に自分に言い聞かせた。

「もし、契約社員なんかを雇って、すぐ辞められでもしたら富久丸の恥だ。いまの若い人たちは転職があたりまえで、価値観が違う。お客さんに紹介して引き継いだ外商員が二ヶ月で来なくなったらどうする」

「契約社員としてすでに実績がある人間なら、二ヶ月で来なくなるなんてことはないのでは。違うなら理解して、彼らのもつアドバンテージを活用すればいいと自分は思います。みんなSNSにも強いし、情報も早い」

「そんな一階に何年もいて正社員になれない問題児をどうして外商員にしてやる必要がある?」

「外商として才能があると感じるからです。企画力もあるし、成績は東京を含めても全国でトップクラスです。もし、一階の仕事以外の売り上げをのせたら、きっとトップ10には入りますよ」

「自分に与えられた仕事を逸脱するような人間は信用できない。外商は信用が全てだ!」

「ECが台頭し、SNSツールを活用しなければものを売るのが難しい時代になったんです。これからはどんな部署でも企画力が必要です」

「そんなに企画企画いうなら、本部にひっぱってもらえ!」

バン、と机を叩いて夏木が声を荒らげた。

「本部には仲良しの上司がいるだろうが!」

「いちいちなにかを叩いて音を出さないでください。異を唱えるなら自分の言葉できちんと言語化するのが部下に対する礼儀です」

怒鳴られたぐらいでひるむ静緒ではないが、世の中には、相手を恫喝《どうかつ》することで自分に有利に会話を進めることに慣れきり、追い詰められるとその手段しかとれない人間は多い。

「話を元に戻してもいいかしら」

冷や水のように氷見塚が二人の間に割って入った。その場には静緒たちのほかにも数人の課長がいるというのに、だれもなにもひとことも発しない。ああそういえば、今日の会議が始まる前はそうしようと思ったはずだったのに……

（つい、対応してしまった）

「前にも話したことがあると思うけれど、百貨店というのは文字通りいろいろなものを売っていて、たくさんのフロアがあり現場がある。今までのように全ての現場を経験してからというより、ある程度は本人の希望に添ってスペシャリストをもっと早期から育成するべきなのでは、という意見が本部で出ているの。中途採用に関しても、とにかく少子化が進む以上優秀な人材の確保が先決だから、採用担当者だけではなく現場の意見を反映して、積極的にいい人材をとっていこうという……。そのいい人材の判断基準は決める必要なくて、企画力がある人間でもいいし、営業先を開拓できる人間でもいい。今回の鮫島さんの推薦のように、現場からはなかなか上がってこない事情もあるからこそ、我々にも声がかかっている。チャンスを与えることは、自分にも与えられることだと私は思います。どんどん声を聞かせてください」

さすが菊池屋からの刺客といわれるだけあって、険悪だったその場の空気を一瞬でまるっとまとめあげてしまった。この手腕というか判断能力というか、言語能力には静緒も思わず感心してしまう。

（さらっとどっちも立てつつ、だれが対立してたかわからないようにいいかんじに混ぜて、いいたいことだけは通して、どんな意見も聞く懐の深い上司としての自分をアピールして終わった。すごい）

内心拍手したい気持ちで椅子を片付けていると、なにもせず、片付けは下の仕事とばかりにさっさと会議室をでていこうとする夏木の姿が見えた。

「そんなに新しいことやりたきゃ、自分で会社でもやればいい。誘われてたんだろ。堂上みたいに好き勝手やって出て行けよ」

まさに捨て台詞《すぜりふ》百パーセントな言葉を吐き捨てて夏木は出て行った。テーブルには彼の飲み残しのペットボトルがフタもされないまま残っていた。飲みかけのペットボトルの始末などしたくもなかったので一瞬躊躇すると、だれかがそれをさっと取って机をたたんだ。氷見塚だ。

「片付けさせてしまってすいません」

「いいのよ。若い人は、おじさんの唾液のついたペットボトルなんて触りたくもないでしょ」

「えーっと」

「あともうちょっとだから」

「えっ」

「ああいうタイプがいなくなるの」

「……」

言わんとしていることがわかって、思わず彼女の顔をしげしげと見てしまった。氷見塚の年齢ならいわゆるバブル世代。男社会のど真ん中だ。女性のほとんどは寿退社が華とされ、結婚して家庭に尽くすのが役目という無言の重圧があっただろう。その中で部長職にまでのし上がるには相当な苦労が必要だったに違いない。いいかえれば、氷見塚には夏木のような男の扱いもなぎ倒しかたもすべてわかっている。敵に回すと意外に面倒くさいことも、職場にしか居場所のない男のポジションをとるというのがどういうことかも、眼中にない人間ほど、嫉妬が追い詰められたネズミ状態へと作用することも。

「ところで、引き抜きにあっていたってほんと？」

「えっ、はっ、ええっ」

唐突にボールを投げられて、妙な返事の仕方をしてしまった。

「さっき夏木さんが言ってたけど」

「ああ、それは、合併のタイミングでそういう方もほかにいらしたので……」

ふんわり堂上のことを思い浮かべながら、話題そらしに使ってしまった。

幸いなことにそれ以上の追求はなく、氷見塚は事務所にもどるやすぐにホワイトボードに東京とだけ書き置いて出ていった。

（夏木さんはああみえて噂にだけは強いというか、妙な情報収集能力があるから、堂上さんのこともどこからか耳にしたのかもしれないな）

昨年、ローベルジュとヨージ・イザキの合同会社設立にあたって、静緒に準備室の室長にならないかという誘いを君斗から受けた。まさか自分がこのタイミングでヘッドハンティングを受けるとは思っていなかったので驚いたが、自分のキャリアを評価してもらったのだと素直にうれしく、転職に前向きになっていた。だが、家を買うには転職前のタイミングしかなく、その肝心の家が決まらない。母親の病気のこともあり大きく環境を変えることに慎重になったまま時間だけが過ぎてしまい、話もうやむやになっている。

（私自身、氷見塚さんにいいように利用されているのはわかる。上司っていうのは部下を競わせていれば、自分の寝首をかかれることもない。富久丸出身だけで争わせて、その結果だけを本部に持ち帰るつもりだろう）

おそらく彼女の立場は、夏木のような稼働していない人員を整理することだ。しかし、ああいうおじさんは恨まれるとやっかいである。どこの部署に飛ばすにしても社内であることは間違いないので、外様としてはなるべくトラブルの種は抱え込みたくない。よって、わかりやすく夏木が反対するようなお題目、つまり契約社員の外商採用や香野の問題などを議題にしたミーティングの場を作り、わざと静緒にぶつけさせる。夏木は執拗《しつよう》に静緒を恨むだろう。彼は自分が外商を外されたあとも、この左遷は静緒のせいだとずっと思い込んだまま……、氷見塚に彼のネガティブな感情が飛び火することはない。

(なるほどな、これが氷見塚さんのやり方か)

桜目かなみの言っていたとおりだった。上司は部下を利用して上に上がる。部下の手柄を吸い上げるだけではなく、本部の理想とする画に近い結果をつくるために、下をぶつからせたりかばったりする。静緒からこまめにヒアリングしていたのも、夏木が嫌がりそうなお題を吸い上げるため。

上司になるということが、こういう陰謀作術を駆使するということなら、あまりにも自分にあっていないように思われた。だからといって一生ヒラでいるほうがいいとまで静緒は開き直れない。なんといっても給料はほしい。シングルアラフォーがすがれるものなんてお金しかないのだ。親の介護にも、自分のメンテナンスにもとにかくお金だ。インカムが欲しい。

(夏木さんはそもそもいいとこのボンだから、安月給でもやっていける。彼にとっては会社の金看板を背負って大企業の挨拶回りをし、仕事をしている雰囲気を味わうことが大事なんだろう。それでいい人はそれでいい。でも私はそうじゃないし、それだけの人をクビにするためだけのサンドバッグにされるのもごめんだ)

あのとき決断しておくべきだっただろうか。ローンが組めるかなんてこだわらず、思い切って新天地に羽ばたくべきだっただろうか。そうしていれば、今頃は準備室でなじみ深い人たちとともに思い切り仕事に集中できていただろう。今回の合併にともなう人事の副作用に苦しまなくて済んだかもしれない。

ああおなかが痛い。生理の日の男を交えた会議は、何年経っても椅子から立ち上がるときにひやりとする。トイレは冷房がきいていなくて居心地が悪いのに、そこしか安心して座っていられる場所がないというのは不公平なことだと思う。

八太さんから時折入る、新しいお客さんを紹介したいというメールだけが静緒の心を浮き立たせる。彼の友人たちはいわゆるニューリッチで、外商という古めかしいシステムに興味を持ってくれている。どこか憧れもあるのだろうし、時間のない彼らにとってある意味目利きが自分の好みを揃えて待ってくれていることに快さを感じるのだろう。

「八太はいい仕事をしますよ。もっとデカくなって成功する。瑛子さんはいい男を捕まえましたよ」

大手プロモーターに勤める磯谷さんが、購入したスーツの裾上げを終えてフィッティングから戻ってきた。いい機会だからといつもつるんでいるフィットネスクラブ仲間と一緒に、結婚式に着るスーツを新調するらしい。八太さんのお友達たちがつぎつぎにカプセルに採寸にやって来た。

「やっぱこれからは地方で農業と水、水産資源が大事だって、投資家はみんな気づいてるんだけど、なかなか食い込んでいくのは難しい。だからどっかの大手にうわべだけ投資みたいなふわっとしたかかわりだけになっちゃう」

「産廃関連に投資するのも難しいのはそこだよね。たいていああいうのって地方で利権がガッチガチにかたまっちゃっててよそ者が入る余地がねえの」

「だから、八太がやってる地方の国立大学の学生のビジネスに投資って、長い目でみればすごい有効なんすよ。地方ってよそ者を嫌うけど、じぶんとこのお国の国立大出てる学生っていうと、よそから来た人間でも懐にいれるから」

「そうそう、だから食い込んでいく部分は国立大学の学生に任せて、俺等は資金面でサポートしてウィンウィン」

ある意味、部下の手柄を吸い上げて出世をする、というある程度歳をとった管理職の上がり方と似ているな、と静緒は感じた。ようするに国立大学の学生というポテンシャルの高い若者のアイデアに投資すると同時に、地縁まで作ってしまい今後のビジネスに役立てる、ということなのだろう。学生の起業はいま地方でもっとも歓迎されている分野だし、そこを支援している者ともなれば地元の商工会や組合関連の輪の中にも入っていきやすい。

「こういうやり方は、実は昔からあるんですよ。俺等の世界もずっとやってきてます」

「一角さんは、音楽業界ですよね」

「そうそう。昔はね、俺等みたいな下っ端はひたすら地方のライブハウス回らされて、そこでデータ集めて、でもなによりこいつらはいいって思わせるなにかを感じたら、一部業務提携するんですよ。三十万とか五十万とかいう少額ですけど」

「どれくらいの数のバンドにそういう支援をされてたんですか？」

「うーん、数えたことないけど、百とかですかね」

思ったよりすごい数で驚いた。単純計算して四人のバンドだとしても四百人を支援していることになる。

「でもね、五千万ってうちの会社にしたらたいした額じゃない。だって四百人支援してその中で一人でもスターになったら元が取れるどころじゃないですから。でも、ウチが最初に見つけたっていうのが大事なの。だって音楽やってるやつなんてみんな貧乏ですよ。親の理解も得られないから実家が太くても家を出てシェアハウス暮らししてたりね。そういうときにもらう一万二万ってそりゃありがたいって思ってもらえる。三十万支援して、それが一回のライブツアーで消えても、でもそういうやつらっていつまでも覚えてくれてるモン。本人がスターになれなくても同業者になったりもあるしね。だから惜しまずどんどんばらまく」

「なるほど」

「マア、今はネットで配信ができるから昔と事情は違うけど、シード投資家って実は一番利がでかいんじゃないかなって俺は思ってます」

今は一角さんも興行という世界で成功し、所属会社とは別に、名のある海外のアーティストの日本の代理店を経営している。八太さんと同じく日本中を駆けずり回るのは、今も昔もかわりないとか。

「私はよく、スタバのチケットを配りまくってるんですけど、それって成功の秘訣《ひけつ》ってことですよね」

「ああ、そういうのすごい大事！」

先日はカプセルでパンプスを山ほど購入してくれたドラァグクイーンもフェミニンなシャネル男子も、八太さんの披露宴にはさすがにスーツでないと、とそろって定番スーツの購入を決めたのだという。それもみな瑛子さんの実家の格式をおもんばかって、その日ばかりは〝世間体のいい〟〝男の友人〟のコスプレをするのだそうだ。

最後に八太さんが、「俺、相手の親や親族に会うためだけにスーツ五着も買ったわ」といいながら、結納の日のためのトム・フォードを購入して、その日のカプセルは終始和やかに終わった。

「結婚式のほうは、瑛子がお母さんと好きに決めてるみたいです。まあ結婚式って女性が主役なんで、俺はなんでもいいんですけど。俺みたいに出張ばっかりで、地方で山切り開いたり農業やるかもしれないって男と結婚してくれるってだけでありがたいですよ。でも瑛ちゃんも、子どもができたら田舎でのびのび遊ばせてあげたいって言ってくれてるし、俺も四万十とかで子どもと川遊びできたら最高だなって思うし、そう思うとこの歳まで結婚しなかったのもよかったなって。瑛ちゃんも同じことといってるんですよ」

七十万円のスーツを購入したのと同じカードで、二人でワークマンでおそろいの作業着を三着買ったのだという八太さんは、いかにも結婚を目前に控えた幸せなカップルの片割れといった風情で、じんわりと静緒の心までも温かくした。こういう他人の幸せを身近に感じることができる環境を、自分は求めているのだな、と改めて思った。ケーキを売りたいと思ったのも、バースデーケーキのプレートを書いているときが一番好きだったのも、人の幸せを感じるから。自分が薦めた商品を購入してうれしそうに顔をほころばせる客を見送るときにこの仕事に手応えを一番感じるからだ。

この仕事が好きだ。だから、いままで続けてこられた。この現場の手応えが静緒は好きなのだ。ただ店頭でスーツを売るだけでは、八太さんや磯谷さんたち若手の起業家の話をじっくりと聞く機会はない。外商だからやれている。新しい人と出会いやりとりをする中で刺激をもらい、新しい企画のアイデアが生まれる。静緒はローベルジュにいたときもバイヤーだったときも、葉鳥の下にいたときもさまざまな業種の顧客の話を聞いてきた。どこにチャンスが転がっているかはわからない。一歩踏み出し、自分の時間を差し出す。自分の顧客でもない月居さんの起業に手を貸しているのも、いわば労務出資の一種だと思っている。一角さんが若手バンドに会社のお金をばらまくように、いつか返ってくるものがあるのだ。

なのにこれから上にあがるためには、部下の管理業が増え、ミーティングの機会も増える。人とぶつかることも多くなるだろう。そのたびに現場が遠ざかる。いまのような手応えを感じることもなくなるのかもしれない。

(やっぱりあのとき、転職すべきだったかもしれない)

その日はあまりにも体力がなかったので、最後に同じマンションに住む、麗しのシャネル女史こと百合子・L・マークウェバーの家、つまり下のフロアの部屋を訪れた。NYの不動産業界で名前を売り、その後独立して富裕層専門の婚活業界屈指のコーディネーターとして世界中で活躍する百合子は、月に数回、芦屋で自ら経営するフィニッシングスクールの授業を行っている。

アメリカに行く前に顔が見たいから、という特に急な用事でもなかったようだが、地元の日本酒と鱈《たら》の麹《こうじ》漬《づ》けを持って訪問すると、一瞬驚いた顔をした。

「ちょっと痩せたね、鮫島さん。仕事忙しい？」

「そうですね。ありがたいことだと思ってます」

ちょうど先週、百合子のスクールに通う生徒さんの結婚まわりを富久丸で仕切るのをきっかけに、そのかたが正式に外商口座を開いて顧客になった。今日はそのお礼がてらの訪問である。

「私自身はあんまり買い物しないのに、悪いわね。いつも生徒さんにばっかり買わせてしまって」

と、百合子は冗談めかしていうが、実際彼女のスクールの生徒が静緒の顧客になったり、富久丸で結婚式をあげたりしてよいご縁になっている。

「いまLAで男性向けのフィニッシングスクールを始めたんだけど、これが人気でね。インスタで有名インフルエンサーが紹介してくれたのもあってバズって、あっという間に定員になっちゃった。花嫁修業ならぬ花婿修業の時代になったって感じよ」

「生徒さんは、やはりニューリッチの方が多いのですか？」

「そうそう。興味深いのがお母さん同伴の男性が多い。欧米って個人個人が独立していて親と子も日本みたいにいつまでも同じ寝室で寝たりしないでしょ。だけど、ママを大切する男性はすごく多くて、特に苦労して育ててくれたシングルマザーなんかには、いまからイイ思いをしてほしいって思うみたいね。聞いたこともない南米の島出身のファッショニスタとか、ロシア系移民とか千差万別で価値観も違うからおもしろくって。大変だけど」

　富を得てから、次に教養をと望むのは世界中どこでも同じであるらしい。八太さんたちも、次は着物を仕立てにくると言っていた。海外の友人が茶室に興味をもっていて、おもてなしをしたいそうだ。ホットウォッカを作って怒られないライブ配信可能な格式の高い茶室を知らないかと言われて、新たな宿題になっている。

「いまは大学のうちに起業して成功する若者も多いから、いったんそうなると親戚一同で彼の結婚にやいのやいの口を出し始めることも多いのよ。この前もアリゾナで成功した不動産会社のＣＥＯが、共同経営者の韓国人の彼女と結婚する予定が、成功したとたんに妻は同郷が望ましいって口を出し始めて、それがどうしてだかチックタックで配信されてベネズエラと韓国間で国際論争にまで発展して、ＢＢＣでとりあげられちゃった。私は男性側のほうに、アジア人の結婚観のスペシャリストとして雇われたんだけど、正直こういうことはめずらしくないの。どの国でもあることよ」

　だから商売が成り立つし、専門家が頼られると百合子は笑って手慣れた手つきで福寿の大吟醸を開封した。ノーベル賞のパーティでも使用された蔵元を代表する酒である。

「ああ、日本を離れるときなにがなごりおしいって、サケが気軽に飲めなくなるってことよね」

静緒がハムと赤ワインだけで何日でも過ごせてしまうのと同じで、百合子は日本酒と麴漬けのなにかだけを延々食べて飲んでもいけるクチ。とくに麴漬けの魚は海外ではめったに口にできないらしく、日本にいるときに食べだめをするのだとか。

「もっと食べて。ほかのもの出そうか？」

「あっ、いいえ、いただいてます」

「どうせまた、食べきれないものは置いて行こうと思ってたのよ。とはいえ最近は忙しくてほとんど料理できていないんだけど」

新鮮な刺身と日本酒のとりあわせは、肉とワインとはまた違うスペシャルな味わいがある。百合子の夫は不動産部門の代表で、やはりアメリカ中を飛び回る多忙さであり、息子さんはボーディングスクールの寮、なのでいままで雇っていた料理人にも、いまでは子どもが秋休みなどで帰宅するときにだけ来てもらうそうだ。

「一人でいるときに料理なんてしないもの。あれってやっぱり家族やパートナーのためにやってるところがあった。本当に好きな人はするんだと思うけど、私は感謝祭の七面鳥もお姑さんに焼いてもらったわ。鮫島さんは料理する？」

「最近しませんね。自分で作ったものを食べるのは、また違うおいしさがあるとはわかってるんですが」

「そうなるでしょ。そうなるのよ。しかたないよ、と言われた。ハードワーカーは」

百合子にまであんまり顔色が良くないよ、と言われた。ファンデーションがはげてしまっているのかとあわててコンパクトを取り出すと、目の下のくすみがひどい。

「ファンデーションの色が肌とあってないから、余計に青ざめて見えてるんだと思う。最近日焼けした？」

「いえ、どうかな……」

「じゃあ、地肌の色が変わったんだと思う。四十代はとくに血流の関係で変化しやすいから、ファンデーションが切れたらその都度カウンターに立ち寄ってテスティングしたほうがいいわよ」

ずっと愛用しているMACのファンデーションも、かれこれ同じモノを使って数年経つ。そうか、三十代と同じモノを使っているからか、と納得した。

「それだけじゃないと思うけどね。歳とるといろいろとあるよ」

「そうですね。ストレスとかも」

「それはねー。人類最大の敵。とくに人を使うようになると自分の仕事だけに集中できなくなるからね。会社経営や管理職の悩みは人事よ」

　ずばり、いまの静緒の悩みを言い当てられたようで、人生の先輩の目はごまかせないなと観念した。

「みっちりついて教えないといけない部下ができたんですけど、なかなかこれがしんどいですね。今までは自分のことだから、自分で責任をとればいいと覚悟だけもってればよかった。でも、若い子の人生を背負うわけですから」

「自分のせいでクビになったりするかもって？」

「それもあります」

「まあ、そうして三十代半ばの係長クラスが心を病むわけよ」

　いままで他人事のように感じてきたのは、自分はしょせん外様で傭兵だから、出世することはない、一生一匹狼のままなんだろうと高をくっていたからだ。まさか部下の個人的な人間関係問題に悩まされるとは思ってもみなかった。

「昔から、噂になることの悪影響ってずっとあったじゃないですか。自分も前に結婚していたことがあって元夫も社内だったのでいろいろ言われたのはたしかです。あのときはただただがむしゃらに仕事に打ち込んで考えないようにしてきました。結果を出せばだれもなにもいわなくなると思って、とにかく結果、結果だって」

　だからこそ、いま香野が必死で中国やシンガポールの顧客の心をつかむために奔走し、売り上げをあげようとしている気持ちが理解できる。トップ10に入れば……、トップ5に入ればだれも自分に文句は言えない、だからがんばるしかない、と考えているのだろう。

「噂はほんとうにやっかいね。いまは炎上って言い方をするじゃない。私たちの仕事は評判が全てだから、逐一関連サイトや口コミをチェックする専門のスタッフがいる。富久丸にもいるでしょ？」

言われて驚いた。そういえば富久丸百貨店の本部にSNS専門の部署ができたことは聞いていたが、そういう炎上や悪評も含めた対策をどのようにしているのかまでは知らない。もっとも本部の人間なら把握しているだろうし、SNSなどの活用とは別に個人情報の取り扱いやコンプライアンスを学ぶ講習会は定期的にある。そちらのほうは主にネットの扱いに疎い四十代五十代の男性社員向けに行われていて、外部のLGBTQ研修に行かされる人もいる。

「いる、とは思いますが……」

「じゃあ、火元が社内とはかぎらないわね。外部のSNSで炎上して、あるいは炎上までいかなくても話題になって、それを専門のチェック要員が見つけて上に報告しているのなら、いままでの古風な〝噂〟とはまたちがうルートで回ってる可能性があるわよ」

百合子に指摘されて、静緒には思い当たる節があった。香野がトラブルになっている相手はフランスの高級ブランド、ベゼル・バルビュールの神戸店のサブマネージャーであるAさん。時任さんの調べによると彼女はファストファッションに近い服飾ブランドに勤めていたこともあり、どうもそのあたりの時代に香野となにやらあったらしい。

（たしかに氷見塚は、香野のトラブルについて把握しているようだった。私をとばして香野本人にヒアリングをするはずがないから、おそらく百合子さんのいうとおり、SNSに香野のトラブルに関する書き込みがあり、それが炎上して本部の知るところになったのだろう）

静緒の耳にまで届いていないのは、それがそこまで大きな炎上ではなかった、ということなのかもしれない。時任さんも知らなかったのなら、小規模なボヤですみ、一部の百貨店関係者のみで共有されたとも考えられる。

百合子から、くれぐれも体を大事にねと念押しされて部屋を出た。帰るとき山ほど高級バナナやイチゴやイチジクを持たされた。いつも彼女が朝スムージーにして飲んでいるようで、わざわざ作り方までレシピを送ってくれた。

部屋に戻ると、桝家はもう寝たようで下のフロアは最小限の間接照明のみ残されていた。桝家へのおすそわけに、冷蔵庫に百合子からもらった日本酒とマンゴーを入れ、自分のフロアへ向かう。たかがメゾネットの階段をあがるのにも息がきれた。明かりをつける気にもならず、ソファに座ってぼうっとしていた。冷蔵庫にバナナをいれなければならないが立ち上がる元気もない。かろうじてスマホの画面で時間を確認した。もう新しい日付になっている。早く寝なければ、とは思ったが、香野のトラブルがなんであったのか詳細を忘れないうちに調べなければならなかった。

いくつかの検索ワードで試してみると、すぐにそれらしい記事が出てきた。Twitterやブログではなく、匿名である程度の長文を投稿できるサイトで、すでに元の記事は削除されミラーだけが残っていた。

（なるほど、Aさんのほうが匿名で詳細を投稿していたのか）

日付は三ヶ月ほど前、ちょうど香野が外商に配属されて神戸に来たころだった。おそらく、神戸店で不運な再会をしてしまったことによって、Aさんの古傷が刺激されたのだろう。出だしもこんな風だった。『転職して出世したら、昔非正規差別をしてきた正職に再会した件』『昔非正規だからと見下した私に、便宜をはかってくれといまさら言ってももう遅い。転職先でマネージャーとして権力握って好きに生きます！』

ネットによくあるミームがコメント欄にたくさんついていたので、これがはやりのテンプレスラングであることがよくわかる。内容の方もタイトルそのままで、非正規だったころに年下の正職（この場合は香野）にいじめられた。具体的なことは身バレするので書けないが、非正規は同じトイレを使うなとか、非正規は生理用品をトイレに置きっぱなしにするなとか、食堂のテーブルを使うなとか社割を使うなとか、言葉遣いが汚いとか細かいことまでチェックされてあまりのストレスで辞めた、とあった。『彼女がFラン以下の人間とは言葉が通じない、と言っているのをじかに聞いてしまって、心が折れた。もう辞めようと思った。ここにいたらストレスで死んでしまうと』

問題は、その後トピ主である彼女がさまざまなハイブランドを渡り歩き、出世して正規職員、しかもサブマネージャーとしてバリバリ仕事をしていたとき、香野（と思われる某百貨店正職女子）と再会。彼女のやったことをすべて同僚だけではなく、他ブランドのスタッフにも話しフロア全体で共有したということだ。トピ主によると『みんな大人だから表面的には彼女に普通の対応をするだろう。なんといっても彼女は天下の某百貨店の正職様だし、いまは外商にいるから。でもうちに日本限定二個のバッグが来てもあんたの客には売らない。あんたの本性を知っている、ほかのブランドのマネージャーたちはどうだろうか。私ならやんわり微笑んで、ほかの外商の客に回す。どんなに出世しても、正職になって給料が上がっても、昔されたことは覚えている。KPOPのアイドルやオリンピック選手が、中学時代のいじめでキャリアを絶たれるように、やったことはなかったことにはならない。私はいつまでも覚えているよ、某百貨店の某さんへ』と結んでいる。

このトピックはゆっくりとネットの海を回り、あるときTwitterで話題になってからわっと火がついたようで、トピ主はもう元記事を削除している。しかし、その後特定班と呼ばれるネット民によって、このトピ主の文章に関西弁が混じっていることから百貨店が富久丸ではないかという声があがり、トピ主が当時勤めていたアパレルブランドから当時の給料まで参考値段が書き込まれ、驚くほどの速さであれやこれやと解明されていく。富久丸百貨店の新卒の数が少ないことから香野らしき人物が特定されるまで三日とかからなかった。

ここまで来ると、香野本人を名指しにすると名誉毀損で訴えられる恐れがあることから、みなイニシャルトークに徹した。しかし狭い業界のことだ。イニシャルでも当事者たちには十分にわかってしまう。

こういうたぐいのネット記事は、相手が権力者やアイドルといった有名人でないかぎりはすぐに忘れ去られるものだ。実際この記事も元記事が削除されたこともあって、すぐに下火になった。しかし、確実に本部の耳には入っただろう。

幸いにも外商の顧客は年配者が多く、こういったあっというまに燃え上がって鎮火するタイプのネット上での炎上にはくわしくない。証拠もないのにわざわざ耳に入れる人間もいなかったからか、数年前の話ではとくに説得力もなかったのか、社内で香野がやり玉にあげられることもなかった。

（でも、この記事は、私が聞いていた内容と一致する）

大泉の態度からして、このことは彼女も把握していたのだろう。だが、彼女は同僚のネガティブな噂をわざわざ上司の耳に入れるようなことはしなかった。それは静緒の周囲も同様で、こういったネットの噂に対するリスクマネジメントができている人間ほど、慎重に話題を選ぶものだ。しかも香野がやり手なのはみんなわかっている。この先もし、香野が出世して本部などのキャリアに就いた場合のデメリットを考えると、社外の社員が書き込んだと思われる便所の落書きにいちいち反応することもない。今までは知らなかった。だが静緒は知ってしまった。さて、これからどう対応すればよいだろうか。

次の日会社に出て、すぐに香野の客の購入した商品をチェックした。芦屋川店に配属になってからというもの、芦屋川、元町両店舗でベゼル・バルビュールでの購入履歴はない。奇妙なことは、どの顧客も東京店での購入が多く、関西の店舗がまるっと抜けている。彼女の顧客が外国人が多いとはいえ、元町本店のべつのフロアや飲食店での購入履歴はあるので、来阪していることは確かだろう。なのに、ハイブランドだけはない。

（あ、でもヴィトンやロレックスはある。ヴェルサーチも購入している）

数分考え込んでからひらめいた。路面店だ。路面店では購入しているが、ベゼル・

バルビュールの入っている二階のハイブランドでの購入はゼロなのだ。わざわざ東京店で購入している。

「さすがに不自然だな」

表立って影響が出ていなければ、いずれは忘れ去られることかもしれない。だが、香野が自分が後ろめたいからといって顧客のためと偽ってわざわざ東京店で顧客の買い物をしていたとなれば話は違う。

香野と話さなければならない。腹をわるとまではいかないが、前よりももう少しつっこんだ、深い話をするタイミングがきてしまったようだった。

(はあ……、気が重い。腹が痛いところにこのストレスは、ほんとうに体に良くない)

次の朝、引きずるようにベッドから体を離して家を出た。下り坂なのに息が切れてしまい、雨だというのもあってたかが徒歩圏の会社へ出勤するのにも通常の倍の時間がかかってしまった。最近気圧の変化にも弱い気がする。季節は静緒が思っているよりもさらに駆け足で過ぎ去り、その変化を楽しむような心の余裕を持てないまま、ニュースやインスタに投稿されただれかの素敵な写真でのみ知る。そんな日々がもうずいぶん長いこと続いているように思う。

店についてから、左肩がぐっしょり濡《ぬ》れていることに気づいた。傘をさすのがうまくなかったのだろう。慌ててジャケットを脱ぐ。湿気のせいで外気温のわりには暑く感じる。毎年この時期を嫌って、百合子は日本を脱出するのだと言っていた。

(でも、上着を脱ぐと冷房がしみるんだよな)

デスクの引き出しから冬からしまいっぱなしだったストールをとりだし、自分の体に巻き付けた。香野と面談をするときにこの格好ではしまらないので、なんとかそれまでにジャケットに乾いてもらわなければならない。

(そうだ、ナプキンとタンポン替えておこう)

化粧ポーチに見えるが中身は生理用品という絶妙の大きさで長年愛用しているグッチのポーチを片手に化粧室へ向かった。女性職員の個人的な荷物が鏡前にずらりと並んでいる。何度か「持ち帰ってください」という指導が入ったものの、みな一週間くらいならいいだろうと置いているのだ。気持ちはよくわかる。だれだって男性の目があるところでふくらんだポーチを持って何度もトイレにたちたくない。

トイレから戻ってくると香野がデスクについていた。二十分からお願いねと声をかけて、地下へコーヒーを買いにいこうと思ったが、その日は珍しく香野がチーム全員のコーヒーを差し入れていた。彼女とて静緒とのサシの面談ということになにか思うことがあったのかもしれない。

(さくっときりあげよう。さくっと)

なるべく人目につかないようにさりげなくデスクを抜け出し、先に面談用の小会議室に入った。

薄暗い会議室で、雑に開いたままのブラインドごしに見る外の雨景色は、いままでなにかをやらかしては呼びつけられる側だった静緒にとっては、あまりなじみのないものだった。しばらくすると、はっきりとしたノックオンが響いて、香野が入室してきた。

「あ、ごめんね。電気つけてくれる？　暗いよね」

蛍光灯の光がつくときの、パッという眼圧が静緒はあまり好きでは無かった。家の贅沢な間接照明になれているからか、それともこれが噂に聞く老眼というやつだからなのか。

「忙しいのに時間をとってくれてありがとう。なるべく手短にすませたいと思っています」

「はい」

「香野さんの成績がとてもいいのは、あがってくる数字を見ても精力的に動いている様子からも感心しています。特に先月の売り上げについては、既存のお客さんやここ最近うちを使っていなかったお客さんにもう一度うちの良さをわかっていただいたという点においてもすばらしいと思う。一度離れたお客さんに時間をおいて戻ってきていただくのは、新規顧客を獲得するよりもずっと難しい。よく粘り強く声をかけてくれたなと」

自分が上司にどんなふうに注意されたときが一番楽だったか、思い出しながら慎重に話した。まずは褒める。相手を最大限に評価する。肯定し受け入れ敵では無いことをわかってもらってからでないと、相手の本心を引き出せない。

「長崎の大型フェリーと提携して船内で特選会をするのは面白い試みだと思う。外商は営業だからもちろん売り上げが第一だけれど、個人的にはこれからはどんな職業でも企画力が求められると思う。そういう点においては新人の中でもいち早く企画書を出してきたことをなにより評価したいし、それは私だけではなく社全体の期待にも応えていると思う」

相手の良い部分は惜しみなく褒める。とにかく褒める。人は学校を卒業すると褒められる機会が極端に減る。自分自身の過去を振り返ってみても、静緒がここまでたどり着けたのは、子どもの頃は母が、学生時代やローベルジュ時代は君斗が、そして富久丸に入ってからは紅蔵や葉鳥といった、やや破天荒さをも評価してくれる存在があったからだ。香野は静緒よりもずっと頭がきれるし、いやみでない押し出しも勢いもある。彼女のやる気を折るようなことはできるかぎりしたくないし、ここで指摘を受けたことをばねにしてより高みに飛躍してほしいのだ。そのためには、

（――を注意するのにも、十褒め倒してから）

ぬるり、と何かが体から出ていく不快な感触がした。ああ、さっき替えたばかりなのにとひやりとする。あと三十分はもっと思うけれど。

「これからの外商は香野さんのような若手がどんどん意見を言って改革をしていけばいいと思う。多少古くさいところは否めない業界だけれど、それじゃいけないってみんなわかってるから」

「はい」

いつ聞いても、香野ははっきり言葉にして返事をする。うなずくでもなく、相づちをうつでもなく「はい」と口にする。それが静緒は一番気に入っていた。

「だから、香野さんがいま働きにくいと感じている点も共有させてほしい」

「共有ですか？　それってこの前の話の続きですか」

「時間外労働の話じゃないよ。むしろ、定時内での話かな」

「…………」

自分でも思い当たることがあったのか、ふいに香野が黙った。これ以上腹の探り合いをしても信頼関係が崩れるだけだ。こういうときはもう切り出してしまうに限る。

「出張があまりにも多いな、と思ってる」

「それは……」

「もちろん、成田からのお客さんのピックアップもかねてということは承知してる。でもね、香野さん。こういうことはある程度様子を見て、あらゆる可能性を考えて、それでもどうしようもないときだけこういう機会を持つことになる。あなたがお客さんとこの店舗で食事をとり、ほかのフロアにアテンドした日でも、特定のブランドの品だけは東京に戻ってからか、東京店に売り上げがついている。まるで、神戸店に売り上げを渡したくないように私には見えてしまう」

「そんなことはないです」

「なるほど」

「鮫島さんの思い違いだと思います」

思い違い、とまできたか……と半ば感心した。あくまでしらばっくれるつもりらしい。「じゃあ、香野さんに説明をお願いしてもいいかな。ネットの記事について」

ミラーサイトを印字したものを渡すと、特別驚いたような雰囲気も無く、

「…………はい！」

採用面接官に名前を呼ばれたように返事をした。彼女とて、呼び出された以上、そこをつっこまれるのはある程度覚悟してきたのだろう。

「ここに書いてあることは、全て事実です」

「事実なのね？」

「はい。あくまで彼女のお気持ちを込みで、Aさんサイドから見た現象としては事実だと思います」

「あなた自身は違うと」

「私には、私なりの理由と言い分があります」

「聞きましょう」

「まず、問題になっている非正規差別発言ですが、実際私が言いました。相手は同期の子で、それを彼女が又聞きでだれかから聞いたのだと思います」

「〝Fラン以下の人間とは言葉が通じない〟と」

「正確には、『動線にマネキンが大きくはみ出したり、開店してから長時間品だしで段ボールが通路側からも丸見え、それが何日も続いていた。みっともないから注意したら、パワハラだ非正規差別だって騒いでる。Fラン以下の人間とは言葉が通じないの、どうしてだろうね』です」

「…………」

やはり、言葉の文脈は前後をしっかり読まないと、部分的に抜き出しただけのものでは判断がつかない。それを聞くと、香野がなぜそういう発言をしてしまったのかが理解できる。

「そのときは余計なことを言ってしまったと後悔しました。上司も私の言い分はもっともだけれど、そういうことは店や上長が対処するからと言われて、それ以来一度もやっていません」

「その後、Aさんが転職していまベゼル・バルビュールにいることはいつ知ったの？」

「今年の春に異動してすぐです。向こうも異動して来たようなので。はじめはお客さんをつれてごく普通に対処していましたが、あの告発記事というか、お気持ち表明記事がネットに出てからはそういうことも難しくなりました」

「ほかのハイブランドのスタッフも知っていたから？」

「そうですね。7000RTはされていたし、業界の人間なら興味をもったと思います。すぐに当時を知っているという何者かからの書き込みが殺到して、いわゆる私を特定するようなレスも増えました」

「あなたはどうしたの？」

「当時のことをできるだけ思い出したメモを作成し、すぐにネットに詳しい弁護士を探しました」

思ってもみなかった返事に、静緒は内心面食らった。NIMAさんのときも十分驚いたが、こうも立て続けにあると、訴訟というものが身近な時代になったのだと実感せずにはいられない。同時にネットというものは便利だが、ささいな書き込みが大火事になることもあることを考えれば利用する側の強靭《きょうじん》なコントロールが必須だ。そして、生まれたときから携帯電話やパソコンがあるZ世代である香野の行動も当然のことなのだろう。

「法テラスで出会った弁護士がネット訴訟に詳しい人で、自分も案件を増やしたいと言っていたので破格で相談にのってもらえました。そのあとのことは弁護士のアドヴァイスに従って動きました。たとえば、口頭での謝罪はするが、メールや手紙での謝罪はしない、などです」

「証拠を残さないため?」

「そうです。相手がどういう人間かわかりませんから」

「でも、謝罪には行った?」

「少々強引ではありましたが、あからさまに無視されてもいたので、とにかく謝罪をしようと。『ご不快な思いをさせたのならお詫《わ》びします』と言うと、謝罪になっていないと。不快な思いをさせたにしろさせなかったにしろ、差別表現はゆるされないのではないか、と言われました」

「なるほど」

「それでも、あえてその表現……、政治家や不祥事を起こした店や会社がよくつかう表現で謝罪したのは、謝罪の内容についてのちのち面倒な突っ込まれ方をしないためです。差別表現……、私がFラン云々《うんぬん》を言ったのはたしかに学歴差別であったし、不適当な言葉で彼女を傷つけたのでしょう。だから謝りました」

　具体的になんといって謝ったのか、続きも聞きたいと思った。ここでもやはり前後の文脈はとても大事だ。

「あなたが段ボールをいつまでも片付けずスマホをいじって、あからさまに店のインスタを更新するのではない作業をして、それが何時間も放置されていたことに腹を立て、上長を通さず直接注意したのは浅はかであったと。きちんと会社に報告して、自分は出過ぎたまねをすべきではなかった。さらに、Fラン以下云々は完全に余計なことであった。あなたやほかのスタッフに聞かれるような場所でうかつに口にした自分が未熟であった、と謝りました」

「………」

　それはなかなかに圧の強い謝罪だ。しかし、それもまた事実なのだろう。大きく違うのは、Aさんはそれをネットという大海に投じた。彼女はAさん一人に直接謝罪を申し出た。

「もちろん、私が自分で蒔いた種です。いい勉強になったと思っていまは歯を食いしばるしかない。私がネットに書かれたことで実名が出ているわけでもないのにここに呼ばれているように、彼女は高級ブランドのサブマネージャーであるにもかかわらず、ネットにそのようなつまらないお気持ち表明をしてしまうのは問題があると思います。

自分のやったことは必ず自分の身に降りかかります。今は徒党をくんで、私に絶対にバッグを売らないと息巻いているようですが、私としてはそれは仕方が無い。彼女が売らないなら、私は彼女以外から買うまでです」

「では、実際Aさんを避けて、わざわざ東京に出張していた?」

「不自然ではないようにしたつもりですが、結果的に鮫島さんにそう思われたのなら、自分の思っているようにはいってなかったのだと思います」

「これからどうすべきだと思っている?」

彼女はそうですね……といったん目線を落としてゆっくりと言葉を吟味した。

「私としては、謝罪はしたし、なにか彼女がアクションをとってきたときのために対策もしました。ミラーサイトのログもとったし、それに関する特定班たちの書き込みや、外部の掲示板でそれをウォッチしていた人たちのログもとっています。もちろんインスタやTwitterもです。彼女のアカウントはお気持ち記事が出る前は鍵がかかっていなかったので、捜し出してできる限りのログは追いました。すぐに削除したっぽいですけど、自分があの記事を書いた的な匂わせツイートがあり、それも特定されていました。私のことや、職場はそこから調べられていったようです」

静緒としては、なるほどと相づちをうつのでせいいっぱいだった。香野はさすがに覚悟して呼び出されてきただけのことはあって、事前に十分プレゼン並に意見を揃えてきたようだ。

「今までは、彼女と仲がいいほかのブランドのスタッフも避けていました。でも、これからはなるべくそういうこともやめて、普通に応対しようと思います。わだかまりは残りますけど、とにかく堂々としていようと」

「そうだね」

「これは、すごく個人的な考えになってしまうんですが……」

「いいよ。話してみて」

「私は老舗の百貨店というブランドに魅力を感じて入社しました。今後、富久丸の仕事をもっと覚えていきたいし、外商でももっと売りたい。人の噂も七十五日といいますが、私は二年くらいかなと考えています。その間にだれにも文句をいわせないほど売り上げをあげれば、自然と風向きは変わると」

つまり、今はAさんに同情して彼女のとりまきをしている他ブランドのお仲間たちも、香野が新しい顧客を連れてきてバンバン売りまくれば、さすがに無視できなくなる。自分がケンカしているわけでもないし、仕事は仕事と割り切って香野とのつきあいを望む者も出てくるだろう。なんといっても彼女は富久丸の社員で、彼女が転職をしない限りこれから十数年はこの小さいけれど大きな宝石箱の中で顔を合わせることになる。ポジションも上がるだろう。どちらについたほうが特か、冷静に判断すれば、いつまでも他人の私怨につきあっている場合ではない。

「長く働きたいんです。だから長期的なビジョンを意識しています。そして、今回の件、いくら自分に落ち度があろうと、軽率にネットにお気持ちを書き込むような人間と仕事はしたくない。そういう人間の周りには同じような人間が集まります。自分と合わない、信用できない人間がだれかが目視できるのは収穫であったと思っています」

言葉の端々に説得力があり、彼女の生き方を感じもした。ある意味、三十前でここまで仕上がっていることがうらやましい。

「なるほど、香野さんの考えはよくわかりました。前にランチ会や時間外でのつきあいをしてみたらと提案したことについては、そういう事情があればちょっと難しいね」

「いえ、鮫島さんのおっしゃったことは当然のことなんです。人事異動などで状況が変わるのを待ちつつ、自分にできることをやって売り上げをもっと伸ばします」

「うん。それもすごく大事なことだし、たのもしいと感じるけれど」

静緒は自分でも珍しく、言いかけた言葉をひっこめようとした。腹部にズキンと痛みが走ったのと同時に、なにかがどろりと体の中からでていった、あの感触があった。

しかも今回は〝大きい〟。

（タンポン替えにいかないと……）

「……次、ここ会議で使うらしいから、そろそろ出ようか」

なんとなく後ずさりしながら先に香野を部屋から出し、恐る恐る後ろを振り返った。まだ股の間にはにじみ出ていないが時間の問題のように思う。さっき替えたばかりなのに、と何度となく同じことを思い直す。フラフラする。面談が終わって緊張状態から解放されたからだろうか。

慌ててトイレに駆け込んで、案の定タンポンが経血を吸収しきれずにあふれだし、ナプキンまで真っ赤になっていることがわかった。これは初潮を迎えてから何度となく経験をしたことだけれど、ショーツにモレてパンツにまで血色のシミができてしまっている。生理中は黒のパンツしかはかないと決めているのでだれにも気づかれてはいないとは思うが、さっきまで座っていた椅子はどうだっただろう。血シミが残っていないといいのだが。

ナプキンとタンポンを取り替えても、ショーツのシミは残る。血シミがまだ乾いてもいないパンツを一日中はき続けるのも苦痛だった。もう一本換えを持ってくればよかった、と後悔する。ユニクロにでも寄って安いのを買おうか。いやそれを選びにいく時間も今日はない。いっそ、男女共有のトイレでパンツの股を洗ってそのまま体温で乾かしてやろうかとも思ったが、残念ながらバックヤードには車椅子用の広いトイレはない。

（あそこなら、中に手洗いがついているから洗えるのに）

もちろん、表のトイレをスタッフが私用で占拠するわけにはいかない。

結局その日は、ずっと自分のお尻と股を気にしながら会議に出た。途中で何度もトイレに行き、ウエットティッシュで股をこすっては血シミをとるということを繰り返して、神経を使いすぎ、ただでさえ会議は苦手だというのにヘトヘトになった。

（ああでもこんな日に外回りじゃ無くてよかった、の、かも……）

さすがに歩いてライト坂を上る元気もなく、タクシーで帰宅した。空調は完璧のはずなのに真冬のように寒く感じた。ああ、そういえばジャケット、面談が終わったらすぐに脱ごうと思って忘れていた。結局体温で乾くくらいまで着っぱなしだった。どうりでずっと寒かったはずである。

「熱でもあるのかな」

行儀が悪いとは思ったが着ていた服をつるす気力もなく、体温を測ろうにも体温計がどこにあるのか捜すのもおっくうで、市販の風邪薬を飲んですぐに横になった。糸が切れたように眠って、どれくらい経っただろう。下半身の重だるさと股の間の気持ち悪さで目が覚めた。ああ、そうだ、ナプキン替えないと、と思い布団をめくると、一面血だらけだった。

「え…………」

　ありえないくらいの血のシミが白いベッドシーツの上に広がっていた。あわててシーツをめくる。ベッドパッドを敷いていたから下のマットレスにまで浸透はしていなかったが、それも時間の問題だっただろう。

（洗わなきゃ……）

　油染みなどとは違って、これだけはクリーニングにというわけにいかない。洗面所でつけ洗いをしようと思ったが、そもそも洗面台に入りきらない。少し考えてバスタブに突っ込んだ。粉末の酵素系漂白剤をこれでもかとぶち込み、お湯をたっぷりいれて、あわててトイレに駆け込んだ。

（だめだ。ジャージにも染みてる。シーツがあんな血だまりだったんだからそりゃそうか）

　続けてジャージもバスタブに放り込んだ。そのままさっとシャワーだけあびて、髪を乾かしている間に桝家が帰ってきた。

「おや、早いですね、今日は」

「……たまにはね」

「鯛《たい》のカルパッチョ買ってきたんですけど、いります？」

「あーー、いまは、生ものはちょっと」

風邪引いたかも、というと、じゃあ、そういうときは生姜汁ですよとなにやらキッチンに作りにいった。そこからまた少し眠ってしまったようだった。

次に起きると、喉にズキンとした痛みを感じた。ああこれは完全に風邪だと覚悟して、風邪薬をとりにベッドを下りた。シーツをかけ直す体力も無くてバスタオルを何重にも敷いて眠ったおかげか、汚れはない。

声を出すのもつらくなってきたので、すぐ下にいるのに桝家にメッセージを送った。〝ごめんだけど、風邪薬のストックある？〟五分ほどして、マグカップ片手に彼が上へ上がってきた。

「完全グロッキーじゃないですか。なにか飲めます？　声出さなくていいですよ、うんとかだけで。これ蜂蜜ジンジャーシロップのお湯割り、こっちが豆腐の入った生姜味噌汁です。好きなときにチンして。なにかいりますか？」

「化粧水……、と乳液……」

シャワーを浴びてからベッドになだれこんだせいで顔がパリパリだった。彼は了解、と短く言うとバスルームの方へ行き、

「わっ」

と声をあげて慌てて戻ってきた。

「化粧水と乳液、これですよね」

「どうかした？」

「えーっと、バスルームが殺人事件の現場みたいになってたんで」

シーツやらなんやらとバスタブに放り込んでいたのをすっかり忘れていた。乳液を顔にすり込むのもそこそこにバスルームに駆け込むと、張っていたお湯が鮮やかな血の海になっている。

「たしかに殺人事件のあとだわ、これは。あー、えーと、でもだれも殺してない」

「いいですよ。わかるから。でもちょっとびっくりしたし、量が多くないですか？」

彼はあっという顔をして、

「まさか、流産とかそういう」

「ない！」

「……答え、早かったですね」

「ないものはない。それに経験があるからわかる」

たしかに稽留流産のときに胎盤ごと出てきて出血することはある。だが、そもそもそういう状況になるなんて身に覚えがない。

「なんだろう。更年期だと逆に生理って干上がるんだけどな」

「あなたまだ更年期には早いでしょ」

「そんなことない。老眼も始まってると思う」

「うそでしょ」

「たぶん」

その後、桝家は「こういうときこそ高級パックですよ！」と高らかに宣言すると、ソファの上でひっくり返って飲むビタミンを吸い込む余力もなさそうな乾燥した静緒の顔にぺたぺたと貼ってくれた。気持ちがいいしいい香りがする。しかしもう動けない。明日のスケジュールも、今日の会議の進捗もなにひとつ確認しないまま寝落ちた。スマホを八時間以上見なかったのは何年ぶりだろう。

朝起きると、顔のすぐそばで桝家愛用の美顔スチームがしゅうしゅう音を立ててまだ稼働中だった。腰が楽になるようクッションが挟まっており、彼がなにもいわないまでも静緒の身に何が起きているのか察してくれたようで、気恥ずかしさもあり、ありがたくもあった。

電子レンジで桝家作の生姜汁を温めている間に、顔を洗おうとバスルームにいった。そこには殺人の証拠となるものはなにもなく、代わりにドラム式洗濯機の中でシーツやベッドパッド、静緒のジャージや仕事用のパンツがほかほかに乾いていたので、桝家が血だまりを流してここにいれてくれたのだとわかった。

八時間ぶりにスマホを見ると、すでに出勤したらしい桝家からメールが入っており、静緒は体調が悪く病院に運ばれたので休みだと職場には言ってあるということだった。

それから九時半にタクシーを予約してあるからそれに乗って芦屋市民病院の婦人科にいくように指示があった。紹介状がなくてもそのぶん特別料金をプラスすれば、緊急性があるものは診てもらえるということらしい。

『内視鏡やCT検査があると思うので、ラフな格好で。午後にAmazonから飲むビタミンの追加が届きます。テーブルの上にシートパックの残りおいといたんで使ってください』

医療ドレスコードのメモまであった。いつも思うが、桝家のこのマメさは心底外商向きだと思う。

昨日もうろうとした状態で顔に貼ってもらったのが、かの有名なエスティローダーアドバンスナイトリペアだったことを知って驚愕《きょうがく》した。これはひとつ一万以上するシートパックの王様である。

(どうりで肌の状態がいいと思った)

市販の風邪薬のせいか頭がぼんやりする。生姜汁をすすり体があったまったところで、九時のアラームが鳴った。桝家がかけていってくれたらしい。どこまでも有能な同居人である。眉だけ描いて家を出た。

タクシーで五分ちょっと走った山の手にある芦屋市民病院で、初診の受付をした。二時間ほど待つのかと思ったがすぐに通され、簡単な診察のあと血液検査と内視鏡検査に回された。待合室で待っている間に、今日訪問予定の顧客に連絡をいれた。午後から出勤する予定ではあったが、どの顧客もなじみとあって、急ぎではないからまた別の機会でいいといってくれた。息子さんの受験につきあった佐村さんからは、慶太くん同様、塾に親身になってもらえないタイプのお子さんを持つお友達を紹介したいと言われていた。

『いいよいいよ。今日はみんなでお茶して楽しくおしゃべりするから』

佐村さんをはじめ、いつもよくしてくださるお客さんたちの言葉が温かく、申し訳なさと、それとは別の空虚だけれど重たい奇妙な感覚が静緒の身をさいなんでいた。

一時間半ほどしてもう一度診察室に呼ばれ、内視鏡検査の結果を見るように言われた。

「ここに筋腫があります。だいぶ大きいですね」

「これは、えーっと、子宮ですか？」

「そうです。卵巣も診ましたが、そっちは特に問題なさそうです」

生理期間のことを聞かれ、そういえば急に経血の量が増えて期間が長くなったと言うと、それは月経ではなく、筋腫からの出血の可能性もあるということだった。

「これだけ大きかったら、おなかも出てくるしむくみもひどくなります。あと、鉄や亜鉛の数値が通常の半分しかないから、完全な貧血ですね」

対応してくれたのは静緒と同じくらいの年齢の女医で、いかにも同じようなケースを毎日診ています、という対応だった。それだけで珍しいことではないのだ、と感じた。

「女性はどうしても三十代後半から閉経にかけてこういう事例が多くなります。失礼ですが妊娠を望んでいらっしゃいますか？」

「はっ、え、っと、いえ、いいえ……そんなには」

「これからご結婚されて、お子さんをというのであれば、早めにとったほうがいいと思います。これだけの大きさだと着床が難しいので」

「はい……」

「もし、もうお子さんを考えていらっしゃらないということでしたら、いまは子宮ごととってしまう方も多いです」

「子宮を!?　とるんですか!?」

「そうです。今はそんなに傷口も大きくなくすみます。掃除機で吸い出すみたいにしゅっと」

「しゅっと……」

その後、子宮摘出についての簡単な説明を受けた。月経がなくなるが、卵巣ホルモンは変わらず分泌されるので更年期が早くに来るということはないこと。もちろん個人差はあるし、とってしまったあとに妊娠できないので、万が一気が変わって子どもが欲しくなるかもしれないということであれば、内視鏡で筋腫を削って除去することはできること。ただし再発する可能性は高く、静緒の年齢であれば閉経までもてば徐々に消えるが、二、三年でまた大きくなって出血を繰り返す人も少なくはないこと。

「お考えはどうですか？　もちろんゆっくり考えてきてもらっても大丈夫です」

「……、どのみちこの筋腫を放置できないんですよね」

「それ以上大きくなったら問答無用で子宮摘出ですね」

レーザーで削って様子を見るか、いっそ子宮ごととってしまうか。ふたつにひとつというわけだ。

「わかりました。ちょっと……、家族と相談します……」

今まで大病をしたこともなく、大きな怪我《けが》もなくこの歳になった。だから、まさか自分に、手術、しかも臓器摘出という大事件がふりかかってくるとは思いも寄らなかった。子宮をとる？　いやそれはいい。このまま持っていても使わない確率のほうが高いし、毎月の辛い生理がなくなると思うと気分が楽になる。いまのような大量出血が続くのは問題外だし、ＰＭＳも年々ひどくなっているように思う。

先生に、鉄や亜鉛が不足すると、体中がだるくなって気分が落ち込みやすくなるとも言われた。最近の自分の優柔不断ぶりには自分自身あきれていたくらいだったから、その理由が単なる老化だけではなく、鉄や亜鉛不足による体調不良からきているとわかっただけでも人心地ついた。

（体って大事だ。仕事は経験値だけじゃない、正常な状態でジャッジできているかどうか。見失ってしまっていたら意味が無い）

会計を済ませた後、薬局で鉄や亜鉛などの錠剤をもらって、次の診察日を確認した。次は内視鏡にするか、摘出するかを決めてこないといけない。しかし、あのときとっさに「家族と相談します」と口に出たが、家族に相談できるだろうか。母の眞子は自分自身も胃がんを抱えているというのに、娘が子宮を摘出するかもしれないと聞いてどんなふうに思うだろう。

（もう孫は諦めてくれたと思うけれど、でもそれと、現実的に可能性がゼロになるのとは違うからな）

思えば前の夫との結婚も、女手ひとつでここまで育ててくれた母を喜ばせたいという思いのほうが強く、あまり自分の気持ちを深く考えることのないまま踏み切ったように思う。いまでは後悔もないし、元夫とも薄い友人関係に戻ったが、この前母が前夫から高級登山メーカーのリュックが届いたと喜んで写メを送ってきたことを思い出した。母はなで肩なのでバッグをうまく肩にひっかけられず、買い物の時だけでは無くどこへ行くにもいつもリュックを使うことを前夫は覚えてくれていたのだ。

母にショックを与えたくない。けれど、もう大量出血の不快感や、月経周期によるメンタルバランスの乱れで仕事に影響を出したくもない。そういえば、いつだったか同僚も言っていた。女性用ナプキンは、あたりまえのように使っている期間が長すぎて麻痺《まひ》しているけれど、自分たちが思っているより高額で、女性の家計の負担になっているのだと。

その日も出血がひどかったので、帰宅後はおなかを温めながらベッドでじっと横になっていた。桜目かなみから、もと同僚の出産祝いについてメールが入っていたので、タイムリーなことだと感心してしまった。同い年でもまだ出産に挑もうとする女性は多いのだ。

『子宮筋腫ができてて、大きいからいっそ子宮ごととったら？っていわれちゃったよ』

やや軽い調子で返事をすると、驚くほどの早さで電話がかかってきた。

「桜目係長、まだ定時前だよ」

『今日は三時あがりだから』

「ああそっか。いままだ時短か」

『猛烈に働いてきたから、だれにもなにもいわせないよ』

会社の規定とはいえ、十五時上がりで保育園に向かう上司を、彼女に出世コースを塞がれた周囲はどんなふうに見ているのだろう。ただ子を産み育てているだけなのに、残業をする人間に気を遣い、人一倍働き、おまえはずるいという視線と闘っている。ただ働くだけなのに、なぜそんな余計な気力が必要なのだろうと不思議に思う。

『私も二回とったよ、子宮筋腫』

「本当に？」

『ほんとほんと。昔から生理痛がひどかったんだけど、筋腫ができたら月に半分生理でさ。もうこんなのイヤだったからさっさと妊活して子ども産んで、子宮取るつもりでいたんだよね。下の子がおちついたらさくっととろうと思ってるよ』

彼女の場合、もう二人産んで目的は達したので、筋腫が再発すれば次はとる一択だと決めているようだった。

『女は歳とると子宮筋腫か卵巣嚢腫《のうしゅ》、どっちかはやるよ。子宮癌の家系の子は二十代で子ども三人産んで速攻とってた。最近は遺伝子である程度わかるので、おっぱいとっちゃう人もいるよね』

そこから、二人の共通の友人たちの闘病の話になったり、自分の経験談になったりと一時間ぐらい話した。不思議なことにただ話をするだけで、口から重荷がするすると出て行ったかのような感覚があった。何も状況は変わっていないのに心が軽くなる。

話す相手がいるということは、こんなにも自分にとって救いなのだと思った。

『静緒は悩んじゃうね、それ』

「そうなんだよ。一人ぐらい産んどけばよかったかな、とか思ったり」

『それもね。当時はがんばってたんだし。そればっかりはもう運』

「だよね」

妊活もした。やれることはやってきた。だから不思議と子宮を失ってしまうことへの恐怖はなかった。

「あのさあ、変なこと聞くけど」

『うん？』

「ぜんぜん話変わるけど」

『いいよお』

「私が転職するかもしれないって、本部とかで噂になったりした？」

いつもは歯切れ良くポンポン返事があるのに、一瞬の間があったのでなんとなく察してしまった。

「そうかー。なってたか」

『……桜目さんは、仲のいい鮫島さんと会社作ったりしないんですか？　とか言われたね。合併でもりあがってたころ。ほら、けっこう本部も辞めたから。ポジション無くした人とかが。私はそんなそぶりも見せてなかったし考えてもいなかったから、これは静緒のほうになんかあるのかなとは思った』

「堂上さんが辞めたじゃない？」

『ああ、それでいっしょになんかやろうって？』

「うーん、実際そういうこともあったんだけど、結局母の病気がわかって止めたんだよ」

かなみは、そうか、と短く返事をした。

「正直、今は子宮のことよりもそっちのほうが気になるかな。ああ、あのとき動いてたらどうなってたのかなって」

『いまからでも遅くないじゃん』

「そう……。それはそう。実際体を壊してみて、ストレスって思ってる以上に体に響くんだなってびっくりしてる。昨日もあんまり気の進まない面談して、氷見塚さんはしょっちゅうコンタクトとってくるし、わけのわからない会議はあるし」

『どんな会議？』

人事や採用に関する意見出しや催事の企画だけではなく、建て替え計画に関するフロアデザインなどにもかり出されている。正直、そういうことは外商の仕事ではないと思うのだが、MANMA・ZONEを過去に当てたことがある静緒の意見をぜひ聞きたいといわれてしまっては断りづらい。

さらにECの充実化やSNSの活用、現代アートを扱う投資目的用のクローズド展覧会や、堂上が残していった高級ランジェリーのトランクショー、はては店舗の私有道路を使った歩行者天国マーケットの一年分のスケジュール作成など、自分でももうなにをやっているかよくわかっていないくらいだ。

『ちょっとえぐいねそれ』

「昔やったことあることではあるけど、その頃は専属だったもん。それがワインと肉を扱うキッチンカーを出して人を呼び込んで、とにかく水物にお金を落としてもらう、そうすれば地権者のレストランだって文句をいわないから、とにかく外を活用するのが大事だって、そんなの私じゃ無くても企画部のだれかがよくわかってるじゃない。なのに〝鮫島さんは当てたことがあるから〟〝企画がすごく良かったから〟って。そんなのワインと肉が成功したなら、次はコーヒーだってだれでも思うと思う……」

『だれでも思いつくわけじゃ無くて、静緒はイベント考えるのばつぐんにうまいし才能あるとは思うけど、まあ、計略だよね』

さすがに本部で頭一つ出る出世をしている彼女には、静緒が愚痴った内容の本音の部分がよくわかっているらしい。

『静緒さ、もう氷見塚さんに利用されるの、いやになったんでしょう』

「……うん」

『そうなると思った』

かなみはまだ話したそうだったが、お迎えの時間が来てしまったということで、いったんそこで会話は切り上げた。

（そっか、私が転職する気があったってこと、本部にも知られてたんだな）

堂上ほど業績を上げた社員が辞めるとなれば、会社は転職先を調査するかもしれない。彼はフリーになると聞いていたから、葉鳥のように一部富久丸との仕事を継続している可能性もある。自然と彼がいまなにをしているのか情報も漏れるだろう。井崎耀二とローベルジュの名前が出れば、静緒がかかわっているだろうことは容易に想像がつく。

また下腹が痛くなってきたので慌ててトイレに駆け込み、痛み止めを飲んだ。言われてみれば、この半年くらいずっと生理中だったような気がする。終わってもすぐに始まるし、出血量も多くなっていたが、「更年期なのかも」と自分を納得させて流してしまっていた。よくよく考えれば更年期なら出血量も減るし生理の回数だって少なくなる症状が出るはずなのに、気分がよくないのも決断力が鈍くなったのも、すべて歳をとったせいにして自分の体と真剣に向き合ってこなかったのだ。

その結果、ありとあらゆることが中途半端になってしまっている。部下への対応も十分ではないだろう。健康ならもっと適切な態度がとれていた可能性はある。氷見塚に対しても警戒が薄すぎた。いつもの静緒ならあらゆるところから情報を集めて対策を練っていただろうに、日々の忙しさと倍増した仕事と責任に追われて、いつもの冷静さを失っていた。

（いや、それも氷見塚さんの作戦なのかもしれない。私の仕事をどんどん増やして使えるだけ使い、疲れて自分に対して反抗心を持たないくらいにまで追い詰める。もしくは、どうせ転職をするかもしれない相手なのだから使い潰してもいいという考えなのかも）

静緒にとって一番面倒なのが、本部の社内政治に間接的に巻き込まれているパターンだ。氷見塚にとってすれば静緒は紅蔵の派閥の先発隊である。その静緒を潰すか手《て》懐《なず》けるか、それとも静緒にどんどん仕事を押しつけてパンクさせ、あらを探し指摘する。静緒のミスは紅蔵の面目を潰すことにもなるだろう。直接の指示系統になくても、紅蔵が静緒を推していることは社内なら周知の事実だ。そして静緒の結果は紅蔵の手柄にもなってきた。それでいいと思っているし、そういうものだとも理解しているが、菊池屋から来た氷見塚にしてみれば、周囲が富久丸で固められている中で自分の足場を固めるとしたら、紅蔵に対してイニシアチブをとるしかない。

自分がどうこうするのではなく、静緒が自滅することで紅蔵にミソをつける意図があるのかもしれない。彼女には、静緒が手柄をたてても、ミスをしてもどちらでも収穫がある。

そういう人の下でずっと働くことを考えると、向かう先にどんよりとした雲が待ち構えているかのようで気が重くなった。あの嵐の中に向かうのか、これから雨と風を浴びるのか、いま道を変えなくてもいいのか。

（道を……）

珍しく家のインターホンが鳴った。この家に訪問する人間は多くないし、ネットの宅配などはすべてロッカーを使用するためめったに鳴るところを聞いたことがなく、すぐドアホンだと気づかなかったくらいだ。

カメラで訪問者を確かめると、なんと驚いたことに母だった。予想もしていなかったので思わず三度見した。

「え、お母さん!?」

慌てて一階のロックを解除し、母がエレベーターで上がってくるのを待った。さすがに部屋着すぎて下まで行く勇気はない。部屋のドアを開けてアプローチの施錠も解き待っていると、見慣れたリュック姿の母がエレベーターから出てきた。

「あんた、メールしたのに」

「ごめんごめん、気づいてなかった。最近メールのほうはめったに見ないから」

両手いっぱいに紙袋やらなんやらをぶら下げている。とにかく入ってもらって、母を荷物から解放させたかった。

「こんな重たい荷物もったらあかんやん。病人やのに」

「タクシーできたからどってことないのよ」

そうして、ポーチを通って吹き抜けのリビングルームから見渡せる景色に、ほうっと感嘆の息をついた。

「何度見てもすごい家やわあ」

下のフロアは桝家の居住区なので、荷物をもって上に上がった。母は何度も階段を上がっては振り向き、あちこち眺めながらすごいわあと繰り返す。

「あんたこんな家に住んでて、お母さんとちっちゃいマンションで暮らせるのん？」

「そこまで庶民感覚抜けてません」

「前も来たとき思ったけど、広すぎてどうやって掃除するんやろうて。あのシャンデリアとか」

「シャンデリア専門の掃除やさんが来る」

「ほんまに!?」

母の言うとおり、高い位置にある照明や飾りや窓は、とても個人では手が行き届かないため、シーズンごとに専門の業者に洗ってもらったりする。ルーフバルコニーや外の窓サッシは共用部分なので管理組合から清掃業者が入って、気がつかないうちに綺麗になっている。そういう莫大な共益費はすべてこの部屋の現オーナーである桝家の母四季子《しきこ》夫人が支払っている。よくよく考えれば恐ろしいことだ。

「このリュックの中、ぜんぶタッパー？」

「そう。おかず。そっちはこのまえ炊いた佃煮。こっちはゴボウとピーナッツのきんぴら。にんじんしりしりと……、そっちは全部魚の煮付け。これはあんたの好きな黒酢のやさいあんかけと、アスパラの肉巻きとベーコンじゃがいものチーズ蒸しと、アサリの炊き込みご飯」

ざっと一ヶ月分はあろうかという量のタッパーにつまったおかずがテーブルの上にずらりならんだ。

「桝家くんから連絡があったのよ。あんたが過労で倒れたって」

「えっ、なんで桝家がお母さんの連絡先知ってるの？」

「この前、三ヶ月くらい前だったかな。正月に帰ってくるかわからなかったから顔を見に寄ったんよ。ほら、西宮のお友達のところに寄ったあとに。あんたはいなかったけど、あの子がいて、連絡先交換したの」

「はあ……」

いつのまにか母と桝家がメル友になっていた。静緒の知らない間に。

「あんたが元気にしてることとか、一週間に一回はメールくれるのよ。この前はヒサくんから立派なお見舞いが届いたわ。あんたより周りの男子の方がよっぽどまめに連絡してくれる」

「すいません……」

それはええねんけど、と母は話を急ぐように言った。

「体だいじょうぶなの？　市民病院で検査してるって聞いたけど」

「ああ、それは全然大丈夫、まあよく聞く話」

子宮筋腫があることと、そのせいで月経過多になって貧血がひどかったことなどをさっくり話した。母も覚えがあるのか、それほど驚いた様子は無かったが、

「仕事が忙しすぎるなら、ゆっくり休んだらいいやないの」

なにかを察したのか、それとも桝家から聞いているのか、婉曲的《えんきょくてき》に転職について触れてきた。

「静緒がそんなに芦屋に家が欲しいなら止めへんけど。新長田に家もあるんやし。住むところさえあれば当分はなんとかなるんとちゃうの？」

「……うん。そうやね」

「とにかく、悪いもんははようとった方がいいと思うけど」

「子宮、なくなってしまうかも」

「あんたがいなくなるわけやないやないの。あんたが楽なほうがええのよ。それでなくても世の中しんどいことばっかりやねんから」

いつも母が実家で出してくれる味そのままに、反応もあっさりとしていた。

「あんたが好きなように生きたら。お母さんも好きなように生きてる。自分がなにをしてたら幸せかじっくり考える時間がいるんやと思うよ。あんたみたいな歳は仕事に押し流されてそういうことを考えられないような社会になってる。それで体をこわすんやからね」

母はそれだけ言い置いて、あっけないほどにあっさりと神戸の家へ帰っていった。亡くなった清家弥栄子さんと同じことを言っていた。流されてなにも考えられないまま人生が終わってしまうよ、と。

(私も、あの歳になったら同じようなことを感じるのかな)

昔から、母子家庭とはいえ静緒は母となんでもべったり話し合ったり、一緒に出かけたりするほうではなかった。やりたいことや興味があることが常にあって、母にはほとんど事後報告だった。母はそんなとき「なんでもやってみたら」としか言わず、しかし一度も反対したことはなかった。結婚の報告も、離婚のときですら理由さえ聞かずに、「わかった、おめでとう」「わかった、お疲れ様」としか言わなかった。

いつだったか、二人で父の墓参りに出かけたとき、住吉の高台にある霊園からの坂を、二人してぽてぽて歩きながら海を見て、ぽつりと言った。

『生きてられるうちに、好きなことやらんと』

事故で命を奪われた父には、やりたいことがいっぱいあっただろうし、母もそのことを熟知していただろう。二人して老後はこんなことをしたい、あんなことをしようと話したこともあったかもしれない。父は、生きてはいられなかった。父の事故以来、人が生きているのはただの偶然なのだと母の心に強く刻まれているのだろうと思った。

「私にとって幸せなことは、なんだろうな」

誰もいなくなった家でソファにだらしなく寝そべりながら、天井を眺めて独りごちる。私にとっていま、一番嫌なことはなんだろう。嫌なことはいっぱいあるのに、何が一番漬物石になっているのか考えたことがなかった気がする。

「利用されているのがわかっているのに、このまま黙っているのがイヤだ」

言葉にするとすとんとボトルネックのようなものが消えてなくなった。それに対処するにはどうしたらいい？

「氷見塚さんに、正直に話す」

腹芸を続けるほど自分は人間ができていないし、給料のためだけにストレスに耐えてまで上にあがりたいとも思っていない。

「本当に？　出世できなくてもいいのか？　給料も上がらない、それでいいの？」

本音を言える自分にひたすら球をなげるように自問自答する。

「……よくない。給料は欲しい。でも葉鳥さんのような道もある」

富久丸の外商部でトップ10の売り上げを誇る外商員は、たいてい管理職の業務から外されている。とにかく顧客が特殊でもあるし、富久丸外の買い物や相談にも付き合うからだ。しかしそれで売り上げが数億円ともなれば、会社はそのアベレージを落としてまで管理職になれとは言わない。結果、年次は上で売り上げも常にトップだが、肩書きがない外商員が複数存在する。そして会社は彼らをきちんと評価する物差しを持っているのだ。

「サンドバッグになりながら上を目指すことはしない。給料は諦めない。そのことを上に伝えよう」

香野が自分に飾らない意見をぶつけてきてくれたように、自分だって彼女にぶつけてもいいはずだ。……もし、それで氷見塚にへんに逆恨みされ、面倒なことになったら？

「辞めるという選択肢がある。お母さんの言うように、少し休んでもいい。家にはこだわらない。ローンだって、組めなくなったらそれはそのとき。それに現金の方が強いはず」

多分自分は結婚しないこと、子どもを持たないことへの負い目を、家を買うことで晴らしたかった。芦屋に家を買って、母に自分はこんなにも幸せだとアピールしたかった。たぶんその思いはどこかにあった。

「ローンがなんだ」

もっとインカムのある仕事を探せばいいだけだ。思考をポジティブに切り替えれば、今まで自分がこだわっていたことが、実はほかにも解消する手段があることに気づく。

「なにが自分を幸福にする？」

するともやもやがウソのように霧散していく。

「これからなにをしたい？」

私の人生の中で、なにが楽しい思い出として刻まれているだろう。つぎからつぎへと記憶が浜辺に押し寄せる波のようにやってきて息が詰まりそうになる。そのなかから、最も重要で、目立つ貝殻のようなものを見つける作業。波が去った後に、これだけは自分の人生から去って欲しくない瞬間や、ビジョンや、思い出を。

「だれかに頼られて、その問題を解決するのが好きだ」

あの、問題を解決する糸口を見つけたときの光がはぜるきらめき。うまくいったときだけではない、困難に立ち向かっているときですら、台風の目の中で足を踏ん張って体中で風を受けているような爽快感がある。万事うまくいったときや、戦略がピタリとはまったとき、唯一のものを見つけたときのお客さんのぱっと輝く顔が静緒を幸せにする。そしてそれ以上の温かさを静緒に与えてくれるのが、信頼だ。

人は地位が上がるほど、年齢をかさねるほどに様子見をするようになる。火中の栗を拾おうとはせず、いざというときどうとでも動けるように保身に走る。それを悪いこととは思わない。だれだって自分が一番大事だし、自分を守ることは家族を守ることでもある。ドラマのようにだれかに寄り添って何もかもなげうってるような人はまれだ。

だからこそ、外部の人間はそれができる。人生で本当にしんどいとき、辛いとき。例えばＮＩＭＡさんの裁判。家族のない彼女がたった一人で巨大な興行界に立ち向かう。どんなに重荷だろう。佐村さんの受験だってそうだ。息子さんの人生がかかっている。知らない土地で、ご主人の協力も得られず義実家からは圧を受けるだけ。家族を捨てるという大きな決断をした鞘師さんの家出にせよ、不登校になりかけていた鶴さんの孫を世界に連れ出すきっかけになったことにせよ、直接富久丸に置いてある商品とは関係がない。静緒のしたことは、彼ら彼女らが困難にぶち当たったとき、一人にしなかったことだ。

仕事だから寄り添えた。友人ならばたぶんできなかった。そういうことが世の中にはたくさんあることを改めて知った。弁護士も裁判官も警察も仕事だからできること。ある意味他人事だからこそ積極的に関われる。外商とはそういう仕事のひとつだと静緒は考えている。

困難に寄り添い、孤独を分かち合って心を尽くしたあと、人は信頼を寄せてくれる。

それはただ商品を売り買いしているだけでは得られない太い縁だ。あの大きな温かい贈り物を受け取ったあとでは、あれに勝る人生の喜びはないのではないかとさえ感じてしまう。

「素敵なお客さんに出会いたい。その人生の一端を、モノやモノを通じたなにかで支えたい」

言葉にすればとてもシンプルなことだった。ようやく言語化できたと静緒はほっと体中から力を抜いた。まるで長い間ずっと抱えてきた夏休みの宿題のようだ。やっと次の段階の自分へ提出することができる。

長い間、自分の願望を言語化したり表に出したりすることをしないでいた。そういう衝動を表に出さないことがいい大人の証であるように錯覚してきたのだ。けれど、表に出さず押しつぶすのと、うまくコントロールしていくのとは明確に違う。自分の欲は表に出してもいいのだ。きちんと制御さえできていれば、やりたくないこと、やりたいことを伝えてもいいのだ。

すうっと体中のこわばりが抜けていき、そのまま自然と寝落ちた。起きたときには下のフロアに明かりがついていて、すでに時間は午後八時を回っていた。喉の渇きを覚えて水を飲みにいくと、下から、起きたんですねと声がかかった。

「どうでしたか。僕に言える範囲でいいんで教えてほしいです」

その緊張して少しこわばった頬を早くなんとかしてあげたくて、病院で言われたことを全部ありのままに話してしまった。

「まあ、だから。ふたつにひとつで。レーザーで削るか子宮をとるかってそういう感じ」

「女の人は男より臓器が多いから大変だな。はやく人工子宮が開発されればいいのに」

百パーセント同意しかない返事があった。

「男性不妊治療は進んでて、男の精子のかわりは皮膚の細胞からもつくれるらしいですけど、子宮は変わりがないですからねいまのところ。……なにか俺にできることありますか?」

「もう十分してもらったよ。桝家が勧めてくれなかったら、まだ病院にもいかずに一年ぐらい過ごしてたかも」

「そうだろうと思いましたとも。あ、いま食欲あります?」

「ある。おなかすいた」

少し待っててくださいと下に戻って、キッチンでなにやらごそごそ支度をし始めた。

「実は今日、前に静緒さんが話してたすぅぷ屋さんの社長さんがいらしてたんですよ」

「えっ、月居さん？」

「そうそう。鮫島さんの体調はいかがですかって。たくさんすぅぷだのローストビーフだの持ってきてくれて。これぜんぶあのお店のやつですね。おいしそう」

こんなに早くどこから漏れたのだろうと思ったが、そういえば一樂さんと会う予定を急遽キャンセルしたのだった。体調不良としか伝えなかったが、すばやく月居さんに伝わったのだろう。

「桝家も食べなよ」

「ローストビーフいただきます」

「オマールエビのビスクにバゲットを浸して食べると最高のワインのあてになるんだよ」

「もうちょっと元気になってからですね、ワインは」

なにか手伝おうと下のフロアのキッチンへ向かった。最近桝家は家で自炊をしていることも多い。今までは外食上等、冷蔵庫より冷凍庫のほうが重要、宵越しの銭は持たない典型的な港区男子がなぜか関西でゼニアを着て歩いている生活ぶりだったが、どんな心境の変化があったのか、ご飯をジップロックやタッパーで小分けに冷凍し、中庭でプチトマトを作ろうとする（ちなみに中庭には虫が来ないので受粉せず実がならないことを彼はいまだに知らない）暮らしをするようになった。あの桝家が自炊！

野菜を切るのもめんどうくさいと、コスパ度外視だった男がレタスをちぎっているだけで感動してしまう。

「バゲットもいいですけど、このオマールエビのビスクに贅沢にもひやご飯を投入すると、ぜったい美味しいと思うんですよ。ここのすぅぷって美味しくて思わずご飯をいれたくなりますよね」

「待った！」

いままさにタッパーをひっくり返して鍋にご飯を入れようとしていた桝家は驚いて、

「え、どうしました？」

「写真撮るからそのまま」

「はい？」

「いいからそのまま！」

頭の中にドドドドドドッとひらめきの大群が、見たことはないが猛牛の群れのように押し寄せてきて、思わず手が動いた。

「……これだ。これですわ」

「あの、ご飯どうす……」

「いれて。ありがと！　おいしそう！」

下腹の痛みも空腹もすっかり忘れて、仕事のメールを何通も連続でいれた。けだるさも肉体的な疲れも腹痛もふっとんで、急に血流が倍速で流れ始めたようなわくわく感しかない。脳からなにか出ているのがわかる。夢中で頭を回転させてスマホの画面とにらみ合っていると、桝家がオマールエビのビスクにご飯をぶち込んだだけの簡易リゾットをもってやってきた。

「めちゃめちゃいい匂い」

「でしょう？　おいしいものって、野菜炒《いた》めでも煮物でも、なんでもご飯を入れたくなるのって日本人独特の感覚ですよね」

疲れて病気になったときに、家に自分のためにリゾットを作ってくれる人がいて、それが夫でも家族でもない異性の同僚だというのがなんとも不思議だったけれど、でも本当はなにも不思議がる必要はない。黙ってリゾットを味わい、水を飲み、話さなくても居心地が悪くならない相手がこの世にいて、助けてもらえる距離にいることのありがたさ。

「……病気になって結婚を考えたり、看護師さんと恋におちる人間が多いのもわかる」

「結婚します？」

「パートナーシップ制度だったらなあ」

「そうなんですよねえ……」

「桝家には素敵な恋愛をしてほしいと思ってるんだ。その上で近くで祝福したい。あんたまだ若いんだから」

「ゲイの間では、五十問題っていうのがあって。三十過ぎから同居して夫婦も同然だった相手に五十で振られると、パニックになって現実が受け入れられなくて、もうあとがなくなるっていう。だから慎重になりすぎてるのかもしれません」

「あとがないなんてことないでしょう。異性間でも同じじゃない？」

「絶対数が少ないからかなかなか相手が見つからないんですよ。マッチングアプリでもヤリモクばっかりで。あとはねえ、若い頃みたいに傷ついたり傷つけ合ったりすることが面倒というか、しんどくなってきたんですよね」

出会った頃恋愛こそ人生の刺激で喜び！と声高に謳っていた彼とは思えない言葉に静緒は驚いた。

「アプリでいいなって思ってマッチして、会っていい雰囲気になってやっちゃうまではいいとして、そこから先なんですよ先」

「やっちゃうの先……」

「こっちはなんとなく、これから何十年も一緒にいられる人かどうか探っちゃうんですよ。相手の職業とか経済感覚とか気になって。そういうのが伝わると、面倒がられてそこで終わったりする。友人の中にはアプリやめて結婚相談所に切り替えた人間も多いです」

「今はいろんなセクシャリティに合わせたサービスがあるよね。自分に合うものがあれば……。セックスなしの夫婦とか、別居婚前提とか、お互いが合意の上であればいいわけなんだし」

「問題は、俺の場合、ある程度の実家の太さと外見と金銭感覚と体の相性と食の相性があって、面倒な親戚もいなくて自立してる相手ってなると、ほぼいないことはわかってるんで、さてどれを我慢すべきなんだ？　でも妥協するぐらいなら結婚なんてしなくてよくない？　いや、そんなことといって老後どうするんだよ、の繰り返しで」

「私と同じじゃん」

「でしょー。だから俺等相性がいいわけなんですよ」

「そんなに条件考えなくてもいいと思うけど。私と桝家の場合でも、実家の太さも金銭感覚も違うし、外見はもちろん異性だから違って、体もなしで、合うのは面倒な親戚がいなくて自立してて食の相性だけなんだから、最初から面倒な親戚がいなくて自立してて食の相性が合う相手を探せばいいんじゃん？」

「……うーん、そう言われてみるとそうかも」

二人して、トレイの上に並べられた魚屋のカレイの開きのようにきれいにカーペットの上に同じ方向で並んで寝そべりながら、歯も磨かずに何時間もそんな話をしていた。

「で、明日出勤するんですよね？」

「する」

「……そうだろうと思いました」

俺は健康体なんでローストビーフもいっときますね、と桝家が第二弾を解凍しにかかったので、私ももう健康体だよ、と横割りをして半分肉を奪った。

＊＊＊

月居さんと会ったのは、初めて静緒が彼女に会った阪神西宮のスタバだった。あのときと同じく、彼女は律儀にも時間より大分前に来て席をとっておいてくれていた。

「こんにちは」

「お忙しいところ、お時間ありがとうございます」

コーヒーに口をつけ、昨日のすぅぷの差し入れのお礼もそこそこに、静緒はバッグからiPadを取り出し、彼女にいくつかのポスターの画像を見せた。

「……ええと、これは」

「ローベルジュにいたときに実際に使用した催事用のポスターです。木枠の許可が出たので、店舗の上につりました。最初にシュークリームを出したときのものです」

ポスターは四種類あり、子どもや大人、老年の夫婦、女子高校生がそれぞれ生クリームがぎっしり詰まったローベルジュのシュークリームにかぶりついている様子を撮影し、作製した。

「特筆すべき点は、シュークリームの中身が詰まっていることがわかる断面が見えることと、キャッチです」

「キャッチ……」

どのポスターのキャッチも、「ほおばる」。巨大なフォントでその四文字だけを置いただけのシンプルなものだ。しかしそれだけに大きく目を引く。

「私は商品というのは質と宣伝、どちらもバランスがとれて、さらに質が高いことがヒットの条件だと思っています。月居さんのすぅぷの場合、質は高くリピーターも多いのになぜ銀行が融資を渋っているのかずっと考えていました。私なりに考えた理由が、宣伝の薄さです」

「……それは、そうですわ。やけど宣伝にお金はかけられんて」

「だれしも、起業しはじめはそうですよね。でもポスターは自分で作れます。キャッチも自分で考えプロデュースするものです。月居さんのすぅぷの場合、どこのだれに向けて売りたいものなのか商品だけ見てもよくわからない」

「それは、前にもお話ししたとおり、比較的インカムの高い都市部のワーカー層やファミリーに……」

「一目で伝わらないと」

「えっ」

「それを口で説明することなく伝えられないと、宣伝ではないんです。月居さんの商品にはそれがありません。だから、銀行も二の足をふむ。厳しいことを言うと、世の中に質のよいものはたくさんあるのです。手間暇をかければたいていのものは質がよくなる。だからこそ、商品というのは目立つものから選ばれる」

彼女は困ったように視線を泳がせ、最後に静緒の出したiPadの画像を眺めた。まるでそこに答えがあって、なんとか謎を解こうとしているかのようだった。

「キャッチが必要なんですか？　銀行からお金を借りるのに？」

「……ご存じかどうかわかりませんが、私の製菓業界のキャリアは、井崎耀二の専門学校に入学したときからなんです。学校では実技だけではなく座学もしっかり単位があって、私はその中でもマーケティングを専門に学びました。その中で、一番印象深かった授業がライセンスと法律に関する授業でした。あるアメリカの広告代理店とイギリス人デザイナーの裁判で、ウッドvVSレディ・ゴードンという、契約法を書き換えた裁判があります。法律やライセンス業に携わる人なら一度は勉強するほど有名な訴訟事件です」

「契約法……」

「いえ、お話ししたいのはアメリカの法律に関する難しい話ではなくて、敗訴したレディ・ダフ・ゴードンという女性デザイナーのことなんです。彼女は一八六三年生まれの労働者階級出身で、ファッション界でいくつもの革命をもたらした人です。まず、女性をコルセットから解放して柔らかい生地でのナイトウェアを開発しました」

「へえ、コルセットを……」

かつてぎゅうぎゅうに腰を絞ることが女性の美とされていた時代があったことを、月居さんも知識として把握していた。

「それだけでもすごいことですが、彼女の業績はそれだけにとどまらないのです。まず、キャットウォークを考案し、一気に普及させた」

「キャットウォーク？　すいません、ファッションには疎うて……」

「モデルに服を着せ、ランウェイを歩かせてデザインをお披露目することです。これはルーシー・ダフ・ゴードンがオペラなどの演劇を参考に世界で初めて発明したといわれています」

ルーシー・ダフ・ゴードンの生涯は成功と発明とスキャンダルに満ちている。労働者階級出身、シングルマザーとして生活費を稼ぐために始めた小さなブティックからのし上がり、やがては莫大な富を自力で手に入れ、ついには貴族と再婚する（彼女はあのタイタニックに乗船し、救出されたことでニュースにもなった）。資料を読めば読むほど、契約法そっちのけで静緒は彼女に夢中になった。コルセットから女性を解放した偉大なファッションデザイナーの一人であると同時に、彼女には卓越した宣伝のセンスがあった。現在までにつづくランウェイスタイルを確立させただけではない。彼女はキャリアの最初のほう、ナイトガウンなどを売り込む際、モノだけではなく、モノに物語風の長いタイトルをつけて売ったのだ。

「たとえば、仮面舞踏会での二十年ぶりに幼なじみに再会したとき着るべきドレス、や、夫以外の特別な存在のために用意すべきナイトガウン、など、具体的で少しスキャンダラスさを感じさせる先鋭的な説明文をつけました。そうすることによって、消費者がそのモノを手に入れたら自分がどうなるか、を想像しやすくしたのです」

商品を売るには物語が必要なのだ、とそのとき静緒は強く思った。それは高価なドレスであっても、安価なシュークリームであっても同じ。それを手に入れたときに自分がどうなるか明確に表示、あるいは消費者側が想像できなければ購入衝動を呼び起こすことはできないだろう。

彼女の革命は、コルセットやキャットウォーク、商品の物語風説明だけではなく、当時のクチュリエとしては異例である、ジャーナリストと組んで雑誌の連載をもったことなどもあげられる。とにかく情報を出すことと、新しい戦略に長けていた彼女は、高級ブランドとして成功を収めた自分の「ルシール」を、アメリカの広告代理店とライセンス契約し、ルシールの商標を使って安価な商品を作製、販売する許可を出し、そのやり方を普及させた女性でもあった。つまり、彼女の名前がブランドとして通用するほど人気が高まると、自分自身の労力を割かずに、ブランド力が欲しい下着や香水、アパレルメーカーに名前貸しをして、ただの一介のデザイナーではなく、大手ライセンスベンチャーとして君臨したのだ。

彼女の華々しいキャリアは数多くあれど、手法は一貫している。情報を出すために、違う業界のやり方を取り入れ、組むことだ。ジャーナリストと組んだのも、物語風の説明文をつけて売り込むのに効率が良いためだし、演劇界から取り入れた要素でランウェイを発明したのも、一気に情報を効率よくお客に提示するためだ。

雑誌にしてもランウェイにしても、お客の心をつかむのは一瞬。その情報の出し方が全てである。君斗がヨージ・イザキの名前を冠したECベンチャーを合同で作ると声をかけてきたとき静緒の心が動いたのも、女性キャリアの大先輩であるルーシー・ダフ・ゴードンのライセンスビジネスに感銘を受けていたからだった。ブランド力を高めたあと、うまくライセンスビジネスを展開するのは、どの企業も通るゴールデンルートなのである。

「一目で、効率よく情報を出す。それには物語を連想させるキャッチとビジュアルが大事です」

「そうかぁ……、インスタの講習会に行ったことがあるけど、たしかに写真だけでやなく、意味深な一言を添えたり、ポエムみたいな、歌詞のようなものを一緒に投稿したほうが注目度が上がると言われましたわ。あれって、物語なんやね……」

うんうん、と自分を納得させるためか、何度もうなずく。

「うちのすぅぷを買おう、と思う物語が必要なんやね。それを伝えられてないから、当然銀行の人にもつたわらへん」

「私のときは、……もうずいぶん前の話ですけど、そのルーシー・ダフ・ゴードンが二百年前にやった手法とほとんど変わってないんです。ようは「簡潔に物語をつたえる」そのための〝ほおばる〟というシンプルな言葉と、シュークリームをほおばった子どもや大人の顔、おばあちゃんと孫、女子高校生、カップルと犬。ほおばったらこんなに幸せ、という顔、もっというと笑顔そのものが物語でした。この広告は今見るとつたないですが、それでも〝ほおばる〟という巨大なフォントによるコピーはインパクトがあってよかったと思います。月居さんの場合は、ローベルジュのシュークリームとターゲット層が違います。ひとつ百円台のものではない。そこそこの価格帯のすぅぷを買って欲しい層は、とにかく疲れた人です」

「そうです」

「その疲れた人に刺さるキャッチ、物語性に共感でき、欲しいという衝動が生まれる言葉と写真を選ばなくてはなりません。そこで、ためしに私が作ってみました」

昔、カリカリ動きながらすぐに固まるMacを動かしながら作ったときとは違い、いまはスマホですぐにそれっぽいラフはできる。しみじみ便利な時代になったものだと思う。

「これは、ほんとにただのラフで、こんなかんじで、と見てもらうためだけに作ったので、参考にだけしてもらいたいのですが」

と前置きして、画像を見せた。それは昨日、自分のためにオマールエビのビスクにひやご飯を入れようとタッパーを手に鍋をかき混ぜている桝家の、後ろ姿だった。その写真にキャッチをのせている。『ごはんをいれたくなる〝すぅぷ〟』

「日本人って、なぜか体が弱ったときにぞうすいとかおじやとか欲しくなるじゃないですか。おいしいお鍋のあととか、無性にごはんをいれて食べたくなる衝動って、共通にあると思ったんです」

「この写真、ええですねえ」

月居さんはタブレットを引いたり、近づけたり、スワイプしたりしながら熱心に桝家の背中を見て、

「ほんとにこれ、うちのすぅぷにご飯いれようとしてはるところなんですね」

「そうなんです。たまたまそういう感じになって。それで慌てて撮って」

「でも、そういうふうに使ったってほしいんですよ。弱ってるときにこそ、体にいいもので、本当に美味しいものをとってほしい。そのためのすぅぷ庵なんです。そうかあ、たしかにこういう風に銀行の人にアピールしたことはありませんでした。こういうものが必要なことも、見てはじめて気づきました。ありがとうございます！」

もちろん、これはただただ思いつきを形にしただけなので、月居さんが必要なことに気づいてさえくれれば、彼女の案に添ったアピール資料を作れば良いと思う。

「あのお、これ参考にいただけたりしませんか？」

「あ、本人にも許可もらってるんで大丈夫ですよ。お送りします。どうせ背中だし、キッチンもろくに写ってないんで」

「こういうものが必要だと、私に教えるために、今日わざわざいらしてくらはったんですか？」

「あ、いえ、それもあるんですけど、私なりに必要だと思ったことを全部伝えようと思ってきました。これは事業計画書に付け加える資料の参考に。一番お伝えしたかったことは、もっとほかのことです」

他人の家庭の事情に立ち入ることがどんなに無粋でデリカシーがないことなのか、

静緒とて重々承知している。しかし、自分と同じ年代の、女性起業家としての彼女をできる限り応援したいと思っている。自分には出来ないことにチャレンジした彼女を尊敬もしている。そのためになにが欠けているか、足りないのかを自覚するきっかけになってくれれば。

「月居さんにいただいたすぅぷ庵のすぅぷ、どれもほんとうに美味しかったです。心も体も疲れ切っているときだったからこそ、こういうものが家の冷凍庫にあるというだけでどんなに気が楽だろうと実感しました。もっと広まってほしいし事業も継続してほしい。だからこそ、厳しいことも言わせてください」

「どうぞ言ってください」

彼女の声は、不思議なほどに落ち着いていて、その心構えひとつで静緒は彼女をもっと応援したくなった。

「ありがとうございます、では言いますね。ご実家のお名前はできるかぎり出したくないとおっしゃった、そのお気持ちは十分に理解したつもりです。私も仕事柄、富裕層の方とお仕事させていただく機会があり、中にはいろんな方がいらっしゃいます。月居さんのような家庭の事情を抱えている方もすくなくありません」

「よく聞く話やから」

「その上で。やはり銘月リゾートのお名前は全面的に出すべきだと思います。その理由をご説明します」

彼女は、私になにを言われるか想像がついていたのか、それとも同じことを浴びるほどに言われてきたのか顔色ひとつ変えなかった。

「月居さんが手がけられたすぅぷがどうしてこんなに美味しいのか、ずっと考えていました。オーガニックを扱ったレトルトや冷凍を扱う会社は山ほど在ります。でも、裏京都の片隅で始まったすぅぷの店がここまで熱いリピーターに支えられているのは、必ず明確な理由があるからです。それがいったいなんなのか。私は、月居さんが月居家の人間であったからだと思うのです」

いままで朗らかな日向《ひなた》のような笑みを浮かべていた彼女が、初めて眉をぎゅっと寄せてわからないという顔をした。

「家、ですか」

「そうです。あなたは、おそらく小さい頃から選別された食材で、料理人の作ったものを毎日口にしていたはずです。学校に持って行くお弁当も家のシェフ、あるいは家政婦さんが作っていた。そうではありませんか」

「そう、やけど」

「家に農家から直接野菜が届き、料理人が仕入れてきた新鮮な魚を食べ、お勝手にそれぞれの専門職が出入りする……、そのような家で育った人間は、自然と舌が肥えます。月居さんはとくに自覚がないかもしれませんが、おいしいものとおいしくないものを食べ分ける味覚に優れているはずです。それは、もう生まれたときから何十年もそういうものを口にしてきた人間だからこそ発達した特性なんだと思います。そのあなたが選んだ料理人は、おそらく家に出入りしていたシェフよりもさらに腕がいい。つまりあなたがおいしいと思うものは、選び抜かれた食材で作る専門家の料理よりもさらにおいしい。だから、これほどまでに熱く支持されるんです」

彼女は、はあ……、と面食らったように目を何度もしばたたかせた。

「そうなのかなあ？　いや、でもそうなんかもしれませんなあ」

「きっとそうなんです。だとしたら月居さん、あなたがおばけマロンで成功したのも、すぅぷ庵にリピーターがついたのも、あなたの三十数年の人生全部が理由なんです。そこに生まれや育ちが関係ないと言えますか？」

「………」

「たしかにお父様やお母様はあなたに冷たかったかもしれない。弟ばかりを優遇して自分をないがしろにしたかもしれない。悔しいことはたくさんあったでしょう。でもあなたがいままさに起業しようとしているフードメーカーは、あなたの生まれがあってこそ。月居という資産家の家に生まれたからこそ誕生したのではないでしょうか。だとしたら、もうあなたは、ご両親から必要なものを十分もらっている。ここで実家の名前だけを頑なに避けても意味がありません。あなたが本当に大事にしていることは何ですか？　月居の名前なしに成功することですか？　それとも、健康によくてほんとうにおいしい、生まれてから死ぬその日まで食べられるすぅぷをお客さんに届けることですか？」

なぜ、教師でも親でも友人でもない静緒が、月居さんにここまできつい現実をつきつけるのか。それは、他人だからできることだ。一樂さんが自分を選んだ理由は明確だった。食品産業に携わったことのある人間で、彼女と似たような歳と経歴を持ち、面識があって月居さんが親和性を感じている〝他人〟。そのような外の存在からしか言えない言葉がある。彼女のゴッドファーザーである一樂さんはその役に静緒を選んだのだ。娘のような月居さんのために。

月居さんは顔をぎゅっとこわばらせ、なにかすごく美味しくないものを無理矢理飲み込もうとしている顔をしていた。実際彼女はそのことをわかっていて、それでもどうしても、最後まで捨て去れない心の澱《おり》の問題なのだろうと静緒ですらわかっていた。しかし、商売はお気持ちでは成り立たない。投資を求める相手には、利益を提供するのが最低限の条件だ。そこを切り捨てられないようでは、人の金を使う資格はない。

「わかってます。でも悔しい。悔しい！　この悔しさを……。あいつらの名前を借りななんもできへん自分への劣等感をどうすればええんですか!?」

そこまで言語化して静緒に問いかけられたのは、月居さんの最大の勇気と、そして決断だった。悔しいと彼女は言えたのだ。

「失礼ですがあなたのお父様も、お母様も、弟さんも月居という名前を利用していまの地位にあるのです。ゼロから始めた人ではありません。あなたが劣等感を覚える必要はまったくないと思いますが」

「……………そっかあ」

彼女はハンカチで口を押さえつつ、少しずつ顔のこわばりをといていった。

「それは、たしかにそうやわ……」

「だれかの力を借りずに成功できる人間なんていませんから」

月居さんのスタートアップに関して、一番の問題はこの彼女の劣等感だった。ここときちんと向き合い、都度対処するために立ち止まり、気持ちを整理してまた前に進む。その繰り返ししかないのだと自覚することなしでは、どんなにいいキービジュアルやキャッチがあったとしてもうまくはいかないと感じたのだ。

「あるものはなんでも使います。なんとしても事業を拡大させたい。融資を受けたいんです。そのためなら、なんやってしまいます」

静緒はうなずいた。その言葉が必要だった。

「では、さきほどの案を練り直してキーキャッチと物語性のあるビジュアルを作りましょう。それから融資が受けられるように、もうひとつ奥の手があります。私の方で少しだけ動けると思いますので、こちらの書類を読んでいただけますか」

クリアファイルに入った数枚の、少し高級な紙をつかった申込書。静緒の仕事にはよく登場する。

「これは……」

「法人外商口座の申込書です」

「法人外商……」

「〝合同会社A24〟で法人外商口座が開けないかどうか、これから交渉してみます。それには銘月グループと月居の名前を前面に出す必要があります」

一欒さんの力も借りて、とにかく月居さんが銘月庵時代に関わった催事や営業、あらゆる富久丸の人間からの推薦をもらわなければならない。月居さんが銘月庵を成功させ、何十年も売れ続ける看板ヒット商品を作った本人だと強く推してもらうことなしでは、ぽっと出の零細企業が百貨店の法人外商口座を作るなどできるはずもない。

しかし、もし口座さえ開ければ……

「銀行は、富久丸の名に信を置いて、融資をしてくれる可能性はあります」

そもそも、一欒さんの狙いはここだったのだと静緒は思う。あくまで自分たちの力でその術《すべ》にたどり着けるよう、メンターの役に選ばれたのだ。だとしたら、一欒さんの筋書き通り。彼はできる限りの力を貸してくれるだろう。

「やります」

彼女は即答した。そこには迷いや後ろめたさといったネガティブな感情は微塵《みじん》もなかった。

「私がもてるものがあるんやったら、それを全部投げ出して投資します」

そう宣言してからの月居さんの行動は素早かった。自分が過去に接触したことがある富久丸や、その周辺の関連会社の上級職ヒラにかかわらず連絡した。なにより彼女が推していたのが大手運送会社の社員さんたちだった。

「うちの会社がここまで育ったのも、彼らがよくしてくれたから。どこの工場にどこの材料がどれだけ運び込まれて、どれだけ注文が入っているのか、彼らは体感でわかってる。だから個人情報は決して漏らさないけど、聞けばどこの工場で作ったらいいか、どこの店が売れているか、どこの資材が買われているかふんわりおすすめを教えてくれる。はじめはドライバーだった若者が、私と同じ歳でもう管理職についてます。彼らに協力をたのめば突破口が見いだせるかも」

やはり、経営者として彼女はセンスがよい。センスがいいということは選ぶ目を持っているということだ。物流関係にコネクションがあることは大きな強みである。そしてそれだけのものを彼女は銘月庵で売ってきたのだ。

リストアップされた数、実に数百人。それらに一日半で連絡を取り、走り回ること一週間。時には一樂さんのコネも使い、京都の中の財界にも橋渡しをお願いして評判をとりつける。そこから京都の高砂屋取締役に確実に話が伝わるまで待つ。T取締役やA専務は紅蔵のゴルフ仲間で、毎週湯河原でゴルフ三昧の日々を送っているはずだ。

紅蔵の一週間ゴルフ休暇は、社内でもよく知られている話だった。同業界の重役たちと年に二回ほど交流の場をもつのは仕事のうちだ。一週間かけて月居さんが頭をさげてまわったことで、彼女のことをよく知る地下や催事の元営業たちが、うちの外商口座で融資が受けられるなら協力すべきではないか、ということで固まってくれた。彼らとて独断でそう判断したわけではない。月居さんの名前や銘月グループのこと、そして彼女が根回しをした物流を主とする業界や業界団体から情報は耳に入っているはずだった。中にははっきりと、銘月グループは彼女が継いだ方が伸びると言い切ったマネージャーもいた。

（あとは仕上げに、私が殴り込むだけだ）

ちょうど、葉山にＮＩＭＡさんにぴったりな物件を見つけたので、併せて東京の弁護士に会いにいくという彼女に同伴して上京した。葉山や逗子《ずし》、鎌倉でいくつか物件を見たあと、ＮＩＭＡさんには芦屋へ一足先に帰阪してもらった。静緒は東海道線で湯河原へ向かった。そこに業界団体の保養所があるのだ。

（ゴルフ交流会の中日《なかび》すぎ。宴会さわぎは済んで皆、夜は部屋ですることもなく過ごしているはず）

静緒が思ったとおり、紅蔵はその日の夕方以降のスケジュールを入れていなかった。静緒が近くまで来ているから顔を見に行きますというと喜んで、なにかうまいものでも食べにいこうと言う。

（そういえば、紅蔵さんとゆっくりごはんなんて行くのも数年ぶりかも）

網代《あじろ》駅から徒歩圏内の寿司屋に行くと、先に着いていたらしい紅蔵がもう大将にいくつか握ってもらいながらビールを飲んでいた。ラフなアンパスィのゴルフウェアにてぶらといういかにもな姿で、前に会ったときと変わらず腹は出ているが血色は良くつやつやしている。

「すいません、お待たせして」

「いやいや、ええよ。ふしぎなことや。こんなところで会うなんてなあ！」

びっくりするほどおいしい金目鯛《きんめだい》や中トロのあぶり、巨大な蒸し穴子に、病み上がりの胃であることも忘れてどんどん食べてしまった。おいしいものにはこんなに力がある。

「で、なんや。こんなとこまでわざわざ出向いて。ついにウチを辞めるんか」

そう切り出してくることは予測がついていたので、とくに反応もせず、ゆっくり穴子を嚙みちぎってから味わい、返事をした。

「ん、どうした。図星か？」

「紅蔵さんらしい言い方だなあと思ってたんですよ。まあ私のようなヒラが辞めないなんて菊池屋との合併作業に比べればどうってことないでしょ」

「そうでもないで。合併を機に逃げてったやつはようさんおるからな」

「うまく逃げ道を作って逃がした人もいるじゃないですか。堂上さんとか」

あの堂上が、あれほど百貨店周りでキャリアを築いてきた彼が、いまこの時期にすべてを捨てて裸一貫になるはずがない。必ず個人で引き継いだコンサル業務があるのだ。

「おお、それよ。おまえも堂上の会社に行くんやとおもってたわ」

「紅蔵さんに義理を立てずに出ていくことなんてしません」

「せやけど、出ようとおもてたやろ？」

「だって、うち母子家庭ですもん。それに親もガンになってお金もかかる。これから女一人で老いていくのに頼りになるのはお金だけですから」

「まあなあ……。金のことといわれると痛いわ。ウチの社員でおるかぎり、出せる金は限度があるからな」

話題を変えたかったのか速いペースで追加のビールを頼んだ。

「ウチにおってくれるんなら、出世したらどうや」

「またまた」

ムラサキではなくバフンが載っている軍艦巻きが出てきたことに驚きつつ、静緒は続けた。

「私に氷見塚さんをぶつけるような人事を許可しておいて、よくそんなこと言いますね。おかげでこっちもボロボロです」

「ん、なんや。仲良うやれると思ったんやがな」

「仲良くやってますよ。だけど、向こうは私を紅蔵さんの使い魔だと思ってるから、いいように利用されてます」

はっきりここで〝利用されています〟と言葉にして伝えることは賭けでもあった。しかし静緒はめったに賭けには出ない。紅蔵のような相手にはおためごかしは利かないし、彼が率直な言葉を好むことを経験上知ってのことだ。

「ありゃ、辛いことでもあったんか」

「そうですね。よくある話だと思います。問題はこうなることがわかっていて、紅蔵さんがあえて私を氷見塚さんの下につけたのなら、その意図はなんだろう、と感じたことです。氷見塚さんとまともにぶつかっても勝てるはずがない。むこうは菊池屋の先鋒《せんぽう》ですから後ろにも精鋭がそろってます。紅蔵さんの陣地である神戸や堂島に上級職を送り込んできたのも、本部であなたにミソをつけたい菊池屋や菊池屋サイドの人間がいるからだろうと思いました。それくらい、今回の合併では菊池屋サイドに重要職が回っていなかった。私のような素人が見ても違和感を覚えましたから」

ふん、ふん、と食べるふりをして紅蔵は静緒の話を聞いている。

「氷見塚さんに私をぶつけたあげく私が会社を辞めたら、彼女が勝ち、紅蔵さんが負けたことになる。そうなることは目に見えていたのになぜこの人事になったのかなと。紅蔵さんのことだから、うちの親が病気で私が家を買いたがっていて、古巣からヘッドハンティングを受けたことぐらいすぐに耳に入ったでしょう。だから思いました。どうせ辞めるやつなら、敵にぶつけて使い潰してしまえって、そういうことなのかなと。……それとも違うのかもしれない。これはもう紅蔵さんから『辞めたらええで』という引導なのかもしれない、とも思いました」

「そう思ったか」

「思いました。私は今までわりとちゃんと、受けた恩はそれなりに返してきたと思いますし。紅蔵さんの駒でいることに違和感ももたないほど、外様で傭兵でしたから」

出世する男が警戒するのはすぐ下か同期、あるいは上で、静緒と紅蔵のように立場も歳も完全に開ききっている間柄だと、互いにメリットのほうが多い。静緒がどんなにがんばっても紅蔵の地位を追い越すことはないし、どれだけ上に上がったとしても紅蔵には目端の利く兵隊が必要である。ましてや静緒は社長賞だけは数をとってきた功労者だ。本部でもそれなりに名前は通っている兵士のはずだった。

「それとも、辞める前にやぶれかぶれで殴って出て行け。土産はもたせてやるってことなのかとも」

「ハハハハハ！」

はっきりと面白げに紅蔵は笑った。

「殴れるんか、菊池屋の美魔女を」

「はあ、まあ……。でも私が結局殴りに行くって見抜いていましたよね」

紅蔵は即答せず、静緒の空いたコップにビールを注いでくれた。

「で、どうしたいんや。殴って辞めても、菊池屋まわりに出入りはできへんようになるで」

「そうなんですよ。だから紅蔵さんにとって一番いいのは、私が殴りに行ってサンドバッグになって、さらに辞めないことでしょ」

「そりゃしんどい話や」

「そうなんですよ。お金でももらわないとやってられません。だけど、人間、会社を辞めるいちばんの理由は給料よりも人間関係らしいですからね。やりたいことをやらせてもらえてるうちは、待遇が少々悪くても環境を変えることをためらう。で、私の場合はいきなり出世もできなそうなんで、いつもどおりやりたいことをやらせて欲しいんです」

「前置きが長いなあ。何が欲しいんや」

「法人外商口座を作らせてください」

一欒さんの周辺からそれとなく彼の耳に入っているだろうことは百も承知で、静緒は切り出した。

「実際にお金を出すのは富久丸じゃない。種まきの一環としてやれない話ではないと思います」

八太さんが地方の国立大学に通う学生を中心にシード投資家をやっているのも、プロモーターのお客さんが売れないバンドのうちから支援をするのも、いずれ大きく返ってくることへの投資だ。リスクをとらなければビジネスは大きくならないのはどの業界も同じ。「銘月グループのお嬢さんの起業に一役買って、おまえになんの得がある？　そのうち役員にでもなるか？」

「そうなればいいと思います。老後はそんなかんじで暮らしたい」

「せやなあ。うちは年金もでんからな。……そうか、天下り先への投資に会社を利用するのはええ考えかもしれん。会社員やないとできんことや」

口直しに、ガリのかわりに高菜が出てきた。これがほんのり麹の風味がしてとてもおいしい。

「せやけど、それだけのことをしたら、またなんぞ言われるぞ。おっちゃんたちからだけやなく、今度は氷見塚にも」

「おっさんからいろいろ言われるのは女は慣れてるんですよ。氷見塚さんもそうなんじゃないですか」

「まあ、おまえがそういうんやったらええわ!」

尻ポケットから分厚い折りたたみ財布を取り出し、軽くテーブルを叩く。

「結果出せ。鮫島」

「出します」

領収書も切らずに三万ほどカウンターに置いて、紅蔵はタクシーに乗り込み湯河原へ戻っていった。続いて彼が呼んだタクシーに静緒が乗った。新幹線に乗るため熱海《あたみ》駅へ急ぐ。

(熱海に来て、温泉も入らずなんて悲しいけど、寿司がおいしかったからまあいいや)

これでなんとかうまいこと法人外商口座が作れれば、銀行の融資が受けられる可能性は高くなる。静緒のできることはそこまでだ。あとは月居さんがどこまで粘り腰をみせられるかにかかっている。

静緒としては、これはいったんここまでにして、社内の問題を片付けねばならない。すなわち、香野の問題と、それに微妙に絡んだ氷見塚との避けられない腹を割った話し合いである。

（メンターの仕事と、いままで通りの顧客対応と新規企画案やプロジェクトの推進、本部の会議への顔出し、さらにこれに加えて氷見塚さんがうまく社内をコントロールするため、富久丸を分裂させてぶつけ合わせる捨て石にはなれない。でも、紅蔵さんがカードを切ったことはすぐに知れ渡るだろう。さて、どこから詰めるかな）

こういうときは紙に書くに限る。新幹線の中で冷めたコーヒーを飲みながら、いま自分の心にあるもやもやを言語化し、それを解消する手段を丁寧に書き込んでいく。次は、とりかかる順番を決める。

「よし決めた」

名古屋につくまでに、今後半年の方針が決まっていた。昔の判断力が戻ってきたように思えた。

氷見塚にいいように利用されて、仕事とストレスが増え体を壊した。しかし、マイナスばかりではない。自分が本当にしんどいときにだれがチャンスをくれ、だれが手を差し伸べてくれたのか改めてわかる。そして増えた仕事とストレスと病も、頭を使えばプラスにできるはずだ。

芦屋の家に戻り、熱海の寿司屋でつつんでもらった金目鯛と穴子を桝家に渡した。熱海帰りなことにまず驚いていたが、ちょうど空腹だったのかすぐにキッチンに白ワインをとりに行った。

「ねえ、桝家さあ」

「はい？」

「今度どのみち子宮の手術、受けると思うんだけど。同意書もらってきて、サインするとこ。あれだよね。いま問題になってるの。親が死んだら、シングルはサインする人がいないって」

「そうそう」

言いながら、彼はなにこれうっめ、と呻《うめ》いた。

「私の場合は、母がいなくなったらヒサしか頼む人がいなくて、桝家の場合は」

「ヘンタイ弁護士の兄しかいないけど、あいつに借りとかぜったいつくりたくないんで」

「だから、そういうのがお互いだったらいいなってことなんだよね」

「そうなんですよ!! やっとわかってくれました???」

あまりにも大きい身振りで振り返ったので、ワイングラスの中の白が波をたてた。

「……そうかあ。そういうことなんだよねえ……。いままでシングルの人ってどうしてたんだろうね」

「親くらいの世代までは兄弟が多いのが当たり前なんでなんとかなってたんですよ」

「いちおう病院のケースワーカーの人に相談したんだよ。それでさ……」

あまりにものをポンポン投げ込んで膨れている仕事用のトートバッグの底から手帳を取り出す。挟んであった四つに折りたたんだ白い紙を広げて、おずおずと桝家に渡した。

「これ……」

「え、なんです？　結婚届？」

「なわけないけど、近いようなものかも」

「えっえっ」

手術の同意と、身元保証人のサイン欄のあるペラいちの紙だった。手術を受ける際にはたいていの病院で提出を求められる。

「とりあえず、筋腫だけでも削って様子を見ようと思ったんだけど、それでも全身麻酔らしくて、その……身元引き受け人がいるらしいのね。ほら、事故とかで死んだりしたら死体をどうするのかって話」

「わかります。……仕事でもよくある話ですし」

外商を利用する顧客の中には、天涯孤独な老人も多い。彼らは財産をもっているが故に用心深くなり、身内と縁を切っている場合もある。成功してからすりよってくる親族とは距離をとり、たとえ子であっても絶縁している場合、いざ入院というときになって保証人になってくれる誰かがまったくいないのだ。

そういうときはNPOにまとまった金額を払って保証人になってもらい、入退院後の生活のケアをまかせるといったケースもある。もちろん弁護士を雇うこともできる。その相談を普段出入りしている外商がうけることがあるのだ。

「うちの母ね、まだ癌の治療中であんまりショックを与えたくなくてさ。多分今、自分の病気のことでいっぱいいっぱいだと思うの。だけど、私が手術するなんて言ったら自分のことほったらかして私の世話をすると思う。私の病気より母のほうが深刻なのにそんなことさせられないなって。でも私はシングルだし、一人っ子だし」

桝家の顔を見ると、照明のせいか、それとも感情が高ぶっているのか目の下がこわばりピンク色に染まっている。

「……それ」

「で、もちろん友人に頼むこともできるんだけど、うちの周り見事にシングルとちっちゃい子抱えたママばっかりで、乳飲み子がいる子に私の死体の引き受けなんてさせられないじゃない？　で、わりとこの歳だとみんなどこか病んでて」

「それって」

いつもの一・二倍速で彼が言った。

「俺に静緒さんの身元保証人を頼みたいってことですよね。雨傘さんとかじゃなくて」

「君斗は頼めばやってくれると思うけど、彼女がいるみたいだからちょっとさ」

それに、これ以上借りをつくりたくないというのはある。大事な誘いを断ってしまった手前、言い出しにくい雰囲気があるのも事実だ。しかし第一の理由は、彼の交際がうまくいっているのなら、疑われるようなことはしたくない。

「で、いま桝家シングルみたいだし、一瞬だけならどうかなって」

「一瞬じゃなくったっていいんですよ！　早く！　ペンください！」

促されるままにボールペンを差し出すと、なんだかわからない塊のようなサインをした。

「ありがとう。あ、もちろん桝家のほうは大丈夫だと思うけど、借金以外の保証人には私もなるからね」

「写メっていいですか」

「……い、いいけど。なんで？」

「これって、ある意味すごい事件だなって思って」

ぶれないように真剣にピントを合わせ、そこまで必要かと思うくらいに連写していた。

「だって、もし、静緒さんになにかあったときに、自分は病室に入ったり、医師から事情を説明受けたりできるってことですよね」

「そうだと思う、けど」

「なにかあったときに、静緒さんの身元保証人なんでって言えるじゃないですか。この写メとか見せれば」

「まあ、今回だけだけどね」

「でも、すごいことなんですよ！」

桝家はソファに飛び込むと勢いよく仰向けになって、ひっくりかえったカエルのように足をバタバタさせた。

「……俺、少なくとも元夫には勝った気がする」

「何言ってんだか。たかだか一泊二日の手術だよ」

「それでもですよ～、うわ～踊りたくなってきた。お祝いだ！　ケンゾーエステイトあけよーっと」

それからなぜかテンションが爆上がりした桝家は、大塚明夫《おおつかあきお》のイケボに心が励まされるからといつもやっているボクシングのゲームもやらずに、ひたすら寿司とワインでご機嫌だった。あまりに上機嫌すぎて、最後は『なぜあんなに丹念に世話をした中庭のプチトマトが枯れたのか』という嘆きになった。早く小学校の理科で習ったことを思い出してほしい。

(迷惑がられなくてよかった……、のかな)

出張疲れが足に来ていたので、立ち上がれなくなる前に上のフロアに戻った。NIMAさんからは、仮処分の手続き等がうまくいっていることを確認できてほっとしたということと、葉山や鎌倉も素敵だと感じたけれど、どちらもリッチタウンで芦屋に雰囲気が似ているから、もう少し田舎でもいいかもしれないという返事が来ていた。とはいえ、あまりにも田舎過ぎるとコンビニも病院もなく、一人暮らしの彼女にはきついかもしれない。

「熱海とか、リゾートだし。そこまで洗練されてなくていいのかもしれないな」

風呂にクナイプのバスソルトを溶かして、炭酸水のフタをぷしゅっと開けるときに至福を感じる。今日も一日すごくよくがんばったと自分を褒めて、癒やされたいと思いつつやっぱり仕事のメールを返している。

珍しい人からメールが入っていて、思わずDMかと見落としそうになった。仕事用のアドレスに来ている。見慣れない名前だったのでだれかと思えば、セレモニー部門の責任者だった。もしや顧客のだれかが急に亡くなったのではないかとひやりとした。

「あれ、この人、八太さんの結婚式の担当マネだ」

八太さんはすでに彼女の家との結納もすませ、あとは結婚式の内容を詰めながら招待状を出すだんどりにまで進んでいると聞いていた。それ以降の事務的なことはセレモニー担当者がするので、静緒の仕事は進捗を把握しつつ、求められれば都度アドバイスする程度だ。そもそも顧客の八太さんは新郎側だし、新婦の瑛子さんにはがっちり母というサポーターがついている。ドレス選びや引き出物、会場の飾り付けなどは新婦の好みどおりにしていいと、八太さんも彼女にまかせていた。大方の結婚式は新婦サイド主導で進むし、八太さんからの連絡と言ったらバチェラーパーティをしないのかと友人たちにせっつかれているので、どこか近くに雰囲気のあるバーなどを貸し切れないか、という程度だった。静緒がクルージングを提案するとOKの返事がきて、すぐにいつも使うマリーナの会社へ連絡をとった。芦屋川の花火大会の日や夏になると、こういったクルーザーパーティの機会が多くなるので、手配は手慣れていた。いまのところなにも問題はなかったはずだ。

メールの内容は、お客様よりなにか伺っていらっしゃいますか、というなんとも意味深なものだった。こういう探りをいれるようなメールの場合は、こちらもうかつなことは言えないので探りあうことになる。

『とくに八太さんから連絡は受けておりません。なにかございましたでしょうか』

メールを送信して一分も経たないうちに担当のマネージャーから直接電話がかかっ

て来た。これはなにかやっかい事が起こっている可能性大だと覚悟して電話に出る。

『お疲れ様です。こんな時間に申し訳ないです』

「いえいえそれはいいので、なにかあったんですか」

『それが……、お客様から、式に関する進行を止めてほしいと連絡が入って』

「えっ⁉」

思わず電話を湯船の中に落としそうになった。

「どういうことでしょうか」

『それが……、お客様からは、とにかく止めてくれ。間に合わなくなってもお金は払うからと。厭《いや》な予感がしましたし、こういうケースは年に一度は発生するので、なんとなくそんな匂いがして、それとなく事情をお話しいただけるようにしたんですが、お金は払うからと。ちょうど招待状を発送したところだったので慌てて郵便局に連絡をいれたのですが、一部回収できなかった分もあり、その対応に追われてご連絡が遅れました』

「いや、それはお疲れ様です……」

招待状の発送を止めたとなれば、結婚式そのものがなくなる可能性が高い。

直前になってマリッジブルー、家族の不幸その他さまざまな事情が勃発し結婚式がなくなることはよくある。しかし、この場合なくなるのは結婚式だけなのか。それとも破談になったのか情報がない。

「ご家族にご不幸があったわけではないんですよね？」

『そうではなさそうでした。そうだったとしたらはっきり言われると思います。個人的な感触からいうと、結婚式ではなく、結婚そのものに対してなんらかのトラブルがあった感じがしました。あくまで電話での対応のみですが』

しかし、彼女らはセレモニーのプロだ。結婚式直前で破談になるカップルのケースに何度も対応してきている。その経験則からそう言っているのであれば、可能性は高い。

「結納は無事済んだんですよね？」

『はい。オークラでつつがなくご両家列席の上で。披露宴の席もリストもほぼご新婦様がお作りになっていましたが、なにも問題は起こっていませんでした。ご新婦様が三十代のうちに結婚式をあげたいということだったので、こちらもかなり頑張って日取りを押さえたんです。当日のメイクやドレスもすんなり決まって、当社提携のブライダルエステに毎日通われていました』

こちらから連絡を入れるべきか、それともいままさにもめている最中ならば静緒にできることなどあるのか、しばらく何も映っていないスマホの画面を睨《にら》みながら考えた。水を飲み、お湯が冷めてきてしまっていることに気づいて半身浴を切り上げる。

八太さんにクルーズに同乗するバーテンダーと料理人、それにソムリエは必要かどうか確認するふりをして連絡をいれた。

髪を乾かして足を揉んでいる途中で、当の八太さんから電話がかかってきた。

『もしもーし、もしもーし、鮫島さーん。おそくにごめんなさーい』

陽気で普段より二トーンくらい高い声がした。明らかに酔っ払っている。

『なんか連絡おくれちゃって。ちょっとバタバタしてて。アハハハッ、コラッ、ちょっとみんな静かにして。電話しなきゃだから』

どこかラウンジかナイトクラブか、仲間内で集まって飲んでいるような雑音が聞こえてきた。それだけで、静緒にはなんとなくこれから話がどう転がるのか予測できた。

「クルーズのことなんですが、どうされますか？」

『あっ、担当さんから聞きました？　そう、そうなんですよ。俺、フラれちゃってええ。結婚、なくなっちゃいましたーー。イエーイ。シングルばんざーい!!』

ワアアッという歓声と拍手と口笛で、もはやなにを言っているのか聞こえなくなる。

「クルーズは中止で手配してかまいませんか？」

『いやー、せっかくなんで行きますよ。明石大橋を見上げながら瀬戸内クルーズパーティなんてサイコーじゃん？　なー、みんな行くよな！』

結婚式が破談になった後、バチェラーパーティが残念パーティになることはよくある。八太さんの場合は、しらふのときに再確認が必要だが、いまのところクルーズは決行するようだ。

「では、リザーブはそのままにしておきます。詳しいことは明日改めてお聞かせねがえますでしょうか」

『わっかりましたあ！　あ、そうだ、もうひとつ鮫島さんにお願いしたいことがあったんですよぉー』

半分以上は酔っ払いの戯言《たわごと》ではあるが、今現在の八太さんの心境を考えるとそれくらいのことはなんでもない。

「承ります」

『なんか、この結婚まわりのことでぇ、用意してたカネ、ぜーーんぶいらなくなっちゃったんで。寄付でもしよっかなって思ってたんですけどー。それだと全然いい思い出に上書きされなくなっちゃうんで。俺ぇ、これでもだいぶへこんでるんで、十年後、二十年後にこのこと、いい思い出にしたいんっすよね』

「はい。そうですね……」

『なんで、買い物しまーす！！！』

大声で叫んだ。思わずスピーカーにしてもガリガリと音が割れる。

「はい？」

『買い物しまーす。結婚式のキャンセル代その他、結納返しもぜーんぶむこうがもつらしいんですけど、そんなカネもってても意味ないしー。投資して爆アタリしたら、あっちのカネでビジネス成功したことになるんでそれもやだしぃ。なんで使っちゃいます。一億えん！！！』

『一億!!　ヤタちゃんかっけえええええ』

『俺が結婚するわ!!』

オオー、という周囲の声。そしてうねりのように増していく一億コール。そしてなにかシャンパンの栓をあける音が重なって、とてもではないが聞いてはいられない。

『ってなわけでえ、俺一億円の買い物するんで。ジュエリーとか時計とかいらないんで、買って買って買いまくるんで、ついでにパーティもするんで。俺のこの思い出、最高にポジティブでグルービーな感じにしちゃってください。頼みましたよーー。外商さんって、百貨店の買い物のことだったらなんでも頼めるんですよねぇーー』

「……承ります」

電話を切ると、再び静寂が戻ってきた。

「えーっと、なんだっけ。まずなにするんだっけ……」

あまりの展開に、今日熱海で紅蔵と心の殴りあいをしたことも、それを出汁《だし》にうまく月居さんの法人外商口座を開けるよう交渉したことも、氷見塚への今後の対処も自分のいざというときの身の振り方も、さらに言うとついさっき桝家に手術の身元保証人を引き受けてもらって、いよいよ病気と真剣に向き合おうという意欲も、すべて頭から段取りごとふっとんだ。

第五章　外商員、貸し切る

その日は珍しく館内全体に緊張感のようなものが張り詰めていた。それも通常の閉店時間を一時間早く切り上げ、午後八時閉店したあと大イベントが待っているとなってはなおさらである。

テナントの大規模な入れ替えやフロア全体のレイアウト変更、館内設備の更新などで閉店時間が早まったり、フロアごと一時的に閉鎖することはままあるが、そういうスケジュールは一年前から組まれていて、今回のように突如として発生することはない。そう、普通はない。静緒のような怖い物知らずの外商員が、『結納までしたのに結婚を断られてフラれたお客様のために、店を数時間貸し切りたい』と言い出さなければ。

「貸し切りをしましょう」

二日酔いがようやく抜けた八太さんが、傷心を癒やすため、そして奈良の家族に経緯を説明するために来阪した際、梅田のコンラッドで静緒は事情を聞いた。

「三千万ぶんの結婚指輪と婚約指輪、それに彼女用車を買って、これから投資もかねて千駄木あたりにマンションを買おうと思っていました。そういうのぜんぶ無駄になっちゃったんで」

さすがにパーティと実家詣で帰りで、いつも楽しげな八太さんの顔にも濃い疲労が浮き出ていた。結婚が破談になったことを聞いて、八太さんのご家族は当然のごとく怒り心頭だったようだが、結納後の破談ということで、相手方が結納金の三倍の慰謝料も辞さないという返答だったため、今度は怒りよりも息子の受けたショックを和らげようと、一時は弁護士だ裁判だと騒いでいたのをひっこめ黙って見守ると言ってくれたという。

「そこまでしてまでうちの息子と結婚したくないのかっていうショックと、そんな家と今後も無理してつきあっていくことを考えたら今破談でよかったっていうのが、家族会議の結論でした。まーうちは普通の家庭で僕ににてみんなポジティブなんでよかったです」

家族はしぶしぶ納得したが、当の八太さんのほうはどうなのだろう。静緒は彼本人からも、セレモニー担当者からも表向きな事情しか聞かされていない。しかし、今は彼の本心や言いにくいことまでをじっくり聞いている場合ではないと感じた。八太さんはお金を使いたがっている。とくに三倍返しで戻ってきた結納金だ。

「一億です」

さらっと、まるで目の前に差し出されたフルーツにフォークを突き立てるような自然さで彼は言った。

「とにかく、一晩で一億使いたい。いい思い出に書き換えたいです。なんとかしてください」

そこから、静緒の怒濤《どとう》のプランナーとしての仕事が始まった。八太さんはお金を使いたい。しかもただジュエリーや時計に替えるのではなく、とにかくいい思い出にしたいという。結婚自体が突如破談になり、一億払ってでもおまえとは結婚したくないと相手方に言われた人間をいかにして癒やすか、そこまでの大事件をどうやっていい思い出に上書きするのか。ただ素敵なものを買えばいいという問題ではない。

「店を貸し切りましょう。そこにお友達を山ほど呼んで、好き放題買い物するんです」

これには、今まで死んだ魚のようだった八太さんの目にも少し興味という名の光が戻った。身を乗り出して、

「そんなことできるんですか？」

「一億買うならできます。芸能人や海外セレブややんごとなき方々は、ごくまれにですが閉店後に貸し切っていらっしゃいますから」

「ああ、なるほどねー。やっぱりそういうことってあるんですね」

「お呼びになるお友達のリストをいただければ、それに併せてケータリングのプランなども考えます」

「呼びたいメンツは披露宴と同じですよ。あ、いやもっと呼ぼうかな。派手派手しくて騒がしいやつ呼んでもいいですか？」

「騒ぐのレベルにもよりますが……。当日は富久丸百貨店のバイヤーや販売員がお手伝いさせていただきます。結婚式だった日にしましょう。お友達も披露宴参加のために予定をあけていてくださっているでしょうし」

かくして、八太さんの結婚式だった日、富久丸百貨店元町本店は午後八時で閉店した。そこからが、本日の第二部の始まりである。朝の開店の時と同様に店長以下各フロアマネージャー、責任者などが正門前にずらりと並び、八太さんとそのご友人方、ご家族、親戚など親しい人々を招き入れる。

「いらっしゃいませ。富久丸百貨店へようこそ！」

まるで旅行ツアーのように、百名弱のお客様を招き入れる。まず玄関で対応するのは婦人雑貨の猛者たち、それに今日この日のために呼んだメイクアップアーティスト、スタイリストたちだ。銀盆にみっちり並べられたシャンパングラスがつぎつぎに手にとられ、みなグラス片手に店内奥へ足を踏み入れていく。

「キャーー、最高！　ジルスチュアートの化粧品、全部欲しかったの！」

身長二メートルの元バスケットボールプレイヤー、この間八太さんのカプセルでハイヒールをほぼ買い占めてくださったDJが駆け足でコスメフロアに向かっていった。大人気インスタグラマーでもあるマーシー・ダズリングさんだ。

「かわいい！　かわいいー！　ラデュレのコンパクトもかわいい。あーん、今日はもうかわいいものぜんぶ買い占めちゃう！」

DJの声に惹かれたのか、八太さんのいとこで制服姿の中学生女子二人がおそるおそるトワレの瓶を手にとった。みな化粧には興味があるお年頃だが、デパコスはなかなか手が出るお値段ではない。

「おねーさんが買ったげるから、おじょうちゃんたちもなんか買おう」

「えっ、ほんとに？」

「ほんとよ。八太ちゃんが今日は全部おごってくれるっていうから来たんだからね！　みんな買うのよ。買って買って買いまくれ‼」

今までどこか所在なさそうだった女子中学生たちも、販売員に透明のショッパーを渡されると、あれがほしい、これがほしいと言い始めた。そこへ、メイクアップアーティストが近づき、メイクしてもいいか許可をとる。

「したい!! メイクしたい!!」

「わたしも、わたしコスメデコルテがいい。あっ、ディオールのアイシャドウも!」

「ワタシもおおお。ジルで顔面しあげてほしーい!」

「おまえ、うちのいとこと顔面面積二倍ほど違うじゃん」

「そうなのよ!! だからすぐなくなっちゃうのよ。オネエの顔はコスパ悪いの最悪!」

ムキムキマッチョと女子中学生が仲良く並んでカワイイ顔に仕上げてもらっている間に、特別コスメに興味のないご一行はさらに先に進む。エスカレーターを上がってやってきたのはハイブランドフロア。中でもトップに君臨するシャネルとエルメスだ。

「お母さん、シャネルに入るの初めて……」

「私も……」

ごく普通の所得でお暮らしの八太さんご一家が、まるで禁足地に足を踏み入れるようにして店内に入る。すぐに品物に目が行かないようで、まずはしげしげと店の装飾などを見て回った。と、そこへ大手プロモーター会社の役員でもある一角ジュンさんが合流。

「いやー、俺も彼女のつきそいで来たことはあるけど、レディースのジャケット試着したことはさすがにないっすわ」

そこは慣れたもので、さっさとレディースのコートを手に取り、見た目や着心地を試していた。

「シャネルなんて、これが最初で最後かも……」

「よく見ておこうか。冥土の土産にもなるし」

八太さん家族は、まるで何十年に一度のご開帳に立ち会った観光客のようなことを話している。そこへ、もうすでに二杯目のシャンパンを飲み干した長男本人が乗り込んできた。

「何言ってんの。お母さんも柊子姉さんもバッグとか服買おうよ！　ほら、これとかこれとか。通勤バッグにいいじゃん」

「つ、通勤バッグ……。諒多これ、七十万だよ」

「ばかいってんじゃねえ。今日は一億使うんだぞ!!　一晩で一億!!　全部買っちまえ!!」

静緒は粛々と写真をとり、購入リストにシャネルのトートバッグを追加した。ひとつ買うと麻痺するのが買い物の不思議なところで、店の入り口で固まって不安げにしていた八太さんのお母さんとお姉さんも、後から牛の大群のようにやってきて試着をし、あれもこれもとキープしていくマッチョとオネエたちに触発されたのか、

「……買おう」

「そうだよ、どうせむこうの家の金だ!!」

突然、拳をあげてマッチョオネエの集団に交じりはじめた。シャネル店内はおおいに盛り上がった。

『こちらディオールです。広告代理店と仮想通貨投資家チームで服を買いまくっています。すでに棚がふたつほど空になりました。現在七百八十万です』

『こちらエルメスです。鮫島さんのアドヴァイスどおり、みなバッグに目もくれず小物や靴、服を買っています。明日エルメスの人たち、びっくりするんじゃないですかね』

大泉がエルメスで、エルメスというブランドの歴史についてうまくレクチャーをしたようだ。エルメスのバッグを求める人は多いし、価値も高いが、エルメスは大資本に買収されることなく独自の仕入れと職人技で闘っている誇り高いメーカーである。動物愛護の観点から本革を利用したバッグや小物、コートなどに対する見地が変わり、実際に流通する原材料が少なくなると、市場では材料の買い占めが行われる。大資本が力で確保するのとは違い、エルメスは今でも創業当時のポリシーを継続しながら、商品を生産提供し続けているのだ。だから、バーキンが買えない、手に入らないと嘆いたり、ストレス発散のためむやみに買い占めたりするような姿勢はふさわしくない。それはエルメスに限ってではなく、どのブランドに対しても、ここまで継続した職人技と独自のクリエイティビティを保持していることに敬意を表すべきだ。それが客側のマナーであり、今後店にとってのいいお客でありつづけるというメリットになる。ぶっちゃけていうと、表に出てこないような商品を見せてくれるようになる。店の客になるとはそういうことなのだ。

人は皆、ブランドといえばバッグから入る。しかし、どのメゾンもクチュールラインをもっており、そこに総力を注いで一流の名をキープしている。であれば、そのブランドにとってなにを買うのがよいのか、自分の好みと双方を考える。買い物の楽しみは物欲を満たすのみにあらず、新しいクチュールライン、商品、変わったデザイナーや社の方針を店員に説明してもらい、その上でひとつひとつ丁寧に買うのがよい。

もちろん、人間、物欲でストレスを解消したいときはあるし、そんな難しいことを考えずにひたすら買うのが悪いわけではない。

静緒のついた中学生とＤＪ、それにスタイリストの集団は、山のようにデパコスをお買い上げになったあと次の地点へと向かった。それは三階の婦人服フロア。二メートルの巨体と中学生の欲を同時に満たすためである。

「スナイデルに行きたい!!」

高級ブランドは顧客が限られているから、比較的どのような外見をした人間でも客になってしまえばレディースだろうとなんだろうと店側が気を利かせて対応してくれる。しかし、そこまではない百貨店ブランドの、しかもスナイデルやTOCCA、ジルスチュアート、ランバンオンブルーなどの店にはいつも若いママや大学生がいて、中学生やマッチョメンがゆっくりと買い物をできる雰囲気はない。

しかし今ならできる。

「モノが欲しいだけじゃないの。ワタシたち、お店でじかに手に取って、みんなに交じって堂々と買い物がしたかったのよ」

EC全盛期の今、買おうと思えばなんでも通販で買えるし、お金に糸目をつけなければ手当たり次第に取り寄せることも可能だろう。けれど、それでは満たされない想いがある。

本当は店で、堂々とコレが欲しいと言いたい。これを試してみたいと話をしたい。あれこれじっくり見ながら、自分に合ったものを選んでもらいたい。それが出来ないのはどうしてなのか、心の中に劣等感と現状への不満、そして諦めが常にある。

むろんスナイデルやTOCCAの店員は、訪れれば喜んで対応してくれるだろう。だが、婦人服のフロアでゆっくり楽しんで服を選べるような雰囲気があるかといえば、そうではない。

ハイチ系ニューヨーカーのフレッド氏もインスタグラマーのマーシー氏も、その気になれば手に入れることはできるのだ。しかし買い物はそれが全てではない。過程まで楽しみたい。そのために店舗があり、それを束ねて提供する百貨店という箱がある。

「こちらDJ&中学生&八太ファミリーチームは三階へ移動しました。ランバンオンブルーで待機します」

『広告代理店・仮想通貨投資家チームはディオールからブレゲに移動しました。一部はフェンディで冬物を試着中です』

『エルメスチーム、エルメスで引き続き待機します。エルメスの馬具が売れました。エルメスの馬具って買えるんですね……』

静緒のチームは婦人服フロアのカワイイを踏破したあと、さらにその上のミセスのフロアに進入。さすがにここは中学生には趣味があわないのではないかと思ったが、思いのほかマッチョズになついてしまった女子たちは、マダムたちからの痛い目線を気にせずゆっくり歩いて見たかったという彼らと一緒に行動しはじめた。マイケルコースとグレースコンチネンタルでキャッキャと試着したあとそれぞれ十着ほどお買い上げし、部屋着がほしいというお母さんのリクエストでY's for livingでキャミソールからゆったりワンピからソックスからなにからなにまで買いまくり、一行は最後の地、紳士フロアへと降り立った。

『チームエルメス、合流します』

『投資家チーム、トム・フォードへ移動開始しました。五階で合流です』

つねに腕時計で時間を見ながら、静緒は食事を出すタイミングをはかっている。五階の紳士服フロアは以前一部が改装されて中央がインダストリアルなカフェエリアになっており、そこでケータリングを提供しようという筋書きだったのだ。八太さんのバチェラーパーティにも参加する予定だったソムリエとバーテンダー、それにシェフが入り、買い物に疲れた一行に腰と足を落ち着かせる場所を提供する。中央のキッチンを使って飛騨牛《ひだぎゅう》を焼くいい匂いがしてきた。若者たちから歓声があがると同時に、ここで、ソムリエおすすめの南アフリカ産赤ワインKWVメントーズ オーケストラが出てくる。

チョコレートのコクとハーブの風味、ラズベリーなどの柑橘系《かんきつけい》の後味が独特のケープワイン。これだけの味わいながらワイン新興国というだけで五千円以下で味わうことができる。

ここでも商談がはじまる。こういう新しくてまだ安いワインはコンテナごと取引をすることが多い。一本五百円くらいのワインが一万円にばけることもある。投資家にとっては魅力であるし、なによりそこまで化けなくても自分で飲んでしまえる味ならば飲んでしまえ、というわけである。

「買う？ 買っちゃう？」

「買っちゃえ。安いじゃん」

「ナパ成金の栄光よ再び！」

コンテナ単位で二つのワインに注文が入った。八太さんのいとこやメンズたちが肉に群がり始める中、品良くおなかを満たしロゼを飲んでいた女性チームが、首からメジャーをぶら下げたテーラーたちに誘われて採寸に向かう。

「あれ、なに」

「あっ、スーツ仕立ててくれるんだ。僕もやりたい！　ついでにブルネロ　クチネリのリゾート用スーツがほしい」

「背が低い俺にもあわせてほしい。背が低いと試着をするのもプレッシャーで」

「おれはテカってて上品なスーツがいいなー。シャイニーな生地ってめちゃ選ぶの難しくて、だれかに見てもらわないと怖い」

広告代理店組が手にとったのは、ライトブラウンのトム・フォード。暖色系のスーツは寒色のものより選ぶのが難しく、コーディネートも定番というものがない。かといってシャツを同色系でまとめるのは匠《たくみ》の技が必要で、ちょっとしたカラーリングを間違うととんでもなくダサくなってしまう。

紳士服売り場に四十年という現場の猛者が、トム・フォードのシャイニースーツにスタンドカラーのシャツをすすめる。芥子色《からしいろ》がピリッときいて、フェラガモの光沢のあるシューズが足下を引き締める。ダブルブレストは太いおなかを隠すのに最適というイメージが広まって中年の定番とされているが、このシャイニーカラーのダブル、しかも金ボタンをかっこよく着こなし仕上げるのはやはりプロの技だと思う。

勇気のいる色をダンディに着こなすことに成功しているのを見て、自分もと手をあげるひとが次々に出てきた。

「あっ、おれね、チェックに挑戦してみたい！　アンタイドってどーしても避けがちで。なんか年寄りにみえるじゃん？」

「チェック×ストライプ×ドットとかねーー。うまい人はうまいなって思う反面、よほどじゃないと事故るというか」

「でも、あれができてると、おっコイツ服もなかなかやるなって一目置かれる気がする」

「上級テクだよねー」

ジャンフランコ ボメザドリのクラシカルなチェックのスリーピースはあえてアンタイドで、黒のハイネックを合わせる。ポロシャツをタックインして着るカルーゾも思った以上に見た目がよくて、ポロシャツにブラウンのギンガム？となったお客さんたちも、試着室から出てきた八太さんを見てワイングラスをかかげてやんやの喝采をあげた。

「いいじゃん！」

「買え買え‼」

「さらば、グレー、ブルー、ネイビー、ブラックの無難四天王！」

そこへ、同じシャイニー素材でも、ライトグリーンのルイ・ヴィトンで全身キメた芸能界組が現れて、場はさらに盛り上がった。

「それだ‼」

「グリーンのテカテカで出勤してなにが悪いよ！」

ナポリ仕立ての茶ツイードは、今までのイメージを覆すような袖をタックで絞った細身で、逆にボトムスはテーパードをゆるやかに、上下でめりはりをきかせている。今風トラッドで目をひいたかと思えば、今度は袖長、Vゾーンに黄色と紫のジャガード模様をチラリとみせ、広めの肩幅とシルエットが魅力的なプラダがお目見えする。それに続くのは、スコットランドの老舗ウールメーカーラヴァット社の生地を用いた、ドリスヴァンノッテンのフェミニンなレーシーブラックスーツ。そしてエレガントなブラックといえばジルサンダー。独特のコシのあるサージウールが形作るビッグシルエットは、そういえばユニクロでジルサンダーコラボをやっていたときに美しいと感じたメゾンの特徴そのものだった。

五階フロアはメンズ組による臨時の紳士服ファッションショーが始まり、時折女子や中学生も交じって、エスカレーターへと続くメインの動線はランウェイになった。

「おっ、かっこいい。令和の女子中学生はトム・フォードで就活すべき！」

「どきなどきな、ロロ・ピアーナのオネエも通るわよ！」

「ドラァグクイーンだってロロ・ピアーナで上品ぶりたい日だってあるのよ!!」

迫力ある二メートルペアが、そのへんにあったマネキンと花を花瓶ごとかかえて、柔らかいフランネルの白ジャケットにサテンピンクとオークイエローのパンツで通ると、思わずなにかのＣＭの撮影ではないかと思うくらい画になった。

「あのブルゾン風のエルメスのジャケット、ほんとうにいいですね」

香野がいつのまにか静緒の側にやってきて、突然始まったファッションショーを感心しながら見ていた。大泉はといえば、個人的に八太さんに動画の撮影を頼まれたらしく、背景が写らないように苦心しながらランウェイを追いかけている。

「……これは、私のお客さんではやれないなって思いました。ただただ金の力を使って貸し切ってるだけじゃないのはわかります。みんな敢えて新しいスタイルを選ぼうとしている。八太さんのお金だから使うんじゃない。八太さんが新婦側に拒絶された理由にみんなが怒って、なにかをぶち壊そうとしているような熱量を感じます」

実際、館の貸し切りは珍しいことではない。香野の中国系の客がお金を積みさえすれば、同じようなスタイルで貸し切ることは可能だろう。

「私のお客さんだったら、ただついてまわる買い物だけでおわると思います。こんなふうには展開しない。私のお客さんは、私に人生の一部を預けてくれているだろうか。みんな買い物をしてくれるし、豪快にお金もつかってくれるけど、それってなぜだろうと」

たとえば巨大資本の後押しがあるメゾンは上質な原材料を買い占める。単独で看板を守っているメゾンは、当然ながら供給量が少なくなる。世界中から発注は入る。メゾンとしては当然、いい顧客のいる国や地域を優先的に割り振っていく。しかし、それは日本がいい客でいい国だからというわけではない。かつていい国であった、リッチがたくさんいたというだけだ。今はその信用を消費しているにすぎない。

「中国やシンガポールのお客さんたちは、いまは日本で買い物をするのが効率がいいからそうしているように感じていました。いわば、日本という国そのものが百貨店なんです。なんでもあって高品質なものがそろっていて、割安。サービスが行き届いていて身の安全がだいたい保証されている、年代物の宝石箱……」

「年代物の宝石箱、ね」

香野らしい辛辣さと的確さに思わず笑ってしまった。

「いつかはうちのお客さんも、本国にこのシステムを導入してしまう。そしたら日本なんてお払い箱です。うすうすは感じていました。いまのお客さんたちだけで何十年もこの売り上げをキープすることはできない。でもいったいどうすればいいのかわからなかった」

彼女は少し目をすがめつつ、

「こういうことをできるようになりたいと思います」

いつだったか、静緒が口に出して忠告しようとしてやめたことを、香野は自分で見つけて自分の新しい課題とした。本当に彼女は優秀だと改めて感じた。

「伝票のフォロー、行ってきます」

香野が静緒の側を離れたのを見計らったのか、ワインでいい感じにできあがった八太さんがすすす〜っとぬるい夏の午後の風のように近づいてきた。

「すごい楽しいよ。鮫島さん、ありがとう」

「いえ、私も楽しませていただいてます」

「これ、やるのにだいぶ無理してくれたでしょう？　俺みたいにお客さんになりたてのやつに一館貸し切らせて、あんなファンキーな奴《やつ》ら呼んでパーティするなんて」

「ディナーとパーティとファッションショー、なんでも一度にやれるのが、百貨店のいいところなんですよ」

実のところ、静緒はこの残念バチェラー会を実現化させるためにいくつかカードを切っている。月居さんの外商口座開設と同時期だったため、我ながら上を通すのにずいぶん根回しをした。八太さんにも許可をとってプライベートな事情までをも説明し、同情票を集めるというなかなかの力業をかましながら、最終的に本部と店長許可をとった。

『どうせこの時期、一時間早く閉めたって一億売り上げないですよね』

『お客様はたいへんご傷心なので、うちで断ったら高砂屋か西阪電鉄にもっていくだけです。お客様優先で動きたいので、ウチでダメなら私はそうします。一億とられますよ』

一億、一億とくどいほどに連呼をし、本当に一億落としてくれるんなら、という店長の言質をとって本部にねじ込み光の速さで許可をとった。そこから業務の合間にひとつひとつハイブランドの許可を得、同時にバチェラーパーティ用に連絡を交わしていた同グループ内の業者に日程とパーティ趣旨がずれる旨を報告し、プランや規模はそのままでいいから場所が変わるだけで最小限の負担ですむよう差配した。

「あいつら、ほんとに楽しそうだよね。わりかしみんな金はもってるほうだけど、金って一人でもっててもあんまり意味なくて、いっしょに気持ちよく使える仲間や相手がいてこそだなって思ってるんです。だから、結婚もね。親が田舎の人だから、あたりまえのように男はするものって決まってるから。あ、今回のこともさ。準備していただいてた富久丸さんには本当に申し訳ないと思っているけれど、そのうちナシになるんじゃないかなって思ってはいたんです。こういう仕事なんでリスクマネジメントはプライベートでも自然にしちゃうから」

「なにか、破談になる兆候はあったんですか？」

「うーん、兆候……、というか。まあまず、うちの家と向こうの家のランクが違いすぎるでしょ？」

片や外務省の高官の父に元資産家出身の母。絵に描いたような上流階級育ちの一人娘、片や奈良の中心部からわりと離れた地域の普通の家で育ったNFT投資家。

「本当はね、もっと早くに別れることになると思ってたんです。実はうちの家、というか親戚に詐欺で捕まったやつがいて、それはつまんないネズミ講なんだけど、そういうのも徹底的に身辺調査されて待ったがかかるんじゃないかなって思ってました。だから、瑛子のほうからアプローチされたときも、まあ結婚は難しいだろうなって半分は考えていたんです。でも本人が真剣でね。親が選んだ相手はいっぱいいたのに、わざわざ僕に声をかけてきた。親も相当時間をかけて説得していた。どっちかというと僕は、そういう彼女の粘り強さを見て、だんだん好きになっていったって感じです。ああ本気なんだな。本気であのキラッキラを装ってるけど中身からっぽな港区男子って呼ばれてるもはやおじさんたちよりも、これから地方でシード投資家をやろうとしてる僕のほうがいいんだ。四万十までついてきていっしょに地方ベンチャーをやるつもりなんだって思うとね。たしかに僕は電子通貨とNFTアートでこれから一生食うに困らないくらいの資産はつくれたし、もうそれは半分以上海外の財形信託に預けてるから、子どもを作ってそこそこの生活はできる。ぶっちゃけ外交官は海外駐在の手当がバカ高いんでリッチな暮らしができるけど、給料自体は単なる公務員ですからね。僕にとっても官とのパイプが出来るのは大きな強みだし、婿に入ってくれといわれてもなんとも思わず即OKした。

そのうち、瑛子のお母さんから注文が届き始めた。そのときはあるあるだと思ってさらっと対応してたんですけど……」

「注文とは？」

「最終学歴が高専じゃ寂しいから、海外でMBAをとったらどうかとか、そういうやつですね。いまさら海外まで行くのもどうかなと思ったので、通信か社会人枠であと二年分単位をとって早稲田の大学院あたりで帳尻合わせようかなって思ってました。そしたら瑛子が、いっそ地方の大学にはいればいいじゃないといってくれて、それもそうだ。そのほうが起業メンバーを集めやすいってなって、ああこういう子が奥さんだったらほんとうにいいなって思った。だけど、注文はそれだけじゃなかったんですよね」

言って、八太さんは視線を、ランウェイ動線でHAPPYに合わせて踊り狂っている友人たちへふわっと向けた。

「あいつらと縁を切れっていわれてねー」

「えっ、ご友人と？」

「まあ、ここだけの話。僕たちみたいな仕事してると、綺麗なことやってるやつばっかじゃないですよ。さすがにみんなクスリには気をつけてるけど、そういうヤバさじゃなくて、投資ってほら詐欺と紙一重だから」

若くしてひと財産を気付き、三十六で引退して地方を転々としながらシード投資家をしている……、だれもがうらやむ経歴の持ち主であるはずの八太さんが、もう半世紀は資本社会のがけっぷちに立って人の生き死にを見てきたような顔をした。

「僕らの仲間で、ちょっと前からきなくさいことやってたやつがいたんですよ。日本の伝統芸能とかそういうブランドのある家って、ある意味プロフェッショナルだからこそ世界が閉ざされてきて経営のこととか疎い人が多い。そういうところに潜り込んで、社団法人化したほうが国から助成してもらえますよ、とかそれっぽくそそのかして次々に法人化させて、そこの相談役とか役員に潜り込むんです。そうすると立派な名刺がいくつも手に入る。そういう伝統文化の担い手、若き文化やアートの守り手みたいなところって完全に隙間産業でだれもやってないから、わりとうまくいく。でも本気でやるわけじゃない。欲しいのは肩書きだけ。その名刺を持って田舎のゼネコンとかにいくとウケがいいし、なにせ身辺が綺麗に見える。いままでいっぱい怪しいコンサルの営業受けてきた社長とかも、そういう綺麗な肩書きもってるとわりところっと騙《だま》される。そうやってコンサル料かき集めるのが目的なんです」

「それは、犯罪なんですか……？」

「グレーゾーンですね。僕らは商売ってなんでも隙間だからうまくやればお互いにWINWINじゃないかって思ってるんですけど、一度経歴詐称とかがバレると事故りますよ」

八太さんの知り合いの一人が、ある伝統工芸の担い手である何百年も続く名家をプロデュースし始めた。それ自体はよくあることだったのだが、彼が語っていた経歴がウソだったり、あちこちと係争していたり、金銭の未払いトラブルで火だるまになっていることを彼らは知らなかった。偶然、別の業界の知り合いからそのトラブルを耳にした知人が調査をいれ、彼の経歴が八割ウソで固められていることが判明した。

「ほら……たとえばわりと大手の会社にいたっていう人でも実質子会社だったりとか、雇われの外部だったりとかってあるじゃないですか。半年でクビになったのに箔がつくからプロフィールに入れてる人とかいっぱいいる。そう、いっぱいいるけどよくないことだ。そういうののひとつが炎上して、彼が僕の知り合いだったってことが懸念材料になって、縁を切れって言われたんです。瑛子のお母さんに。とにかく、僕の周辺というか友人たちがうさんくさいからって」

腹立たしい出来事であるにもかかわらず、八太さんは口元に切なさまで浮かべながらも、騒ぐ友人たちを愛《いと》おしげに見ていた。

「僕がなんにもわからず東京に出てきたとき、マックをおごってくれたり、住む場所みつけてくれたりしたのって、いまの仲間たちなんですよ。寝るとこなくて夜中から朝まで泥だらけのタクシー洗車して、昼間はそのタクシーの中で寝る、みたいな生活してたときですよ。そんな彼らもそれなりに業界で出世して、いまのポジションにいて、いろいろ悩みも抱えながら、こんどの僕の披露宴にはまともな社会人のフリしなきゃってわざわざスーツ新調して、髪切って染めてくれてたわけですよ。みんなに声かけたあとで呼ぶな、はないだろうと、そこだけは瑛子とかなり口論になりました。だけど瑛子はいまだけだからと。結婚したら二度とお互い会うことはない、混じり合わない世界に住んでるから、いまだけ我慢してくれと。なるほどな、と思いました。結婚式に誘っていたのに、直前になって断ることによる僕への信用度の下落とか、つきあいが今後のビジネスに響いてくることとか想像したことないのかなって。だからうんと考えて、考えて、最終的には瑛子に選択してもらうことにしました。僕だけ我慢しろというのは対等ではないだろうと。べつに僕はお義父さんの名前を今後も使うつもりなんてないから、事実婚にしようと。なら披露宴なんてしなくてもよくなる。キャンセル料は僕がぜんぶ払うから気にしないでいい。ただ、今後生活をともにするなら、きみが家族をメインに考えるか、僕とのパートナーシップに軸をおくか、考えを聞きたいと伝えました。なんだかそこから話がややこしくなって」

披露宴にだれをよぶ、呼ばないで破談するケースは珍しくない。しかし八太さんの場合は少し事情が違っていた。

「びっくりしたのは、披露宴をキャンセルして結納もナシにして事実婚にすればまるくおさまると思っていたのに、向こうが『ならばそちらから断ったことにしてくれ』って言ってきたことです。結納金の三倍返しの話でしょうね。いやいや、事実婚でも結婚するんだし、結納なんて法律で決まってるわけじゃないんだから、お金なんて動かさずにすんなり海外で親族だけで式あげて、そのままパートナーシップを続けていけばいいだけでしょ？　だけど、うちは古い家だから結納をした以上、きちんとした作法でいったん白紙に戻す必要がある、それだけは譲れない、って頑として言い張るんで、じゃあ僕から断ったわけじゃないからそっちが三倍返ししてください。僕はこのまま結婚したいので、と伝えたら結婚まで破談になりました」

なんだかお酒がもっと必要な話になってきたので、静緒がウエイターを手招きしてテーブルにのるだけワイングラスを運んでもらった。八太さんはそれらをマラソンのあとのようにクイクイと飲み干した。

「瑛子とまで連絡がとれなくなって、きなくさいなと思ってたら、いわゆる港区男子ネットワークから〝おい、八太おまえ結婚詐欺師っていわれてるぞ〟って。ウッソだろと思っていろいろ聞き回ってみたけど、どうやらそれほんとらしくて。びっくりでしょ。僕、ハリー・ウィンストンまで渡してるんですよ？」

「買っていただきましたね……。向こう様も、お母様同伴で……」

「そう。つまりは元凶はお母さんっぽいです」

「というと？」

「いままで瑛子の結婚がうまくいくようになると、ギリギリで破談にしてきたのはお母さんだったってことですよ。途中までは応援してくれてなにもかも親身なんですけど、いざとなると娘を手放したくない。そういう、子どもを誰かにとられるのが怖い症候群って多いみたいです。とくに一人っ子の母娘間は」

コトがコトだけに、八太さんは探偵をいれて瑛子さんがこれまで結婚が破談になったケースを調査した。プロが調べ上げてきたレポートはさすがにしっかりしていて、なんと彼女は大学卒業前の二十一歳から三十九歳の今にいたるまで、十五件の婚約内定、破棄を繰り返していたのだった。

「まあそれで、きっぱり諦めもつきました。さすがにつきあいきれないなっていうのが正直なところです。顧問弁護士に相談したら、風評被害が大きくなってビジネスに影響しないよう釘《くぎ》をさしたほうがいいということだったのでまかせました。どうも十五件の結婚破棄などの経緯をこちらは把握しており、今まで瑛子のためにこれだけの金額を使っている、どちらかというとそちらが結婚詐欺では、ということをやんわり申し入れしてくれたら、結納金が三倍になって返ってきた。で、いまここってわけです」

「お疲れ、さまでした……」

いい思い出に上書きしたいと言った彼の一言の背景にこんな事件があったとは。あまりにも予想を超えた展開に、驚くよりも彼の疲労度と健康面へのダメージについて心配してしまった。

「まあ、瑛子にとってみれば、出会って一年に満たない男のために、いままで四十年過ごしてきたすべてを捨てる勇気は無かったってことでしょう。最後の最後で決断できなかった。だって親ですからね。親を捨てるってなかなか難しいですよ。だからもう、僕はいいんです。瑛子との結婚がなければ外商なんて一生縁無く生きただろうし、そしたらこんな百貨店貸し切ってブランド品買いまくりバカパーティなんてできなかっただろうし。僕、いま本当に楽しいんですよ、鮫島さん。よかったって心から思ってます。ありがとう」

人間生きていれば、どうしても避けられない事態はやってくる。どんなに用心しても百パーセントのリスク回避はできない。八太さんにとっては大いなる痛手となっただろうが、彼はこのマイナスですらプラスにして、またひとつビジネスを大きくする、そんな予感すらした。

「嗚呼《ああ》、マネキンまたひっこぬいて抱えて踊ってる。ほんとにゴメンね。壊した備品代もぜんぶつけといてください」

二メートルの可憐《かれん》な巨漢たちがトム・フォードのマネキンとあついチークダンスを踊っているのを見て、ふとあることをひらめいた。

『鮫島さん、一階スタンバイOKです』

今まで別の商品準備のためこの館内パーティに加わっていなかった桝家から、次の会場へ向かう用意が出来た旨連絡が入った。

『下世話なコト聞きますけど、いまどれくらいいきました？』

「五本くらいかな」

『あ、じゃあ一億なんてすぐですね。こっちすっごい壮観ですよ。早く降りてきてください』

珍しく桝家が急《せ》かすように言ったので、いいものが揃っているのだろう。進行役に最終フェーズに移行するように内線を入れる。

「はい、ではお時間になりましたので、一階に移動致します！　お手元のワイングラスはそのままでどうぞ」

なにかのパレードのようにはちきれんばかりの笑みを湛《たた》えた老若男女ご一行様が、五階からエスカレーターで一気に一階へ。フロアに着いたとたんに彼らを迎える赤絨毯《じゅうたん》。そしてその先には……

「で、でたー！　真っ赤なポルシェ！」

もともと八太さんからは、結婚してからも地方へ出向くことが多いので、小回りのきく車が欲しいとのリクエストを受けていた。しかし彼は起業家であり資本家。お金を持っていることが一目でわかってもらえなければ地盤のない場所でビジネスなど始められるはずもない。だからわかりやすく、そこそこリッチでかつ、運転しやすい車が必要だ。桝家が担当してくれたのは、この日全員が五階でランウェイショーを楽しんでいる間に代理店と密かに車を一階のフロアに搬入することだった。

「こちらのクロスツーリスモは日本未輸入です。オールラウンダータイプなので山道も走りやすく、また絵になります。なんといっても真っ赤なポルシェを嫌いな男はいません」

ディーラーさながらに熱弁を振るう。

「こちらはレクサスRZ450e。豊田社長が気持ちよさそうにハンドルを握る動画を見て、欲しいと思われた方は多いのではないでしょうか。時空くらいかるく割ってタイムスリップできそうな近未来フォルムです」

そして長距離を走るとなればベンツかBMW。どちらもそれなりのリッチならば数台所有している。だからこそ、あえて桝家はマセラティなどの超高級車は選ばなかったようだ。アウディのQ4は七百万円台だし、地方で乗り潰すにしては現実的なラインを突いている。しかし、彼らしさが爆発したのは最後の一台。

「ウワー、これなに。クラシックジープじゃん！」

ランドローバーやジープ、ポルシェなどをレストアしEV化することによって、この世に一台しかない特別な自分専用の車を手に入れることが出来る。世界中でいま同様のスタートアップ企業が生まれており、このモダングリーンにコーヒー色の幌《ほろ》天井使用のランドローバーは一九七一年のもの。ビンテージの生地と仕立て紳士服をこよなく愛する桝家らしいチョイスだった。

「すごくカッコいい！」

八太さんがその日一番興奮した声で叫んだ。桝家がこの車を手がけたエバラティというスタートアップ企業の説明をすると、まさに我が意をえたりというふうに言った。

「それはもう、俺が買うしかないでしょう」

地方でのスタートアップを支援する起業家である八太さんが、オックスフォードシャーのリストアスタートアップ車で日本の地方を走り回る。このなめらかなグリーンでクラシカルな外見は、若者だけではなく地方在住の名士たちの目も引くだろう。まさに彼のビジネスのためにある一台といっても過言ではない。

「レストア車なんてよくひっぱれたね」

「違いますよ。あれ、八太さんが買わないなら僕が買うつもりだったんです」

残念ながら桝家があの素敵すぎるビンテージランドローバーで芦屋を走り回る機会は永遠に回ってこなそうだった。八太さんがにこにこ顔でかろやかに伝票にサインしていたからだ。

「母はこれまで、公職にあるということで人目を気にして生きていました。地味な格好で僕があげたブランド品も使わず。でも来年で定年ですから、奈良の山をこの車で颯爽《さっそう》とドライブしてほしい」

真っ赤なポルシェは八太さんから、ここまでなにも購入されずにひたすら息子を心配そうに見守っていたお母さんにプレゼント。大きなリボンをかけられ、ダミーのキーを渡されて号泣する公立小学校のパートの学童指導員がなんとも愛らしかった。

その日の総売上は九七六三万八〇七一円。残りの二百七十万円分はこれから芦屋浜のマリーナに横付けされているボートで淡路島に向かって、きっちり使い切るという。その精算まで後日すめば、約束通り一億円を一晩で使い切ったことになる。

「桝家ぁ、ありがと。本当は紳士服のほうやりたかったでしょ。車頼める人がほかにいなくて……。ほんと感謝する」

「静緒さんこそおなか痛いのによく立ちっぱで付き合いましたね。これが終わったらどっちに転ぼうが休みをとって休養するんですよ。ぜったいですよ?」

「ウン……、もうさすがにクビになってもいいから休む……」

先に清掃が始まっていたほかのフロアが原状回復しているかどうか細かく確認に回った。どの店舗も明日の九時からは今日の朝と同じように店を開けられなければならない。特に派手な動きの多かった五階のフロアの清掃が完全に終わり、一階からモデルカーが撤去されて赤絨毯が剝がされ、いつも通りの閉店後の店が戻ってきたころには、〇時を越えていた。

桝家に飲むビタミンゼリーを手渡されて、それを口にくわえながらタクシーに乗り込み、我が家にたどり着き、パンプスを脱いだら膝から崩れ落ちた。

「だめだ、もう上にあがる気力がない」

「そこのソファで寝たらいいですよ。何度も飲み潰れてそうしてるでしょ。まあそのまえに化粧は落としましょ」

無印良品のメイク落としシートとあったかいおしぼりとカバーマークのフェイスシートがお盆に並べられて行き倒れた静緒の顔の前に差し出される。あ、これはこのおしぼりで顔だけならず手足もふけってことだな、と思考力五十パーセントの頭で思った。

どんなに疲れても、自分が陣頭指揮をとった案件の次の日には、必ず原状回復できているかチェックしなければならない。なんとか睡眠時間五時間で飛び起きて熱いシャワーを浴び、眉とお粉のみの簡易メイクで出勤した。開店前に各フロアに寄って頭を下げ、伝票が回っているかの確認をして、事務所に報告をしていると、よく売ったな鮫島、一億だって？というねぎらいの声をいくつか受けた。

事務処理をあらかた終えて、体力の限界が来たので早退した。最近は今回のような大一番の次の日は半休をとるようにしている。桝家にお土産の韓国高級アンプル四本セットを購入し、帰宅の途についた。

いつの間にか夏の暑い盛りはとっくに過ぎ去って、雲が食べ遅れて皿の上で溶け崩れたアイスクリームに見える。芦屋川に沿って植えられた、水分が抜けて細く固くなった街路樹の枝が風にゆれて、まるで秋が冬のほうに向かって手招きをしているようだ。

家の前でタクシーから降りたとき、一本の電話がかかってきた。月居さんからだ。

『鮫島さん、やりました！　融資、おりましたあああああ』

お客さんの興奮した歓声が、疲労感を和らげる最高のカンフル剤だった。

エピローグ

約束の日、両腕にマネキンを抱えてやってきた静緒に、ＮＩＭＡさんは驚いて静緒を四度見くらいした。

「なんですか、それ、マネキン？」

「ディスプレイの現物しかなかったので、もう抱えてもってきちゃいました」

部屋の中に突如として現れた裸のマネキン。コットン地で上品な木製の、ディスプレイとしても映えるタイプのものだが。

「今日は、新しいタイプのブランドの服を見せてくれるんだよね」

「そうです。で、その前にひとつご提案があって」

ホテルの衣類用台車ごと中に運び入れた服はそのままに、ＮＩＭＡさんに誘われるがままにデッキに出た。彼女は普段仕事をしていないときは、ここでワインかコーヒーを飲みながら海を眺めているか、タブレットでドラマを見ているか、百貨店で服や小物や靴を見ているかだった。ＮＩＭＡさん自身から、裁判の件があるうちは本当に心が安まる日はなくて、なにかを買っているときくらいしか忘れられない。だけど、もう買うものがほとんど無い、という悩みを打ち明けられた。

というのも、彼女の仕事はイラストを描くことなので、特にジャージ以外の服は必要ない。それでも高価なブランド品のスウェットを十着は持っている。お出かけ用のダイアンやディオールのワンピースやディーゼルのデニムなども揃っているが、そもそもここは借り物のペントハウス。いくらラグジュアリースイートとはいえ無限に服を増やすわけにはいかない。だからこそＮＩＭＡさんは、家を買おうかと言い出したのだろう。

ノンアルコールのロゼに添えられた、山梨県産の合鴨《あいがも》の燻製《くんせい》は、オリーブのオイル漬けといっしょに口の中で勤務中には身にしみすぎる刺激を生み出した。こんなおいしいものを昼間から食べていいのか、という謎の罪悪感が生まれる。

「今回の仮処分のことで、ＮＩＭＡさんご自身でも、多くのコネクションが必要だということがおわかりになったと思います」

「そうだね。あ、そうそううちの仮処分はね。若手の書記官がいくじなしで差し止めできなかったんだけど、まあそんなのこっちはとっくに見越してたんで、即座に本訴の準備にかかってる」

「えっ、差し止めできなかったってことは、イベントは行われたんですか？」

「そう。まあ、ファンの人たちが楽しみにチケットを買ってくれていたものなので、イベントは無事行われてよかったんだよね。だから計画通り」

リアルで、にやりと人の悪い笑みを浮かべながら計画通り、と言う人に初めて会った気がする。

「私からご提案したいのは、若手女性起業家の会などに参加されてみてはいかがでしょう、ということです」

「起業家の会……？」

「そうです。同様の悩みをもつ相手と知り合い、そこから知り合いを増やす。NIMAさんは買う服がないとおっしゃいましたが、そもそもイベント事が増えればそれに合わせた服が必要になりますよね。いまのNIMAさんに必要なのは、似た環境、ビジネスをはじめている同性の友人だと思います」

「ああ、なるほど。そうだね。じゃあの服はスーツとかそういう？」

「いえ、ジャケットもいくつか持参はしましたが、あれらはNIMAさんのイメトレ用です」

イメトレ？と彼女が怪訝そうな顔をしたので、静緒は席をたち、手を洗ってから持参した服をひとつひとつカバーから出していった。

「わ、派手だねえ」

キャロライナ・ヘレラはアメリカンブランドの最高峰のひとつ。クチュールの素晴らしさと着心地、アメリカンファッションは決してヨーロッパに劣っていないことを三十五年以上に渡って証明し続けている。日本ではそこまでメジャーではないが、それゆえにパーティでかぶることも少なく、静緒の顧客にも佐村さんをはじめ愛用者がいる。あのシャネルをこよなく愛する百合子・L・マークウェバーもファンのひとりである。

「これからは、こういうものが必要になる自分をイメージしてください」

「こんな肩の開いたラッフルドレスを、私が!?」

「そのために、マネキンを持参したんです。NIMAさんは着せ替えがお好きですよね」

彼女の代表作でありメインコンテンツのひとつが、〝コーディネイト〟と呼ばれる世界観だ。うさぎのふりをしている猫、猫のふりをしているくま、みななにかの皮をかぶって生きているが、皮を被っているときも、それを脱ぐことも双方楽しんでいる。そんな物語がいくつも丁寧に展開されている。

「すぐにこれを着ろ、といっているわけではありません。いつもNIMAさんは気に入ったお洋服があっても、試着して似合わないと諦めていらっしゃいました。でも思うんです。自分に似合わない服は買っちゃいけないのか？」

彼女は手に持っていたワイングラスを置いて、ゆっくりとマネキンに近寄った。

「好きな服を買って、所有して、見て楽しんでいいと思いませんか？」

「思う。すごく思う」

それから彼女はハンガーワゴンに近づくと、鮮やかなイエローグリーンのストラップレスドレスを選んだ。

「これを着せてみて」

それから、もうひとつのマネキン用に、胸元を強調するようなハートのデザインにたっぷりとしたパフスリーブが今風な真っ赤なワンピースも。静緒が着せ終わると、自分が所有していたグレーのバーキンとシャネルのミニショルダーをそれぞれあわせ、

「うん、かわいい。私がぬぎってした感じ」

「NIMAさんのコーディネイトですね」

「そう。私も私以外の皮をかぶるのを楽しめばいいんだ。そうだよね」

人生、続いていればどうしても避けられない凶事にぶち当たる。そのとき自分を癒やしてくれるものを、手に入れられるなら手に入れたらいいと思う。たとえそれが、今の自分に似合わないとしても、その服を着て出かける舞踏会に招待されていなかっ

たとしても、いずれ招待状を手にした自分をイメージして、着せ替えごっこをするのだ。

商品、モノの使い方、お客さんの好みを、売る側が勝手に定義してはならないと静緒は思っている。しかし、お客さんのほうが思い込みで視野が狭くなっていることもあるので、その偏った価値観を壊すのも、バイヤーの仕事のひとつであり楽しみでもある。

裁判という多大なストレスと長期的に闘わなければならない彼女に、静緒がなにかしてあげられるとしたら、これをきっかけに彼女の人生にプラスになる道を示すことだ。いますぐでなくてもいい。人見知りのＮＩＭＡさんが、いつかこの素敵なキャロライナ・ヘレラのドレスを着て女性起業家たちが集うパーティにデビューし、華麗に情報交換をしながら自分を防御していくためのコネを増やす日がくればいいし、べつにそこまで飛躍しなくてもただ着せ替えを楽しんでくれればいい。

結局持参した服の半分をＮＩＭＡさんは購入し、また欲しいから今度は店で会おうと言ってくれた。葉山の家の件は、とても素敵だったけれど一軒家は庭の手入れが大変すぎるからと一度保留になった。

月居さんからは毎日のように感謝のメールが届く。一樂さんからも十分なねぎらいと心遣いをいただいた。静緒の知らないうちに来店され、いま新進気鋭といわれる画家の現代アートを数枚購入していかれたようだ。

「さて、いよいよ大物と対決するときが来ちゃったか」

セレクトショップにキャロライナ・ヘレラの服やバッグを返還し、今日の売り上げ伝票を事務方に回して、その時間がやってきた。

前回この会議室を使ったときは、腹痛と焦りで生きた心地がしなかった。あれから三ヶ月近くが経ち、その間も生理週間は十二日以上、サプリや薬で鉄分やミネラルをとることで前よりずいぶん楽にはなったが、それでも一ヶ月の半分をタンポンとナプキンで過ごすのは陰鬱を通り越して怒りすら湧いてくる。今すぐにどうこうという手術ではない場合は順番が後回しになるということで、あれからすぐに予約を入れたにもかかわらず、順番が回ってきたのはようやく今月末だった。

氷見塚に長期休暇の申請を出し、それが思いのほか長い一ヶ月ということで彼女の方から話がしたいと申し入れがあり、有り体にいれば呼び出しをくらったのだった。

(まあ、なんとでも言うがいい。たとえどうなろうとも私は休む)

窓のブラインドごしに見え隠れする元町の居留地は、あいわからず銀座と似た、高級ブティックと秋の花と街路樹が整然と並びたちながらもどこか神戸らしい雰囲気を醸し出している。海が近いことが気配に現れているのか、それとも道を行きかうひとびとのファッションが関西だからか。いずれにしても静緒は銀座より神戸が好きだ。

「遅くなってごめんなさい。お待たせしたわね」

氷見塚が銀コーヒーを両手持ちしながらドアを押し開けて入ってきた。彼女も長い話をするつもりでそうしたのだろうと思った。

「さて、体の方は大丈夫？」

「万全というわけではありませんが、来週手術を受けるつもりで準備しています」

「なにごともなく終わりますように。早く復帰できるといいね。お客様も鮫島さんのことをお待ちだし」

「はい。ありがたいことだと思っています。休養のことを伝えましたら、再来月の分までのノルマだと、あれこれ購入いただいたりして、恐縮しています」

佐村さんをはじめとする、中学受験に悩む芦屋のママたちが夫に、受験に関するあれこれを一方的に押しつけられている代わりに、プレゼントを要求したのだ。欧米では出産という女性にしかできない仕事をこなした妻へ、プッシュプレゼントを贈る風習があると伝えると、彼女たちは「いまからでももらっていいはずだ！」と夫に対して抗議活動をはじめた。そしてこの苦しい中学受験ストレスから身を守るために、みなめいめい欲しいものを購入したのである。佐村さんは普段着をロロ・ピアーナの新作で一新し、静緒との約束を果たしてくれた。

「それにしても一ヶ月というのはね。前例がなくて」

そう言われることは百も承知だったので、医師から預かった診断書をデスクの上に押し出した。

「これは……？」

「会社が私を断れない状況に追いやったために、長時間労働による疲労が蓄積し、ストレス性の婦人疾患を併発したと診断されています」

氷見塚はコーヒーを飲もうとして、カップをたぐり寄せるのを止めた。

「それは、私があなたに仕事を押しつけすぎたから、あなたが壊れたっていいたいのかしら？」

「まだ壊れていませんが、壊れそうになっているのは確かですね」

「それはみんなそうよ。歳をとると若いころと同じような仕事のやり方はできない。私も三十八のときに卵巣嚢腫になったけれど……」

「個人差はあると思いますが、私にとって重要なのは私自身の健康問題です。会社が代わりに病気になってくれるわけではないですから」

みんなそうだというふんわりした全体主義と日本の悪しき縦の強制力をきっぱりと拒絶した。

「休養のあと、仕事量を減らしていただくにあたっての引き継ぎ等は、氷見塚さんと話しておかなければならないと思っていました。本部に提出する人事改革案と、芦屋川店全面改装にあたっての意見書はすでにまとめてあります。本来なら、本部の人間でもない私が、人事や採用や、店の改装などに関わるのは、光栄なことではありますが本来の立場ではない。どんなにいいプランを出してもレポートを書いても、査定に影響しない。営業の仕事ではないから。はっきり言ってなんのうまみもないのに、なぜやらされているのかずっと疑問に思っていました」

　静緒が出したプランはすべて氷見塚によって精査され、氷見塚が本部にもっていく。仕事外の業務をいくつやっても、陣頭指揮を紅蔵や堂上がとっていたころならともかく、いまの体制では本部に静緒の名前は通らない。

「それは、あなたに期待しているから」

「期待している、期待していないという氷見塚さん個人の感情はさておき、その分の評価としての給料をいただいていません」

　彼女は頬を細い針でつつかれたように一瞬目をすがめ、おやという顔をした。

「言うわねえ」

「命がかかっているので、言葉を飾る余裕もないんです。鉄と亜鉛の数値が半分になると、まともに頭もはたらかなくなるそうなので。まあ、そういうわけなので、私は本部の仕事をする義務もなければ、その立場でもない。復帰後の待遇はご一考ください」

「そこまで言うならば、辞職も覚悟しているのでしょうね。実際あなたはやり手だから、いくらでもオファーは来るでしょう。プライベートバンクとか、スタートアップとかね。そうそうスタートアップといえば、あの銘月グループのお嬢さんのためにずいぶん動いていたようだけれど」

月居さんのために、法人外商口座を会社にねじこんで作らせたことを知らない彼女ではない。とっくに耳に入っていて、おそらく静緒が紅蔵に直接投げたことも確認済み。思うこともあるのだろう。

「私は百貨店が好きで、これまで富久丸で働いてきました。四十になり自分の体や親のこともあって、氷見塚さんの言うとおり、身の振り方もかなり考えました。菊池屋との合併前から、プライベートバンクや他業種の大企業へ転職していく人は多かった。だいたいが三十代後半から四十代です。自分自身、この歳になるまでそれはなぜかなんて実感すらわかなかったけれど、いざなってみてよくわかりました。みんな店には残りたかったんだと思います。でも残れない。給料は安い。あげてもらえない。だけど仕事ができるひとから仕事が増える。どんどん増える。雪だるま式に。期待しているんだよとやりがいだけを搾取されて。そういう圧と労働力を上から吸い上げられてなおもうまく立ち回ったものだけが出世できるんだと、社会人を数年やればだれだって知っています。でも、私は社内政治にも管理職にも興味は無い。興味は無いけど、この給料でこの仕事量を任されるのは苦痛だし心外です」

君斗たちの会社に誘われ、あるいは個人のコンサルタントとして独立した堂上らを見てきて、自分が本当に好きなのはお客さんに尽くすことだと思い知った。お客さんが喜んでいる顔が見たい。だからケーキを売ってきた。喜びの象徴であるケーキに惹かれて、パティシエを目指していたわけでもないのに製菓学校へ行った。本当は売るほうに興味があった。こればかりはもう、静緒自身の本性だからしかたないのだ。

プライベートバンクへいっても、複数のお客さんとやりとりはできない。給料ははねあがって生活は豊かになっても、大勢の人と出会うことはできなくなる。月居さんのようなスタートアップに融資が認められたのは、富久丸百貨店という看板があってのこと。これからも店の人間でいなければ、女性が起業するお手伝いはできない。

静緒には、百貨店が必要だ。店の金看板が、宝石箱が必要なのだ。

店に来る人だけではなく、外回りをすることによって、普段は出会わない人に出会う、触れられなかった世界にかかわる。そういう人や世界や場所に出会うことによってアイデアが生まれ、結果的に店や自分の仕事へ還元できる。それは百貨店の外商にいてこそできることだと考えている。

「こんなにはっきりものを言う人だったのね。ちょっとびっくりしたわ」

とは口にしたものの、氷見塚は別段驚いた様子も無い。

「私に仕事をさせるなと言うわりに、きっちりレポートをあげてくるあたり、あなたの性格が出てるわね。貸し切りをやって、お受験の手伝いもやって、あれこれ走り回りながら入院前にこれだけまとめるのは大変だったでしょう」

彼女がタブレットで見ていたのは、数日前に静緒が彼女に提出した、芦屋川店の改革案や中途採用に関する意見書だ。

――いまはEC全盛期だが、全員がデジタルに一斉に舵をきっているからこそ、必ずアナログへの大きな揺り戻しがある。その時に老舗百貨店がブランド力をキープしていることが、さらに次の十年へと続く重要な投資だと考える。そのために必要なのは、もちろん人だ。

現在のフロアごとに配属され、配属先が扱う商品しか成績として残らないやり方では、すべてのものがこの箱の中で買えるという百貨店の強みを自ら弱くしてしまっているのではないか。それを解消するためには、いわば全員がフロアごとに分断されずに外商のように動けるようなシステムに変えてみてはどうだろうか。

「全員外商。おもしろいわね。でも、外商というと、外商にプライドをもっている現外商員からいろいろと意見が出そうだけど」

「そうですね。ですから、名称は〝全員御用聞き〟などに」

「全員御用聞き」

「どうせなにかをするならば、それくらいやってはどうですか、という提案です。ECに本気で対抗するにはアナログ力で総力戦を挑まないと、ブランド力をキープするどころか、ビル屋として名前だけが残ってるみたいなことになりかねませんから。芦屋川店の全面改装にあたって、全員御用聞き体制のテスト店として」

今まで静緒は、強さがあると褒められることが多かった。自分ではあまりピンと来なかったが、なんでもポジティブにいきる資質が生まれつきあったのだと思う。これがただの偶然の産物だからこそ、それに甘えずに、今度は意識して継続する必要がある。そうでなければいま手にしている幸福までこぼれおちるだろう。

（いつまでポジティブでいられるかわからないしなあ）

「闘うわね」

「自分はだれとも闘いません。これからも」

上に行くことでしか給料があがらない、というのは既存の考えだ。しかし全員御用聞き体制になれば、今までの部下の数字をすべて上司が手柄にして持って行く悪しき風習も少しはやわらぐだろう。倉地凛のような才能のある契約社員が正社員になることを諦めてほかへ行くような不幸も少なくなる。もちろん、完全に上下関係がなくなるわけではないから、静緒の手柄は本部での氷見塚の手柄になる。

それでもいいのだ。それでいい。会社というシステム上、上司が部下を使うことは理にかなっているのだから。かつて紅蔵と静緒は、そうやって互いの立場と企画力と行動力を等価交換してやってきた。

だからこそ、氷見塚にも望むのだ。

うまくやれ。

私を、つぶすな。

「あなたが我が社にとって大事な戦力であり、人材であることはだれもが承知していることよ。待遇や仕事のわりふりに関しては、こちらにいったん預からせてもらうわね」

「ご考慮いただき感謝します」

「休暇期間についても、これだけの診断書が出ているなら、やむをえないでしょう。ゆっくり休養をとってください」

「ありがとうございました」

前にこの部屋を訪れたときとは正反対の気分で立ち去った。久しぶりに、コーヒーが美味しく飲めそうだと地下へ向かうと、エスカレーター脇の一等地、今まさにご飯をいれようとしている中年男性をデザインしたポスターの下で、月居さんがポジティブスターをキラキラと飛ばしながらすぅぷを売っていた。

中学受験には万全の態勢でお付き合いできるように、十月の頭に子宮筋腫の摘出手術を受けた。手術自体はすぐに終わり、あとから自分の体内にあった十センチ幅くらいの皮をむいたブドウのようなでこぼこした肉塊を医師から笑顔で見せられた。手術が終わったあと、麻酔がまだ効いている状態でもうろうとしているとき、夢を見た。

夢の中で自分は小学校六年生くらい。だが、いっちょまえにジルサンダーのスーツを着て、家の前でレモネードを売る子どもたちのように、ショートケーキを売っていた。なぜかそこは父が生きていたころに過ごした家ではなく、遊園地のメリーゴーラウンドの前で、ピンクハウスのフリフリを全身に着込んだ母のとなりで、ほんもののピーターラビットがブレゲの時計を地べたに並べて露天商をしていた。

我ながらなんて夢を見ているんだとあきれたが、ふわふわした雲の扉の向こうで、リアルな桝家の声が聞こえていた。たぶん十回は「僕は彼女の保証人なので」と言っていた気がする。

ありがたいことに体調も一週間ほどで安定し、正常な月経が来て出歩けるようになると、まず母と熱海の温泉に出かけた。大昔、父との新婚旅行先だったという熱海を母は喜んで、アカオローズガーデンのインスタスポットで有名なブランコに乗って、子どものように楽しそうだった。

母と、いまは仕事について考えている時期なので、家は急がないということと、これからはできるだけ二人でどこかに行こうという約束をした。それから君斗や堂上にも会い、月居さんのような女性起業家を応援していきたいということ、百貨店という組織に関わっているからこそ出会える人がいて、まだ自分はコネクションを形成する段階にあると感じることを伝えた。二人とも、『いつでも辞めたくなったら言ってください』という態度を変えなかった。『べつに五年後でもうちはかまわないから』と。堂上など「Kの美魔女とおもいっきり殴り合って、富久丸をめちゃめちゃにして紅蔵さんが失脚してからでもいいですよ」なんてことを一ミリも酔っていない顔でしれっと言った。

不思議なことに静緒が休職している間も、売り上げは落ちていないことを桝家から聞かされた。毎日のようになにかの注文が入り、香野や大泉が代理で届けにいっているのだという。香野は意外にもあの鶴さんに気に入られて、今度は別の孫をカナダに連れて行きたいと相談をされたそうだ(彼女はカナダのトロント大学に留学経験がある)。

中学受験の本シーズンである十一月の模試と推薦が始まる前に仕事に復帰した。去年と同様に、とにかく毎日不安気な受験生の奥様たちに付き合い、面接用の服を揃えたり情報を集めたりもした。去年の轍《てつ》を踏まないように、決して直前で塾を辞めないこと。子どもの学力を一番冷静に把握しているのはプロだから、うまくセカンドオピニオンも受けつつ、大手塾と私立中学が持つコネクションを利用させてもらうこと。親の名前で入学できるそこそこ名の通った学校もあるので、子どもの個性に合わせて判断することなどを、お客さんたちと一緒になって考えた。

幸いにも体調のほうは良好で、一ヶ月のうち半分が生理などということは起こらず、ひさしぶりにごく普通の日常が戻ってきた。しかし、担当医には筋腫は再発するので、こまめなチェックが必要であることと、子どもを望まないことがわかったら、とってしまう選択肢を選ぶキャリア女子も多いことを再度説明を受けた。桜目かなみからは、「出産前にぜったいレーシックをやったほうがいいといわれてやったけど、今の時代はICL（眼内永久コンタクトレンズ）だったのに」という切ない相談が来ていた。老眼が来る前に入れたいけど、子宮とICLとお顔のお手入れ、限りあるお財布の中身と学費積み立てのコトを考えると選択って難しいという。やはり先立つものはインカムである。

無事担当のお宅の受験シーズンを終え、それなりにバタバタと仕事をこなしていたので、異動の時期であることをすっかり忘れていた。静緒自身は大規模な異動願望はなかったので、インカムと仕事量を調整してほしい旨を再度氷見塚に伝えただけで終わった。

だから、実際に辞令が下りる日に当該メールを確認し、ひさしぶりに飲んでいたコーヒーを落としそうになるほど驚いた。

「何度見ても、本部付きで、芦屋川店店長って書いて、ある……!?」

斜め上のほうから、出世ともそうともつかない未来がやってきた。

つづく

本書のプロフィール

本書は書き下ろしです。

小学館文庫

上流《じょうりゅう》階級《かいきゅう》
富久丸《ふくまる》百貨店《ひゃっかてん》外商部《がいしょうぶ》Ⅳ

著者　高殿《たかどの》円《まどか》

二〇二二年十二月十一日　初版第一刷発行

発行人　石川和男
発行所　株式会社　小学館
〒一〇一-八〇〇一
東京都千代田区一ツ橋二-三-一
電話　編集〇三-三二三〇-五六一六
　　　販売〇三-五二八一-三五五五
印刷所――中央精版印刷株式会社

この文庫の詳しい内容はインターネットで24時間ご覧になれます。
小学館公式ホームページ　https://www.shogakukan.co.jp

ISBN978-4-09-407214-3